U0005328

今古奇觀

貳

時來運轉

Marvellous Tales of the Past and Present

抱甕老人——編
曾珮琦 編註

今古奇觀

目次

時來運轉

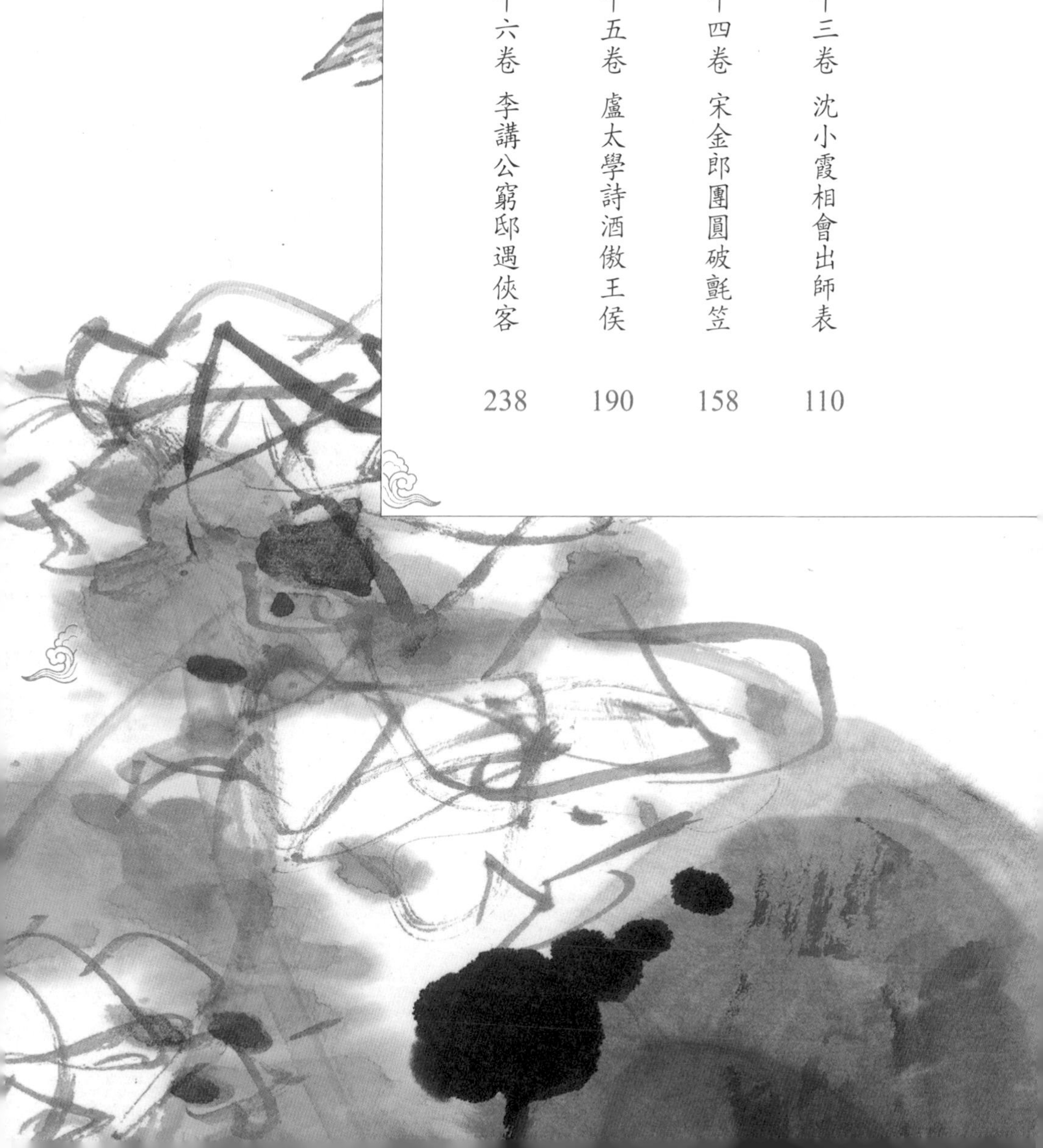

導讀

《今古奇觀》——三百年前的暢銷書

前台北醫學院兼任副教授
現爲洪健全基金會敏隆講堂講師
葉思芬

《今古奇觀》原是三百年前的一部暢銷書。它是「世情小說」，是相聲瓦舍說書先生說給老百姓聽的奇聞；是市井書生寫給市井老百姓看的異事。裡面的愛恨情仇、悲歡離合，不再著重於神魔鬼怪、帝王將相或英雄豪傑。即便有，也率皆由庶民觀點、眾生角度去揣摩。所以故事中的生活起居、應酬世務、思想反應、行動基準，幾乎可以說就是十六、十七世紀明朝城市經濟、升斗小民的忠實記錄。

《今古奇觀》是抱甕老人由一百二十篇的《三言》、《二拍》挑選成輯的。雖說有忠孝節義、文以載道的企圖，但最精彩的還是在描繪市井小民的生活氣息、生存智慧，甚至生命觀這部份。透過這四十篇小說，我們看到了人世間至今猶然的最俗世的想望。以讀書為業的，就是苦讀、登科、出仕、平安富貴終老；一般百工各業的，則是風調雨順、國泰民安、家庭美滿、子孫繁茂。這些，與我們現在的「五子登科」（銀子、妻子、兒子、房子、車子）是完全一樣的。

茲就內容簡單舉例。

以政治來說，明朝的司法最是黑暗。〈陳御史巧勘金釵鈿〉是根據社會新聞改編的眞人眞事；〈沈小霞相會出師表〉則指名道姓是嘉靖奸相嚴嵩迫害忠良的司法檔案。而普通百姓一旦被扯入官司通常就是家破人亡、妻離子散。像〈蔡小姐忍辱報仇〉，倖存者只能苦苦忍耐，祈求天理昭彰，能有沉冤得雪的那一天，那是多麼卑微但堅持的等待。

「一品官，二品客。」《三言》

明朝人固然熱中於「一舉成名天下知」的科舉。但因為城市經濟發達，商人階級抬頭，老百姓遂有「經商亦是善業，不是賤流」《二拍》的說法。但是，商人從來重利輕別離，男人行商在外，妻子獨守家園，人生隨即充滿意外。〈蔣興哥重會珍珠衫〉就是這樣一篇充滿曲折情節，既寫實又浪漫，亦喜亦悲的佳作。文中除了男歡女愛之外，也同時讓我們見識到四百年前湖廣襄陽的城市文明與中產階級商人富裕、活潑的生活與思想。

十載寒窗也許還無人問，但經商致富似乎可以更快捷。只要有探險精神，幾年間出人頭地大有人在。〈轉運漢遇巧洞庭紅〉就是把握時運速成致富的好例子。〈徐老僕義憤成家〉則在歌頌人情義理之餘，也鼓勵小老百姓「富貴本無根，盡從勤裡得」。

「春濃花艷佳人膽」《醉翁談錄》

兩性之間的話題，永遠最受歡迎。《今古奇觀》不乏士子與妓女之間的愛戀與背叛。上京趕考、初入社會的年輕人迷戀綺羅香閨情場老手的京都名妓，本是那時節流行的社會風氣。〈杜十娘怒沉百寶箱〉即是一篇代表作。

名妓杜十娘用盡心機以為覓得良緣，卻中途遭良人轉賣，氣憤絕望下，她將萬金私產盡數投河。然後，在眾人驚呼聲中，投河自盡。這樣決絕，當然不是「殉情」，而是對自己所託非人最沉重的抗議。

同樣精彩的還有這篇〈賣油郎獨占花魁〉。販夫走卒賣油郎偶然撞見名妓花容，遂起心動念拼命存錢，想買上佳人一笑。女主角花魁淪落風塵，癡想有朝能「趁好的從良」。她背著老鴇努力經營自己的人脈、金庫。終於在認識賣油郎後，感動於他高潔的人品與至誠溫厚的個性，於是靠著智慧擺脫娼家，獲得美滿結局。這故事也見證了社會低層小人物憑藉毅力追求「自己當自己的主人」這種可貴的生命態度。

《今古奇觀》既如上所言是「世情小說」，它所涉及的當然是世情百態：有司法壓迫下，無奈堅忍的〈盧太學詩酒傲公侯〉；有負心漢遭棒打，爲天下女子出一口悶氣的〈金玉奴棒打薄情郎〉；既有男扮女裝皆大歡喜的〈喬太守亂點鴛鴦譜〉；當然也有女扮男裝出遊透氣，兼爲自己覓得佳婿的〈女秀才移花接木〉。此外，也有類似大仲馬《基度山恩仇記》的〈宋金郎團圓破氈笠〉；甚至還有「仙人跳」的〈趙縣尹喬送黃柑子〉和「詐騙集團」的〈誇妙術丹客提金〉……眞是誠如書中原序所言：「極摹人情世態之歧，備寫悲歡離合之致。」

世態無古今，人性永常在。

《今古奇觀》曾經是三百年前的暢銷書，也應會是現在的暢銷書。

導讀

市井小民的不平凡故事

曾珮琦

「說話」藝術起源自唐代，到了兩宋時期，由於商業經濟的繁榮。在臨安、汴京等大城市，「說話」成爲市井小民主要的文化娛樂。所謂「說話」就是講故事，這類故事大多以韻文與敘事的散文爲其講演形式，在說話藝人講正文故事之前，往往會先以相關的詩、詞語小故事做爲開場白，來引起觀眾的注意。正文以敘事爲主，其中會依情節的需要穿插詩、詞，有評論、襯托的作用。末尾往往以一首四句詩或八句詩做爲總結。說話藝人，不可能即興的講演情節完整，內容豐富的故事，這時候「話本」這種文學題材就應運而生。「話本」，原本只是說話藝人講演故事的底本，用以備忘或者傳授徒弟等用途。後來，隨著說話藝術的興盛，一種文人模仿「話本」體制所創作的通俗白話小說也應運而生，這種文人仿作的話本稱爲「擬話本」。明代，由馮夢龍創作的「三言」（《喻世明言》、《警世通言》、《醒世恆言》」）與凌濛初創作的「二拍」（《初刻拍案驚奇》、《二刻拍案驚奇》），就是屬於「擬話本」。在當時大受讀者的歡迎，卻因爲木刻印刷，書價昂貴，不是一般普羅大眾能夠輕易閱讀的到，所以抱甕老人有感於此，從「三言」、「二拍」中選取精華四十篇，以便推廣普及。

馮夢龍，南直隸蘇州府長洲縣（今江蘇省蘇州市）人，別號綠天館主人。凌濛初，浙江湖州府烏程縣（今浙江省湖州市吳興區織裡鎮晟舍）人，別號即空觀主人。兩人的際遇相似之處，皆是考場失意之輩，加上馮夢龍遭受閹黨魏忠賢的迫害，遂將一腔抱負用於著書立說之上。所以在「三言」、「二拍」中有許多寫科舉不第，後來發跡成名的故事，這類故事中保留了許多科舉制度的用語詞彙，如：〈鈍秀才一朝交泰〉，主人翁馬德稱自幼聰明飽學，還有個未婚妻，可謂前途一片光明，卻因父親被構陷，其父得病身亡，家道中落，淪落市井，經歷一番波折才得以金榜題名，順利迎娶未婚妻。「三言」、「二拍」之所以受

到群眾的歡迎，是因爲它所撰寫的是市井小民的不平凡故事，較爲貼近一般民眾的生活，例如：〈蔣興哥重會珍珠衫〉，是寫妻子紅杏出牆的故事；或者花街柳巷的愛情故事，例如：〈杜十娘怒沉百寶箱〉，是寫名妓杜十娘想要從良，與李甲兩情相悅，好不容易贖了身，李甲卻因身上缺少盤纏，回家沒法向父母交代，就把杜十娘賣給他人，杜十娘一怒之下，把自己積攢多年的積蓄百寶箱中的珠寶，盡數投入江中，隨後也跳將自盡。〈賣油郎獨佔花魁〉，是寫一名妓年幼時因戰亂與父母走散，被歹人賣到妓院去，長到後被老鴇設計陷害失身，幸好遇到賣油郎，經歷一番波折，兩人終成佳偶。抱甕老人其人已不可考，他從「三言」、「二拍」中，選取「忠孝節烈」、「善惡果報」、「聖賢豪傑」(姑蘇笑花主人以爲的選文標準，寫於《今古奇觀・原序》中)等故事，一共四十篇集結成書，在篇名上亦有所改動，「二拍」有些篇名由原本的兩句，濃縮成一句，例如：「顧阿秀喜捨檀那物，崔俊臣巧會芙蓉屏」。在「三言」中原本篇名便只有一句，但有些篇名亦有少許改動，例如：「蔡小姐忍辱報仇」，《醒世恆言》的原名是〈蔡瑞虹忍辱報仇〉。除了上述的題材以外，還有一些是馮夢龍、淩濛初根據史書、志怪小說、宋元戲曲等所改編，這類作品有：〈李汧公窮邸遇俠客〉就是由宋代李昉等人編著的《太平廣記》中的〈原化記義俠〉所改編，敘述儒生房德因誤入歧途，與強盜合夥打家劫舍，畿尉李勉憐其才華，助他越獄，自己因此丟了官職。房德日後做了官，相遇李勉，怕他將自己從前之事宣揚出去，就起了歹心欲殺李勉。房德請了一位俠客，編了謊話，騙他助自己殺李勉，那位俠客信以爲眞，等見到李勉方知中計，於是折返殺了房德夫婦行俠仗義的故事。又如〈羊角哀捨命全交〉，根據戲曲中的〈羊角哀鬼戰荊軻〉改編，左伯桃與羊角哀本是布衣出身，兩人結爲知交，要一同前往楚國求取功名，兩人路上遇到大風雪，左伯桃便將衣服脫下給羊角哀穿，自己則凍死在風雪中。羊角哀後來做了楚國大夫，左伯桃託夢說在陰間受到荊軻欺凌，羊角哀爲了拯救兄弟便自刎，到了陰曹地府助左伯桃擊退荊軻。

本書選用「三言」、「二拍」的明、清善本作爲底本，理由有二：第一，本書因需收錄眉批、夾批。所謂眉批，就是文人在閱讀時後在書頁上方空白處所寫的心得筆記；夾批，則是隨手寫在字裡行間的空白處的心得筆記。這兩者稱之爲點評，是明清時期所流行的一種文學批評形式。而抱甕老人選輯的《今古奇觀》則無收錄眉批、夾批，故筆者選擇以「三言」、「二拍」的善本爲底本，輔以三民書局出版，李平先生校注的《今古奇觀》來做校勘的工作。第二，以版本選擇來說，越接近當時代的版本可信度越大，故選擇原著「三言」、「二拍」作爲底本，而《今古奇觀》經過抱甕老人的選輯，文句或多或少都有經過刪改，可能無法完善的保留原故事的樣貌。以下詳細列出所依據的善本：《警世通言四十卷》明王氏三桂堂刊本；《醒世恆言四十卷》清衍慶堂刊本；《拍案驚奇三十六卷》消閒居刊本。在文字上本書保留了善本書的原貌，除了簡體字改成繁體外，其餘字句都是根據善本未做刪節。但古今用字難免有所出入，例如：善本書常用分付，而現今的用法則是吩咐；伏侍，現今則作服侍，且善本書使用了許多異體字，在註解處都有一一標明，以便讀者閱讀。本書所收錄的眉批根據中華書局校勘的「三言」、「二拍」版本，有學者認爲可一居士、無礙居士、綠天館主人，就是馮夢龍；即空觀主人就是淩濛初，但也有人認爲究竟是誰無法考證。

如何閱讀本書

詳細註釋：
解釋艱難字詞，隨文直書於左側，並於文中以※記號標號，以供對照。

閱讀性高的原典：
將一百回原典分為五大分冊，版面美觀流暢、閱讀性強。

列出各回回目
便於索引翻閱

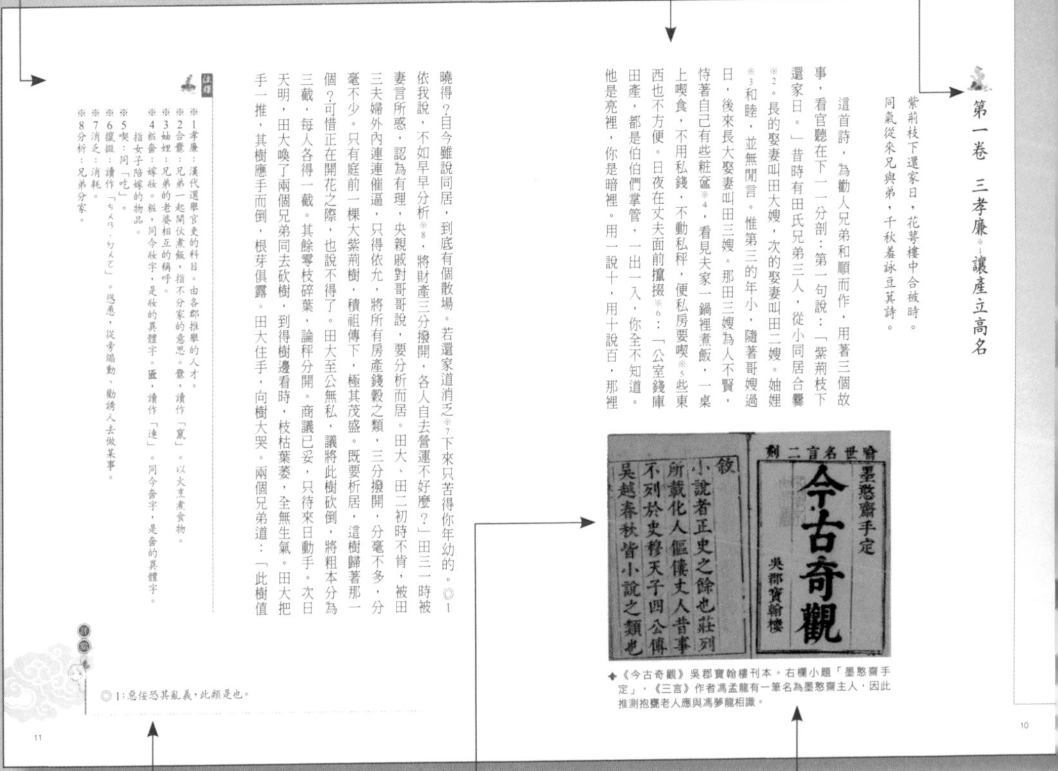

第一卷　三孝廉※1讓產立高名

紫荊枝下還家日，花萼樓中合被時。
同氣從來兄與弟，千秋羞詠豆萁詩。

這首詩，為勸人兄弟和順而作，用著三個故事，看官聽在下一一分剖：第一句說：「紫荊枝下還家日。」昔時有田氏兄弟三人，從小同居合爨※2。長的娶妻叫田大嫂，次的娶妻叫田二嫂。妯娌※3和睦，並無閒言。惟第三的年小，隨著哥嫂過日，後來長大娶妻叫田三嫂。那田三嫂為人不賢，恃著自己有些粧奩※4，看見夫家一鍋裡煮飯，一桌上喫食，不用私錢，不動私秤，便私房要喫※5些東西也不方便。日夜在丈夫面前攛掇※6：「公室錢庫田產，都是伯伯們掌管，一出一入，你全不知道。他是亮裡，你是暗裡。用一說十，用十說百，那裡曉得？目今雖說同居，到底有個散場。若還家道消乏※7下來只苦得你年幼的。◎1依我說，不如早早分析※8，將財產三分撥開，各人自去營運不好麼？」田三一時被妻言所惑，認為有理，央親戚對哥哥說，要分析而居。田大、田二初時不肯，被田三夫婦外內連連催逼，只得依允，將所有房產錢穀之類，三分撥開，分毫不多，分毫不少。只有庭前一棵大紫荊樹，積祖傳下，極其茂盛。既要析居，這樹歸著那一個？可惜正在開花之際，也說不得了。田大至公無私，議將此樹砍倒，將粗本分為三截，每人各得一截。其餘零枝碎葉，論秤分開。商議已妥，只待來日動手。次日天明，田大喚了兩個兄弟同去砍樹，到得樹邊看時，枝枯葉萎，全無生氣。田大把手一推，其樹應手而倒，根芽俱露。田大住手，向樹大哭。兩個兄弟道：「此樹值

✦《今古奇觀》吳郡寶翰樓刊本。右欄小題「墨憨齋手定」，《三言》作者馮孟龍有一筆名為墨憨齋主人，因此推測抱甕老人應與馮夢龍相識。

註釋
※1孝廉：漢代選舉官吏的科目。由各郡推舉的人才。
※2合爨：兄弟一起開伙煮飯，指不分家的意思。爨，讀作「竄」。以火烹煮食物。
※3妯娌：兄弟的老婆相互的稱呼。
※4粧奩：嫁妝。粧，同今妝字，是妝的異體字。匳，讀作「連」。同今奩字，是奩的異體字。指女子陪嫁的物品。
※5喫：同「吃」。
※6攛掇：讀作「ㄘㄨㄢ．ㄉㄨㄛ」。慫恿，從旁煽動、勸誘人去做某事。
※7消乏：消耗。
※8分析：兄弟分家。

評點
◎1：惡佞恐其亂義，此類是也。

10　11

名家評點：
選收不同名家之評點，隨文橫書於頁面的下方欄位，並於文中以◎記號標號，以供對照。

彩圖：
古籍版畫、名人墨寶、相關照片等精緻彩圖，使讀者融入小說情境。

圖說：
說明性和評點性的圖說，提供讓讀者理解。

第九卷　轉運漢遇巧洞庭紅

詞云：

日日深杯酒滿，朝朝小圃花開。自歌自舞自開懷，且喜無拘無礙。青史幾番春夢，紅塵多少奇才！不須計較與安排，領取而今見在。

這首詞〈西江月〉，乃宋朱希真※1所作。單道著人生功名富貴，總有天數，不如圖一個見前快活。試看往古來今一部十七史※2中，多少英雄豪傑，該富的不得富，該貴的不得貴。能文的倚馬千言，用不著時，幾張紙蓋不完醬瓿※3，能武的穿楊百步，用不著時，幾簳※4箭煮不熟飯鍋。極至那癡呆懵董、生來有福分的，隨他文學低淺，也會發科發甲※5，隨他武藝庸常，也會大請大受※6。真所謂時也運也命也。俗語有兩句道得好：「命若窮，掘得黃金化作銅。命若富，拾著白紙變成布。」總來只聽掌命司※7顛之

北宋時歐陽修編撰了十七史中的《新唐書》、《新五代史》。無為歐陽修畫像，清宮南薰殿藏畫本。

倒之，所以吳彥高※8又有詞云：「造化小兒無定據，翻來覆去，倒橫直豎，眼見都如許！」僧晦庵※9亦有詞云：「誰不願，黃金屋？誰不願，千鍾粟？算五行不是這般題目！枉使心機閒計較，兒孫自有兒孫福。」蘇東坡亦有詞云：「蝸角虛名※10，蠅頭微利，算來著甚干忙？事皆前定，誰弱又誰強？」這幾位名人說來說去，都是

註

※1朱希眞：即朱敦儒，號巖壑，河南洛陽人。南宋著名詞人，人稱「洛川先生」。著有《巖壑老人詩文集》、《樵歌》等。

※2十七史：宋朝時對十七部正史的統稱。包括《史記》、《漢書》、《後漢書》、《三國志》、《晉書》、《宋書》、《南齊書》、《梁書》、《陳書》、《魏書》、《北齊書》、《周書》、《隋書》、《南史》、《北史》、《新唐書》、《新五代史》。

※3幾張紙蓋不完醬瓿：比喻這些書籍不受到重視，只能拿這些書的紙張來蓋在醬罐上。瓿，讀作「剖」，陶瓷小甕。

※4簳：讀作「感」。一種可製成箭桿的細竹子。

※5發科發甲：科舉中第。科，考試的題目。甲，錄取的等級。

※6大請大受：獲得高官厚祿。請受，宋代官吏領取的薪資補給。

※7掌命司：指司命一類的神祇，掌管人的壽命與吉凶禍福。

※8吳彥高：名吳激，自號東山，書畫家米芾的女婿。擅長詩文字畫，尤精樂府，與蔡松年合稱「吳蔡體」。著有《東山集》十卷。

※9晦庵：宋朝詩僧。

※10蝸角虛名：比喻所爭的東西極微小。典故出自於《莊子．則陽》。有一個國家在蝸牛的左角叫觸氏，另有一個國家在蝸牛的右角叫做蠻氏，常常爲了爭奪土地而發生戰爭，數萬人死亡，追逐戰敗的士兵十五天纔折返。兩個在蝸牛角上這麼小的國家，卻也爲了爭奪土地而打得死去活來，後用以形容爲了蠅頭小利而起爭端。

一箇※11意思。總不如古語云：「萬事分已定，浮生※12空自忙。」

說話的，依你說來，不須能文善武，懶惰的也只消天掉下前程；不須經商立業，敗壞的也只消天掙與家緣：卻不把人間向上的心都冷了？看官有所不知，假如人家出了懶惰的人，也就是命中該賤；出了敗壞的人，也就是命中該窮；此是常理。卻又自有轉眼貧富出人意外，把眼前事分毫算不準的哩！

且聽說一人，乃宋朝汴京※13人氏，姓金，雙名雄厚，乃是經紀行※14中人。少不得朝晨起早，晚夕眠遲，睡醒來千思想、萬算計，揀有便宜的纔做。後來家事掙得從容了，他便思想一箇久遠方法：手頭用來用去的，只是那散碎銀子；若是二兩塊頭好銀，便存著不動。約得百兩，便熔成一大錠，把一綜紅線結成一縧※15繫在錠腰，放在枕邊，夜來摩弄一番，方纔※16睡下。積了一生，整整熔成八錠。以後也就隨來隨去，再積不成百兩，他也罷了。

金老生有四子，一日是他七十壽旦。四子置酒上壽。金老見了四子躋躋蹌蹌※17，心中喜歡◎1，便對四子說道：「我靠皇天覆庇，雖則勞碌一生，家事盡可度日。況我平日留心，有熔成八大錠銀子◎2，永不動用的，在我枕邊，見將絨線做對兒結著。今將揀個好日子，分與爾等，每人一對，做個鎮家之寶。」四子喜謝，

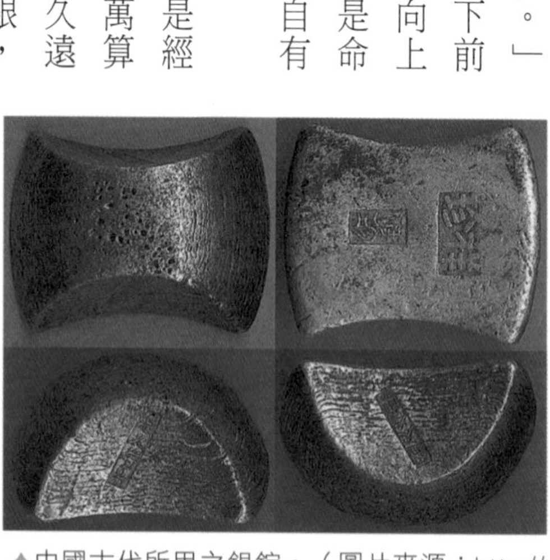

中國古代所用之銀錠。（圖片來源：http://art-hanoi.com）

盡歡而散。

是夜，金老帶些酒意，點燈上床。醉眼模糊，望去八箇大錠，白晃晃排在枕邊，摸了幾摸，哈哈地笑了一聲，睡下去了。睡未安穩，只聽見床前有人行走腳步響，心疑有賊。又細聽看，恰像欲前不前相讓一般。床前燈火微明，揭帳一看，只見八個大漢，身穿白衣，腰繫紅帶，曲躬而前曰：「某等兄弟，天數派定，宜在君家聽令。今蒙我翁過愛，抬舉成人，不煩役使，珍重多年，冥數將滿。待翁歸天後，再覓去向。今朝我翁目下將以我等分役諸郎君。我等與諸郎君輩原無前緣，故此前來告別，往某縣某村王姓某者投托。後緣未盡，還可一面。」語畢，回身便走。金老不知何事，喫※18了一驚。翻身下床，不及穿鞋，赤腳趕去。遠遠見八人出

註

※11箇：同今個字，是個奤的異體字。

※12浮生：人生。語本《莊子・刻意》：「其生若浮，其死若休。」依據《中華民國教育部重編國語辭典修訂本》解釋

※13汴京：今河南省開封縣。

※14經紀行：代客人採買或販售貨品，從中抽取傭金的店舖或個人，又稱「牙行」。

※15絛：絲線編成的帶子。同今「條」字，是條的異體字。

※16纔：通「才」字。

※17蹡蹡蹌蹌：原指進退走路有節奏。筆者以爲，依上下文意，應解作進退舉止符合法度、規矩。蹡蹌，讀作「機槍」。

※18喫：同「吃」。

眉批

◎1：所謂爲兒孫做馬牛。（即空觀主人）
◎2：移床果好，先生有驗。（即空觀主人）

了房門。金老趕得性急，絆了房檻，撲的跌倒，颯然驚醒，乃是南柯一夢※19。急起挑燈明亮，點照枕邊，已不見了八個大錠。細思夢中所言，句句是實。歎了一口氣，哽咽了一會，道：「不信我苦積一世，卻沒分與兒子每受用，倒是別人家的！明明說有地方姓名，且慢慢跟尋下落則個※20。」一夜不睡。

次早起來，與兒子每說知。兒子中也有驚駭的，也有疑惑的。驚駭的道：「不該是我們手裡東西，眼見得作怪。」疑惑的道：「老人家歡喜中說話，失許了我們。回想轉來，一時間就不割捨得分散了，造此鬼話也不見得。」金老見兒子們疑信不等，急急要驗箇實話。遂訪至某縣某村，果有王姓某者。叩門進去，只見堂前燈燭熒煌※21，三牲福物※22，正在那裡獻神。金老便開口問道：「宅上有何事如此？」家人報知，請主人出來。主人王老見金老揖坐了，問其來因。金老道：「老漢有一疑事，特造上宅來問消息。今見上宅正在此獻神，必有所謂，敢乞明示。」王老道：「老拙偶因寒荊小恙，買卜先生道『移床即好』。昨寒荊病中恍惚，見八個白衣大漢，腰繫紅束，對寒荊道：『我等本在金家，今在彼緣盡，來投身宅上。』言畢，俱鑽入床下。寒荊驚出了一身冷汗，身體爽快了。及至移床，灰塵中得銀八大錠，多用紅絨繫腰，不知是那裡來的？此皆神天福佑，故此買福物酬謝。今我丈來問，莫非曉得些來歷麼？」金老忽跌腳道：「此老漢一

中國古代銀元寶。

生所積，因前日也做了一夢，就不見了。夢中也道出老丈姓名居址的確，故得訪尋到此。可見天數已定，老漢也無怨處。但只求取出一看，也完了老漢心事。」王老道：「容易。」笑嘻嘻的走進去，叫安童四人托出四個盤來，每盤兩錠，多是紅絨繫束，正是金家之物。金老看了，眼睜睜無計所奈，不覺撲簌簌掉※23下淚來。撫摩一番道：「老漢直※24如此命薄，消受不得。」王老雖然叫安童仍舊拿了進去，心裡見金老如此，老大不忍。另取三兩零銀封了，送與金老作別。金老道：「自家的東西，尚無福，何須尊惠？」再三謙讓，必不肯受。王老強納在金老袖中。金老欲待摸出還了，一時摸箇不著，面兒通紅。又被王老央不過，只得作揖別了。直至家中對兒子們一一把前事說了。大家歎息了一回。因言王老好處，臨行送銀三兩。滿袖摸遍，並不見有。只說路中掉了，卻元來※25金老推遜時，王老往袖裡亂塞，落在著

註

※19南柯一夢：比喻人生的榮辱窮通，就像做了一場夢一樣，名利權勢得失無常。典故出自唐傳奇《南柯太守傳》，講述被革職的裨將淳於棼，到槐安國經歷一生的繁華富貴與喪妻、被小人流言陷害的歷程，醒來之後皈依佛道。

※20則個：加強語氣的語助詞。

※21燈燭熒煌：燈火明亮輝煌。

※22三牲福物：祭祀神祇的三種肉品，原為牛、羊、豬，民間多用雞、魚、豬。

※23掉：《案驚奇三十六卷》消閒居刊本作「吊」。

※24直：此處解爲竟然。參考李平校注，《今古奇觀》，三民書局出版。

※25元來：謂追溯原由。元與原相通，故元來即原來。

外面一層袖中。袖有斷線處，在王老家摸時，已自在脫線處落出在門檻邊了。客去掃門，仍舊是王老拾得。可見一飲一啄莫非前定※26。不該是他的東西，不要說八百兩，就是三兩，也得不去。該是他的東西，不要說八百兩，就是三兩，也推不出。原有的倒無了，原無的倒有了，竝※27不由人計較。

而今說一個人，在實地上行，步步不著，極貧極苦的，卻在渺渺茫茫做夢不到的去處，得了一主沒頭沒腦錢財，變成巨富。從來稀有亙古新聞。有詩為證：

分内功名匣裡財，不關聰慧不關獃。
果然命是財官格，海外猶能送寶來。

話說國朝※28成化年間，蘇州府長洲縣閶門※29外有一人，姓文，名實，字若虛。生來心思慧巧，做著便能，學得便會。琴棋書畫，吹彈歌舞，件件粗通。幼年間曾有人相他有巨萬之富，他亦自恃纔能，不十分去營求生產，坐喫山空，將祖上遺下千金家

明文徵明叢桂齋圖卷。

事，看看消下來。以後曉得家業有限，看見別人經商圖利的，時常獲利幾倍，便也思量做些生意，卻又百做百不著。

一日，見人說北京扇子好賣。他便合了一個夥計，置辦扇子起來。上等金面精巧的，先將禮物求了名人詩畫，免不得是沈石田※30、文衡山※31、祝枝山※32搧了幾筆，便值上兩數銀子。中等的，自有一樣喬人※33，一隻手學寫了這幾家字畫，也就哄得人過，將假當真的買了。他自家也兀自做得來的。下等的無金無字畫，將就賣幾十錢，也有對合利錢※34，是看得見的。揀箇日子，裝了箱兒，到了北京。豈知北京那年，自交夏來，日日淋雨不晴，並無一毫暑氣，發市甚遲。交秋早涼，雖不見

註

※26 一飲一啄莫非前定：人的吉凶禍福，都是命中註定的。

※27 竝：同今「並」字，是並的異體字。

※28 國朝：指本朝，此處指明朝。

※29 閶門：蘇州古城的西門。閶門內城門臨閶門大街（今西中市）。

※30 沈石田：沈周，字啓南，號石田、白石翁、玉田生、有竹居主人。明朝畫家，吳門畫派的創始人。是明代中期文人畫「吳派」的創始人，與文徵明、唐寅、仇英並稱「明四家」。

※31 文衡山：文徵明，原名壁（或作璧），字徵明，明朝畫家、書法家、文學家，「明四家」之一。

※32 祝枝山：祝允明，字希哲，號枝山。因生而右手有六指，自號「枝指生」。明代文學家、書法家。

※33 喬人：心懷不軌的人、壞人。

※34 對合利錢：和本金相等的利息，相當於一倍的利息。

及時，幸喜天色卻晴。有妝幌子弟要買把蘇做的扇子，袖中籠著搖擺。來買時，開箱一看，只叫得苦！元來北京黴滲※35卻在七八月，更加日前雨濕之氣，鬥※36著扇上膠墨之性，弄做了個「合而言之」，揭不開了◎3。用力揭開，東粘一層，西缺一片。但是有字有畫值價錢者，一毫無用。止剩下等沒字白扇是不壞的，能值幾何？將就賣了，做盤費回家，本錢一空。

頻年※37做事，大概如此。不但自己折本，但是搭他作伴，連夥計也弄壞了，故此人起他一個混名，叫個「倒運漢」。不數年，把個家事乾圓潔淨※38了，連妻子也不曾娶得。終日間靠著些東塗西抹，東挨西撞，也濟不得甚事。但只是嘴頭子謅得來※39，會說會笑。朋友家喜歡他有趣，遊耍去處，少他不得，也只好趁口※40，不是做家※41的。況且他是大模大樣過來的，幫閒行裡，又不十分入得隊。有憐他的，要薦他坐館教學，又有誠實人家，嫌他是個雜板令※42。高不湊，低不就。打從幫閒的、處館※43的兩項人見了他，也就做鬼臉，把「倒運」兩字笑他，不在話下。

一日，有幾個走海販貨的鄰近，做頭的無非是張大、李二、趙甲、錢乙一班人，共四十餘人，合了夥將行。他曉得了，自家思

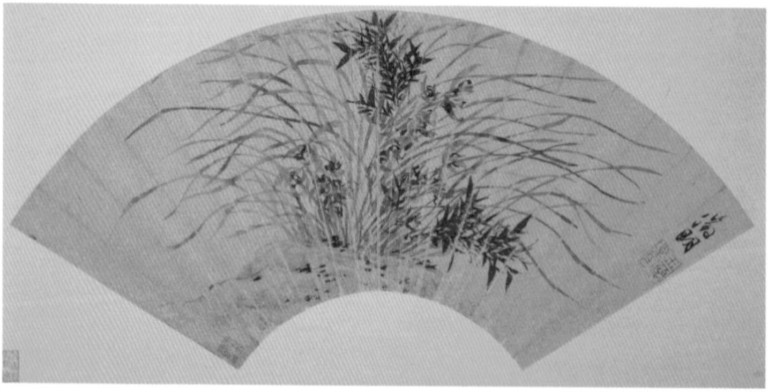

文徵明的書畫扇面作品，畫題為蘭竹。

忖道：「一身落魄生計皆無，便附了他們航海，看看海外風光，也不枉人生一世◎4。況且他們定是不卻※43我的，省得在家憂柴憂米，也是快活。」正計較間，恰好張大踱將來。元來這個張大，名喚張乘運，專一做海外生意，眼裡認得奇珍異寶，又且秉性爽慨，肯扶持好人，所以鄉里起他一個混名，叫「張識貨」。文若虛見了，便把此意一一與他說了。張大道：「好好。我們在海船裡頭，不耐煩寂寞。若得兄去，在船中說說笑笑，有甚難過的日子？我們眾兄弟，料想多是喜歡的。只是一件：我們多有貨物將去，兄並無所有，覺得空了一番往返，也可惜了。待我們大家計較，多少湊些出來助你，將就置些東西去也好。」文若虛便道：「多謝厚情，只怕沒人如兄肯周全小弟。」張大道：「且說說看。」一竟自去了。恰遇一個

註

※35徽沴：雨多的季節，雨下得多容易潮濕發黴。沴，讀作「利」。
※36鬥：此處爲拼湊、湊集之意。
※37頻年：連年。
※38乾圓潔淨：把家產積蓄都用盡了。
※39謅得來：能說會道，伶牙俐齒。
※40趁口：混口飯吃。（參考李平校注，《今古奇觀》，三民書局出版。）
※41做家：省吃儉用，儲存積蓄。
※42雜板令：比喻學無所長的人。
※43處館：舊時到別人家裡當私塾老師。。
※43卻：推卻。

眉批

◎3：字畫作祟。（即空觀主人）
◎4：無取之材，造化來了。（即空觀主人）

瞽目※44先生，敲著報君知※45走將來。文若虛伸手順袋裡摸了一個錢，扯他一卦，問問財氣看。先生道：「此卦非凡！有百十分財氣，不是小可。」文若虛自想道：「我只要搭去海外耍耍，混過日子罷了，那裡是我做得著的生意？要甚麼賫助※46？就賫助得來？便直恁地※47財爻※48動！這先生也是混帳。」

只見張大氣忿忿走來說道：「說著錢，便無緣。這些人好笑，說道你去，無不喜歡；說到助銀，沒一個則聲※49。今我同兩個好的弟兄，斢湊※50得一兩銀子在此，也辦不成甚貨，憑你買些果子船裡喫罷。口食之類，是在我們身上。」若虛稱謝不盡，接了銀子。張大先行道：「快些收拾，就要開船了。」若虛道：「我沒甚收拾，隨後就來。」手中拿了銀子，看了又笑，笑了又看道：「置得甚麼貨麼？」信步走去，只見滿街上筐※51籃內，盛著賣的：

紅如噴火，巨若懸星。皮未皺※52，尚有餘酸；霜未降，不可多得。元殊蘇井諸家樹※53，亦非李氏千頭奴※54。較廣似曰難兄，比福亦云具體。

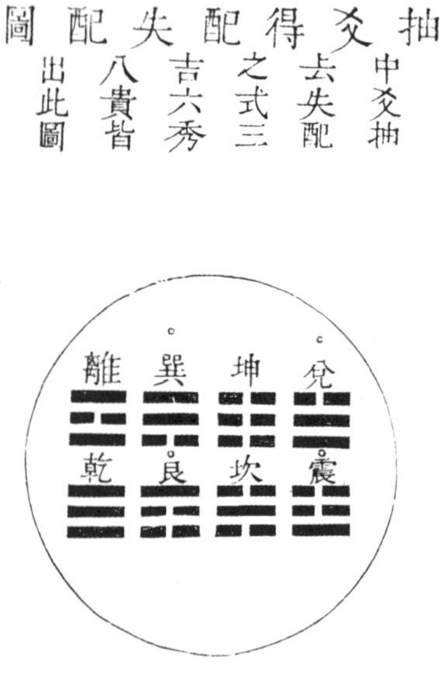

六爻是中國傳統占卜方法的一種。本圖題為「抽爻得配失配圖」，出自《古今圖書集成．博物彙編．藝術典．第六百五十一卷》。

乃是太湖中有一洞庭山，地暖土肥與閩廣無異。所以廣橘福橘，播名天下。洞庭有一樣橘樹，絕與他相似，顏色正同，香氣亦同。止是※55初出時味略少酸，後來熟了，卻也甜美。比福橘之價，十分之一，名曰：「洞庭紅。」若虛看見了，便思想道：「我一兩銀子，買得百斤有餘，在船可以解渴，又可分送一二，荅眾人助我之意。」買成裝上竹簍，僱一閒的，並行李挑了下船。眾人都拍手笑道：「文先生寶貨來也！」文若虛羞慚無地，只得吞聲上船，再也不敢提起買橘的事。開得船

註

※44 瞽目：瞎眼。瞽，讀作「古」。
※45 報君知：算命的盲人手裡拿的圓銅片，用小鎚敲擊，以報人知。
※46 賚：音「賴」，資助之意。
※47 直恁地：竟然如此。恁，讀作「任」，如此、這樣之意。
※48 財爻：顯示財運的爻象。爻，讀作「窯」。《周易》中的一卦，由六爻組合而成，占卜吉凶時除了看整體的卦辭外，還看爻辭。
※49 軿湊：把零星的東西聚集在一起。
※50 則聲：開口發言、出聲。
※51 篋：讀作「竊」。置物箱。
※52 皸：讀作「軍」。乾裂。（參考李平校注，《今古奇觀》，三民書局出版。）
※53 蘇井諸家樹：典故出自晉葛洪《神仙傳．蘇仙公》，傳說蘇仙公院子裡有一口井，井水加橘葉可以治瘟疫。
※54 李氏千頭奴：指後漢李衡，所種植的千棵柑橘樹，號「千頭木奴」。
※55 止是：只是。

來，漸漸出了海口。只見：

銀濤卷雪，雪浪翻銀。湍※56轉則日月似驚，浪動則星河如覆。

三五日間，隨風漂去，也不覺過了多少路程。忽至一個地方，舟中望去，人煙湊聚，城郭巍峨，曉得是到了甚麼國都了。舟人把船撐入藏風避浪的小港內，釘了樁撅※57，下了鐵錨。纜好了，船中人多上岸，打一看，元來是來過的所在，名曰「吉零國」。原來這邊中國貨物，拿到那邊，一倍就有三倍價。換了那邊貨物，帶到中國，也是如此。一往一回，卻不便有八九倍利息，所以人都拚死走這條路。眾人多是做過交易的，各有熟識經紀※58、歇家、通事※59人等，各自上岸，找尋發貨去了：只留文若虛在船中看船。路徑不熟，也無走處。

正悶坐間，猛可想起道：「我那一簍紅橘，自從到船中，不曾開看，莫不人氣蒸爛了？趁著眾人不在，看看則箇。」叫那水手在艙板底下翻將起來，打開了簍看時，面上

洞庭紅橘是中國江蘇省吳縣東西洞庭山的特產，唐時被奉為貢品，聞名天下。

多是好好的。放心不下，索性搬將出來，都擺在艎板上面。也是合該發跡，時來福湊，擺得滿船紅焰焰的，遠遠望來，就是萬點火光，一天星斗。岸上走的人都攏將來，問道：「是甚麼好東西呀？」文若虛只不答應。看見中間有個把一點頭的，揀了出來，掐破就喫。岸上看的一發多了，驚笑道：「元來是喫得的。」就中有個好事的，便來問價：「多少一個？」文若虛不省得他們說話，船上人卻曉得，就扯個謊哄他，豎起一個指頭，說：「要一錢一顆。」那問的人揭開長衣，露出那兜羅錦紅裏肚來。一手摸出銀錢一個來道：「買一個嘗嘗。」文若虛接了銀錢，手中攧攧看，約有兩把重。心下想道：「不知這些銀子要買多少？因不見秤秤，且先把一個與他看樣。」揀個大些的，紅得可愛的遞一個上去。只見那個人接上手，攧了一攧道：「好東西呀！」撲地就劈開了，香氣撲鼻，連旁邊聞著的許多人，大家喝一聲采。那買的不知好歹，看見船上喫法，也學他去了皮，卻不分裏，一塊塞在口裡，甘水滿咽喉，連核都不吐吞下去了。哈哈大笑道：「妙哉妙哉！」又伸手到裏肚裡摸出十個銀錢來，說：「我要買十個進奉去。」文若虛喜出望外，揀十個與他去

註

※56湍：讀作「湍」。急流。《中華民國教育部重編國語辭典修訂本》。

※57椿橛：木釘。《中華民國教育部重編國語辭典修訂本》。

※58經紀：做買賣，經營小本生意。

※59通事：此指從事語言翻譯的人。

了。那看的人見那人如此買去了，也有買一個的，也有買兩個三個的，都是一般銀錢。買了的都千歡萬喜去了。

元來彼國以銀為錢，上有文采。有等龍鳳文的最貴重，其次人物，又次禽獸，又次樹木，最下通用的是水草，卻都是銀鑄的，分兩不異。適纔買橘的都是一樣水草紋的，他道是把下等錢買了好東西去了，所以歡喜。也只是要小便宜，心腸與中國人一樣。須臾之間，三停裡賣了二停。有的不帶錢在身邊的，老大懊悔，急忙取了錢轉來。文若虛已此剩不多了，拿一個班※60道：「而今要留著自家用，不賣了。」其人情願再增一個錢，四個錢買了二顆。口中嘵嘵說：「悔氣，來得遲了。」旁邊人見他增了價就埋怨道：「我每還要買個，如何把價錢增長了他的？」買的人道：「你不聽得他方纔說兀自不賣了？」

正在議論間，只見首先買十顆的那一個人騎了一匹青驄馬，飛也似奔到船邊，下了馬，分開人叢，對船上大喝道：「不要零賣！不要

只見首先買十顆的那一個人騎了一匹青驄馬，飛也似奔到船邊，對船上大喝道：「不要零賣！不要零賣！」（古版畫，選自《今古奇觀》明末吳郡寶翰樓刊本。）

零賣！是有的俺多要買。俺家頭目要買去進可汗哩。」看的人聽見這話，便遠遠走開，站住了看。文若虛是伶俐的人，看見來勢，已自瞧料在眼裡，曉得是個好主顧了，連忙把簍裡盡數傾出來，止剩五十餘顆。數了一數，又拿起班來，說道：「適間講過要留著自用，不得賣了。今肯加些價錢，再讓幾顆去罷。適間已賣出兩個錢一顆了。」其人在馬背上拖下一大囊，摸出錢來，另有一樣樹木紋的，說道：「如此錢一個罷了。」文若虛道：「不情願，只照前樣罷了。」那人笑了一笑，又把手去摸出一個龍鳳紋的來道：「這樣的一個如何？」文若虛又道：「不情願，只要前樣的。」那人又笑道：「此錢一個抵百個，料也沒得與你，只是與你耍。你不要俺這一個，卻要那等的，是個傻子！你那東西肯都與俺了，俺再加你一個那等的也不打緊。」文若虛數了一數，有五十二顆，准准的要了他一百五十六個水草銀錢。那人連竹簍都要了，又丟了一個錢，把簍拴在馬上，笑吟吟地一鞭去了。看的人見沒得賣了，一哄而散。

文若虛見人散了，到艙裡把一個錢秤一秤，有八錢七分多重。秤過數個，都是一般，總數一數，共有一千個差不多◎5。把兩個賞了船家，其餘收拾在包裡了，

註

※60拿班：擺架子。《中華民國教育部重編國語辭典修訂本》

眉批

◎5：果然是有錢人手段（即空觀主人）

笑一聲道：「那盲子好靈卦也！」歡喜不盡，只等同船人來對他說笑則個。

說話的，你說錯了！那國裡銀子這樣不值錢，如此做買賣，那久慣漂洋的帶去多是綾羅緞疋※61，何不多賣了些銀錢回來，一發百倍了？看官有所不知。那國裡見了綾羅等物，都是以貨交兌。我這裡人也只是要他貨物，纔有利錢。若是賣他銀錢時，他都把龍鳳、人物的來交易，作了好價錢，分兩也只得如此，反不便宜。如今是買喫口東西，他只認做把低錢交易，我卻只管分兩，所以得利了。說話的，你又說錯了！依你說來，那航海的何不只買喫口東西，只換他低錢，豈不有利？反著重本錢置他貨物怎地？看官，又不是這話。也是此人偶然有此橫財，帶去著了手；若是有心第二遭再帶去，三五日不遇巧，等得希爛。那文若虛運未通時，賣扇子就是榜樣。扇子還是放得起的，尚且如此，何況果品？是這樣執一論不得的。

閒話休題。且說眾人領了經紀主人到船發貨，文若虛把上頭事說了一遍。眾人都驚喜道：「造化造化※62！我們同來，到是你沒本錢的先得了手也。」張大便拍手道：「人都道他倒運，而今想是運轉了！」便對文若虛道：「你這些銀錢，此間置貨作價不多，除是轉發※63在夥伴中，回他幾百兩

明萬曆年間所鑄的銀錢。

中國貨物，上去打換些土產珍奇，帶去有大利錢，也強如虛藏此銀錢在身邊，無個用處。」文若虛道：「我是倒運的，將本求財，從無一遭不連本送的。今承諸公挈帶※64，做此無本錢生意，偶然僥倖一番，真是天大造化了，如何還要生利錢，妄想甚麼？萬一如前再做折了，難道再有洞庭紅這樣好賣不成？」眾人多道：「我們用得著的是銀子，有的是貨物。彼此通融，大家有利，有何不可？」文若虛道：「一年被蛇咬，三年怕草索。說到貨物，我就沒膽氣了，只是守了這些銀錢回去罷。」眾人齊拍手道：「放著幾倍利錢不取，可惜可惜！」

隨同眾人一齊上去，到了店家，交貨明白，彼此兌換。約有半月光景。文若虛眼中看過了若干好東西，他已自志得意滿，不放在心上。眾人事體完了，一齊上船，燒了神福，喫了酒，開洋。行了數日，忽然間天變起來，但見：

烏雲蔽日，黑浪掀天。蛇龍戲舞起長空，魚鱉驚惶潛水底。艨艟※65泛泛，只

註

※61疋：讀作「匹」。量詞。布帛類紡織品的計算單位。同「匹」。
※62造化：福氣、幸運。《中華民國教育部重編國語辭典修訂本》
※63轉發：兌撥。（參考李平校注，《今古奇觀》，三民書局出版。）
※64挈帶：提攜。挈，讀作「竊」。
※65艨艟：讀作「盟同」。古代戰船的一種。

如棲不定的數點寒鴉；島嶼浮浮，便似沒不煞※66的幾雙水鵜※67。舟中是方揚的米簸※68，舷外是正熟的飯鍋。總因風伯太無情，以致篙師※69多失色。

那船上人見風起了，扯起半帆，不問東西南北，隨風勢漂去。隱隱望見一島，便帶住蓬腳，只看著島邊使來。看看漸近，恰是一個無人的空島。但見：

樹木參天，艸萊※70遍地。荒涼徑界，無非些兔跡狐蹤；坦迤土壤，料不是龍潭虎窟。混茫內未識應歸何國轄，開闢來不知曾否有人登？

船上人把船後拋了鐵錨，將樁橛泥犁上岸去釘停當了，對艙裡道：「且安心坐一坐，候風勢則個。」那文若虛身邊有了銀子，恨不得插翅飛到家裡，巴不得行路，卻如此守風呆坐，心裡焦燥。對眾人道：「我且上岸去島上望望則個。」眾人道：「一個荒島，有何好看？」文若虛道：「總是看看何礙。」眾人都被風顛得頭暈，個個

隱隱望見一島，便帶住蓬腳，只看著島邊使來。看看漸近，恰是一個無人的空島。（古版畫，選自《今古奇觀》明末吳郡寶翰樓刊本。）

是呵欠連天，不肯同去。文若虛便自一個，抖擻精神，跳上岸來。只因此一去，有分交：

十年敗殼精靈顯，一介窮神富貴來。

若是說話的同年生，竝時長，有個未卜先知的法兒，便雙腳走不動，也拄個拐兒隨他同去一番，也不妨的。

卻說文若虛見眾人不去，偏要發個狠，扳藤附葛，直走到島上絕頂。那島也苦不甚高，不費甚大力。只是荒草蔓延，無好路徑。到得上邊，打一看時，四望漫漫，身如一葉，不覺淒然掉下淚來。心裡道：「想我如此聰明，一生命蹇※71，家業消亡，剩得隻身，直到海外。雖然僥倖有得千來個銀錢在囊中，知他命裡是我的不

註

※66沒不煞：淹不死。（參考李平校注，《今古奇觀》，三民書局出版。）

※67水鵜：又名「鵜鶘」。一種喫魚的水鳥，下巴下方有喉囊，可以儲存食物。鵜，讀作「提」。

※68米簸：篩除米糠的器具。簸，讀作「播」。

※69篙師：船夫。篙，讀作「高」。撐船的竹竿或木棍。

※70艸菜：艸，同「草」。菜，指雜草。

※71命蹇：時運不濟。蹇，讀作「簡」。

是我的？今在絕島中間，未到實地，性命也還是與海龍王合著的哩！」

正在感愴，只見望去遠遠草叢中一物突高。移步往前一看，卻是床大一個敗龜殼。大驚道：「不信天下有如此大龜！世上人那裡曾看見？說也不信的。我自到海外一番，不曾置得一件海外物事。今我帶了此物去，也是一件希罕的東西，與人看看，省得空口說著，道是蘇州人會調謊※72。又且一件：鋸將開來，一蓋一板，各置四足，便是兩張床，卻不奇怪！」遂脫下兩隻裹腳，接了穿在龜殼中間，打個扣兒，拖了便走。

走至船邊，船上人見他這等模樣，都笑道：「文先生那裡又跎了繂來※73？」文若虛道：「好教列位得知，這就是我海外的貨了。」眾人抬頭一看，卻便似一張無柱有底的硬腳床，喫驚道：「好大龜殼！你拖來何幹？」文若虛道：「也是罕見的，帶了他去。」眾人笑道：「好貨不置一件，要此何用？」有的道：「也有用處，有甚麼天大的疑心事，灼他一卦，只沒有這樣大龜藥。」又有的道：「是醫家要煎龜膏，拿去打碎了，煎起來，也當得凡百個小龜殼。」文若虛道：「不要管有用沒用，只是希罕，又不費本錢，便帶了回去。」當時叫個船上水手，一擡擡下艙來。初時山下空闊，還只如此。艙中看來，一發大了。若不是海船，也著不得這

龜殼，是烏龜的甲殼，由肋骨進化成特殊的骨製和軟骨護盾，可保護烏龜的身體。

樣狼犺※74東西。眾人大家笑了一回，說道：「到家裡有人問，只說文先生做了偌大的烏龜買賣來了。」文若虛道：「不要笑我，好歹有一個用處，決不是棄物。」隨他眾人取笑，文若虛只是得意。取些水來內外洗一洗淨抹乾了，卻把自己錢包行李都塞在龜殼裡面，兩頭把繩一絆，卻當了一個大皮箱了。自笑道：「兀的不眼前就有用起了。」眾人都笑將起來道：「好算計！好算計！文先生到底是箇聰明人。」

當夜無話。次日，風息了，開船一走。不數日，又到了一個去處，卻是福建地方了。纔住定了船，就有一夥慣伺候接海客的小經紀牙人，攢※75將攏來，你說張家好，我說李家好，拉的拉，扯的扯，嚷個不住。船上眾人，揀一個一向熟識的跟了去，其餘的也就住了。眾人到了一個波斯胡人店中坐定。裡面主人見說海客到了，連忙先發銀子，喚廚戶包辦酒席幾十桌。分付停當，然後踱將出來。這主人是個波斯國裡人，姓個古怪姓，是瑪瑙的瑪字，叫名瑪寶哈，專一與海客兌換珍寶貨物，不知有多少萬數本錢。眾人走海過的，都是熟主熟客；只是文若虛不曾認得。

註

※72調謊：說謊，撒謊。

※73跎了縴來：即跎縴。讀作「陀欠」。船在水上航行時，無論逆風或逆水，水手必須上岸，拉縴使船前進。此處笑話文若虛，帶了一個大龜殼，像水手跎縴一樣。

※74狼犺：形容物品體積龐大、笨重。犺，讀作「抗」。

※75攢：讀作「攛」。聚合、聚集。

抬眼看時，原來波斯胡住得在中華久了，衣服言動，都與中華不大分別。只是剃眉剪須，深目高鼻，有些古怪。出來見了眾人，行賓主禮坐定了。兩杯茶罷，站起身來，請到一個大廳上。只見酒筵多完備了，且是擺得齊楚。原來舊規：海船一到，主人家先折過這一番款待，然後發貨講價的。

主人家手執著一付法浪※76菊花盤盞，拱一拱手道：「請列位貨單一看，好定坐席。」看官你道，這是何意？原來波斯胡以利為重，只看貨單上有奇珍異寶，值得上萬者，就送在先席。餘者看貨輕重，挨次坐去◎6，不論年紀，不論尊卑，一向做下的規矩。船上眾人，貨物貴的賤的，多的少的，你知我知，各自心照，差不多領了酒杯，各自坐了。單單剩得文若虛一個，呆呆站在那裡。主人道：「這位老客長不曾會面，想是新出海外的，置貨不多了。」眾人大家說道：「這是我們好朋友，到海外耍去的，身邊有銀子，卻不曾肯置貨。今日沒奈何，只得屈他在末席坐了。」文若虛滿面羞慚，坐了末位。主人坐在橫頭。飲酒中間，這一個說道，我有貓兒眼多少；那一個說道，我有祖母綠多少。你誇我逞。文若虛一發嘿嘿無言，自心裡也微微有些懊悔道：

明早期掐絲琺瑯菱花口碟。

「我前日該聽他們勸，置些貨物來的是。今枉有幾百銀子在囊中，說不得一句說話。」又自歎了口氣道：「我原是一些本錢沒有的；今日大幸，不可不知足。」自思自忖，無心發興喫酒。眾人卻猜拳行令，喫得狼藉。主人是個積年，看出文若虛不快活的意思來，不好說破，虛勸了他幾杯酒。眾人都起身道：「酒勾※77了，天晚了，趁早上船去，明日發貨罷。」別了主人去了。

主人撤了酒席，收拾睡了。明日起個清早，先走到海岸船邊，來拜這夥客人。主人登舟，一眼瞅去，那艙裡狼狼犺犺這件東西，早先看見了，喫了一驚道：「這是那一位客人的寶貨？昨日席上竝不曾見說起，莫不是不要賣的？」眾人都笑指道：「此敝友文兄的寶貨。」中有一人襯道：「又是滯貨！」主人看了文若虛一看，滿面掙得通紅，帶了怒色埋怨眾人道：「我與諸公相處多年，如何恁地作弄我？教我得罪於新客，把一箇末座屈了他，是何道理？」一把扯住文若虛對眾客道：「且慢發貨，容我上岸謝過罪著。」眾人不知其故。有幾個與文若虛相知些的，又有幾個喜事的，覺得有些古怪，共十餘人，趕了上來，重到店中，看是如何。

註

※76法浪：即琺瑯。琺瑯約在元朝時傳入中國。

※77勾：讀作「夠」，足夠。

眉批

◎6：當今之世不獨波斯胡爲然矣。（即空觀主人）

只見主人拉了文若虛，把交椅整一整，不管眾人好歹，納※78他頭一位坐下了，道：「適間得罪得罪！且請坐一坐。」文若虛也心中鑊鐸※79，忖道：「不信此物是寶貝，這等造化不成？」主人走了進去，須臾出來，又拱眾人到先前喫酒去處，又早擺下幾桌酒。為首一桌，比先更齊整。把盞向文若虛一揖，就對眾人道：「此公正該坐頭一席。你每枉自一船的貨，也還趕他不來，先前失敬失敬。」眾人看見又好笑，又好怪，半信不信的，一帶兒坐了。

酒過三杯，主人就開口道：「敢問客長，適間此寶可肯賣否？」文若虛是個乖人，趁口答應道：「只要有好價錢，為甚不賣？」那主人聽得肯賣，不覺喜從天降，笑顏逐開，起身道：「果然肯賣，但憑分付價錢，不敢吝惜。」文若虛其實不知值多少，討少了怕不在行，討多了怕喫笑。忖了一忖，面紅耳熱，顛倒討不出價錢來。張大便與文若虛丟個眼色，將手放在椅子背上，豎著三個指頭，再把第二個指空中一撇道：「索性討他這些。」文若虛搖頭，豎一指道：「這些我還討不出口在這裡。」卻被主人看見道：「果是多少價錢？」張大搗一個鬼道：「依文先生手勢，敢像要一萬哩！」主人呵呵大笑道：「這是不要賣，哄我而已。此等寶物，豈止此價從錢！」眾人

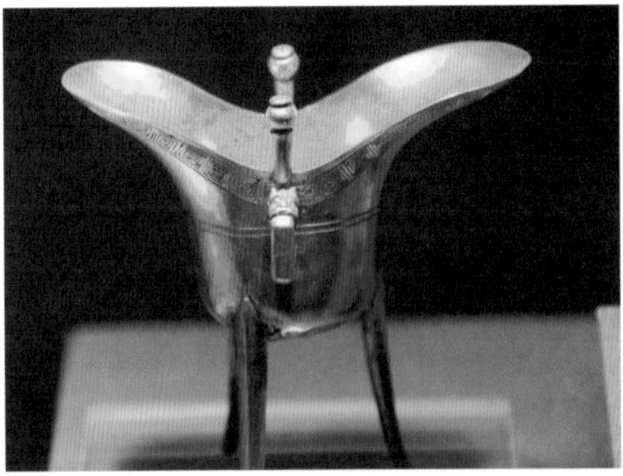

爵是中國傳統一種用於飲酒的容器，圖為明朝所用的金爵。

見說，大家目睜口呆，都立起了身來，扯文若虛去商議道：「造化造化！想是值得多哩！我們實實不知如何定價，文先生不如開個大口，憑他還罷。」文若虛終是礙口識羞，待說又止。眾人道：「不要不老氣※80！」主人又催道：「實說說何妨。」文若虛只得討了五萬兩。主人還搖頭道：「罪過罪過！沒有此話。」扯著張大私問他道：「老客長們海外往來不是一番了，人都叫你張識貨，豈有不知此物就裡的？必是無心賣他，奚落小肆※81罷了。」張大道：「實不瞞你說，這個是我的好朋友，同了海外頑耍的，故此不曾置貨。適間此物，乃是避風海島偶然得來，不是出價置辦的，故此不識得價錢。若果有這五萬與他，勾他富貴一生，他也心滿意足了。」主人道：「如此說，要你做個大大保人，當有重謝，萬萬不可翻悔！」遂叫店小二拿出文房四寶來。主人家將一張供單綿料紙折了一折，拿筆遞與張大道：「有煩老客人做主，寫箇合同文契，好成交易。」張大指著同來一人道：「此位客人褚中穎寫得好。」把紙筆讓與他。褚客磨得墨濃，展好紙，提起筆來寫道：「立合同議單張乘運等。今有蘇州客人文實，海外帶來大龜殼一個，投至波斯瑪寶哈店。願出銀

註

※78 納：「捺」的借用字，按住。（參考李平校注，《今古奇觀》，三民書局出版。）
※79 鑊鐸：讀作「或奪」。心中猶豫懷疑。
※80 不老氣：面皮薄、害羞靦腆。
※81 小肆：小店。肆，店鋪。

五萬兩買成。議定立契之後，一家交貨，一家交銀，各無翻悔。有翻悔者，罰契上加一。合同為照。」

一樣兩紙，後邊寫了年月日，下寫張乘運為頭，一連把在坐客人十來個寫去。褚中穎因自己執筆，寫了落末。年月前邊空行中間，將兩紙湊著，寫了騎縫一行，兩邊各半。乃是「合同議約」四字。下寫客人文實、主人瑪寶哈。各押了花押。單上有名，從後頭寫起，寫到張乘運，道：「我們押字錢重些，這買賣纔弄得成。」主人笑道：「不敢輕，不敢輕。」

寫畢，主人進內，先將銀一箱擡出來，道：「我先交明白了用錢※82，還有說話。」眾人攢將攏來。主人開箱，卻是五十兩一包，共總二十包，整整一千兩。雙手交與張乘運道：「憑老客長收明，分與眾位罷。」眾人初然喫酒寫合同，大家攛哄鳥亂※83，心下還有些不信的意思。如今見他拿出精晃晃白銀來做用錢，方知是實。文若虛恰像夢裡醉裡，話都說不出來，呆呆地看◎7。張大扯他一把道：「這用錢如何分散，也要文兄主張。」文若虛方說一句道：「且完了正事慢處。」

只見主人笑嘻嘻的對文若虛說道：「有一事要與客長商議。價銀現在裡面閣兒上，都是向來兌過

晚明剔紅雕漆筆。

的，一毫不少，只消請客長一兩位進去，將一包過一過目，兌一兌為准，其餘多不消兌得。卻又一說：此銀數不少，搬動也不是一時功夫，況且文客官是個單身，如何好將下船去？又要泛海回還，有許多不便處。」文若虛想了一想道：「見教得極是，而今卻待怎麼？」主人道：「依著愚見，文客官目下回去未得。小弟此間有一個緞疋鋪，有本三千兩在內。其前後大小廳屋樓房共百餘間，也是個大所在，價值二千兩，離此半里之地。愚見就把本店貨物及房屋文契，作了五千兩，盡行交與文客官。文客官在此住下了，做此生意，其銀也做幾遭搬了過去，不知不覺。日後文客官要回去，這裡可以托心腹夥計看守，便可輕身往來。不然小店交出不難，文客官收貯卻難也。愚意如此。」說了一遍，說得文若虛與張大跌足※84道：「果然是客綱客紀※85，句句有理。」文若虛道：「我家裡原無家小，況且家業已盡了，就帶了許多銀子回去，沒處安頓。依了此說，我就在這裡立起個家緣※86來，有何不可？此番造化，一緣一會，都是上天作成的，只索隨緣做去。便是貨物房產，價錢未必有

註

※82用錢：傭金。酬謝擔保人的禮金。
※83攛哄鳥亂：形容大夥七嘴八舌，在旁邊湊熱鬧起哄。
※84跌足：原指跺腳。此處用爲表示欣賞、讚嘆。
※85客綱客紀：出外經商經驗豐富，規矩講究。
※86立起個家緣：置辦家產。

眉批

◎7：逼眞光景，得意事乍來都如此。(即空觀主人)

五千，總是落得的。」便對主人說：「適間所言誠是萬全之算，小弟無不從命。」

主人便領文若虛進去閣上看，又叫張、褚二人：「一同來看看，其餘列位不必了。請略坐一坐。」他四人進去。眾人不進去的，個個伸頭縮頸，你三我四說道：「有此異事！有此造化！早知這樣，懊悔島邊泊船時節也不去走走，或者還有寶貝，也不見得。」◎8有的道：「這是天大的福氣，撞將來的，如何強得？」正欣羨間，文若虛已同張、褚二客出來了。眾人都問進去如何了？張大道：「裡邊高閣是個土庫，放銀兩的所在，都是桶子盛著。適間進去，看了十個大桶，每桶四千。又五個小匣，每個一千，共是四萬五千，已將文兄的封皮記號封好了，只等交了貨，就是文兄的了。」主人出來道：「房屋文書、緞疋帳目，俱已在此，湊足五萬之數了；且到船上取貨去。」一擁都到海船來。

文若虛一路對眾人說：「船上人多，切勿明言。小弟自有厚報。」眾人也只怕船上人知道要分了用錢去，各各心照。文若虛到了船上，先向龜殼中把自己包裹被囊取出了。手摸一摸殼，口裡暗道：「僥倖僥倖！」主人便叫店內後生二人來抬此殼，發付道：「好生擡進去，不要放在外邊。」船上人見擡了此殼去，便道：「這個滯貨也脫手了，不知賣了多少？」文若虛只不做聲，一手提了包裹，往岸上

明早期纏枝蓮托八寶鳳鳥紋妝花緞。

就走。這起初同上來的幾個，又趕到岸上，將龜殼從頭至尾細細看了一遍，又向殼內張了一張，撈了一撈，面面相覷道：「好處在那裡？」

主人仍拉了這十來個一同上去。到店裡說道：「而今且同文客官看了房屋鋪面來。」眾人與主人一同走到一處，正是鬧市中間，一所好大房屋，門前正中是個鋪子，傍有一衖※87走進，轉個彎，是兩扇大石板門，門內大天井，上面一所大廳，廳上有一匾，題曰：「來琛堂。」堂旁有兩楹側屋，屋內三面有櫥，櫥內都是綾羅各色緞疋。以後內房樓房甚多。文若虛暗道：「得此為住居，王侯之家，不過如此矣。況又有緞鋪營生，利息無盡，便做了這裡客人罷了，還思想家裡做甚？」就對主人道：「好卻好，只是小弟是個孤身，畢竟還要尋幾房使喚的人，纔住得。」主人道：「這個不難，都在小店身上。」

文若虛滿心歡喜，同眾人走歸本店來。主人討茶來喫了，說道：「文客官今晚不消船裡去，就在鋪中住下了。使喚的人，鋪中現有，逐漸再討便是。」眾客人多道：「交易事已成，不必說了。只是我們畢竟有些疑心：此殼有何好處？值價如此？還要主人見教一個明白。」文若虛道：「正是正是。」主人笑道：「諸公枉了

註

※87衖：讀作「弄」。弄是南方對小巷的稱呼。

眉批

◎8：愚人事後之見，大率如此。（即空觀主人）

海上，走了多遭，這些也不識得？列位豈不聞說龍有九子乎？內有一種是鼉龍，其皮可以幔鼓，聲聞百里。所以謂之鼉鼓。鼉龍萬歲，到底蛻下此殼成龍。此殼有二十四肋，按天上二十四氣。每肋中間節內，有大珠一顆。若是肋未完全時節，成不得龍，蛻不得殼。也有生捉得他來，只好將皮幔鼓，其肋中也未有東西。直待二十四肋肋完全，節節珠滿，然後蛻了此殼，變龍而去。故此是天然蛻下，氣候俱到，肋節俱完的，與生擒活捉壽數未滿的不同，所以有如此之大。這個東西，我們肚中雖曉得，知他見時蛻下？又在何處地方守得他著？殼不值錢，其珠皆有夜光，乃無價寶也。今天幸遇巧，得之無心耳。」

眾人聽罷，似信不信。只見主人定將進去了一會，笑嘻嘻的走出來，袖中取出一西洋布的包來，說道：「請諸公看看。」解開來，只見一團綿裹著寸許大一顆夜明珠，光彩奪目。討個黑漆的盤，放在暗處，其珠滾一個不定，閃閃爍爍，約有尺餘亮處。眾人看了，驚得目睜口呆，伸了舌頭，收不進去。主人回身轉來，對眾客逐個致謝道：「多蒙列位作成了。只這一顆，拿到咱國中，就值方纔的價錢了，其餘多是尊惠。」眾人個個心驚，卻是說過的話，又不好翻悔得。主人見眾人有些變色，取了珠子，急急走到裡邊，又叫抬出一

圖為螢石，夜明珠被認為是一種會發光的螢石，在中國古代民間又名叫夜光石、放光石。中國雖然是螢石礦產大國，但夜晚能發光的螢石並不多，所以顯得珍貴和價值連城。

個緞箱來。除了文若虛，每人送與緞子二端，說道：「煩勞了列位，做兩件道袍穿穿，也見小肆中薄意。」袖中又摸出細珠十數串，每一串道：「輕鮮※88輕鮮，備歸途一茶罷了。」文若虛處，另是粗些的珠子四串，緞子八疋，道是：「是權且做幾件衣服。」文若虛同眾人歡喜作謝了。主人就同眾人送了文若虛到緞鋪中，叫鋪裡夥計後生們都來相見，說道：「今番是此位主人了。」主人自別了去道：「再到小店中去去來。」只見須臾間，數十個腳夫扛了好些扛來，把先前文若虛封記的十桶五匣都發來了。文若虛搬在一個深密謹慎的臥房裡頭去處，出來對眾人道：「多承列位挈帶，有此一套意外富貴，感謝不盡。」走進去把自家包裹內所賣洞庭紅的銀錢倒將出來，每人送他十個。止有張大，與先前出銀助他的兩三個，分外又是十個◎9。道：「聊表謝意。」

此時文若虛把這些銀錢，看得不在眼裡了。眾人卻是快活，稱謝不盡。文若虛又拿出幾十個來，對張大說道：「有煩老兄將此分與船上同行的人，每位一個，聊當一茶。◎10小弟住在此間，有了頭緒，慢慢到本鄉來，此時不得同行，就此為別了。」張大道：「還有一千兩用錢，未曾分得，卻是如何？須得文兄分開，方沒得說。」文若虛道：「這倒忘了。」就與眾人商議，將一百兩散與船上眾人，餘九百

註

※88輕鮮：即區區薄禮之意。

眉批

◎9：此人元不俗。（即空觀主人）
◎10：忠厚者宜其有後福也。（即空觀主人）

兩，照現在人數，另外添出兩股，派了股數，各得一股。張大為頭的，褚中穎執筆的，多分一股。眾人千歡萬喜，沒有說話。內中一人道：「只是便宜了這回回。文先生還該起個風，要他些不敷※89纔是。」文若虛道：「不要不知足，看我一個倒運漢，做著便折本的，造化到來，平空地有此一注財爻，可見人生分定，不必強求。我們若非這主人識貨，也只當得廢物罷了。還虧他指點曉得，如何還好昧心爭論？」眾人都道：「文先生說得是，存心忠厚，所以該有此富貴。」大家千恩萬謝，各各齎※90了所得東西，自到船上發貨。

從此，文若虛做了閩中一個富商，就在那邊取了妻小，立起家業。數年之間，纔到蘇州走一遭，會會舊相識，依舊去了。至今子孫繁衍，家道殷富不絕。正是：

運退黃金失色，時來頑鐵生輝。
莫與癡人說夢，思量海外尋龜。

明永樂紅漆戧金雲龍紋經匣。

註

※89起個風，要他些不敷：隨便找個理由，再向他討些銀錢作為補償。
※90齎：讀作「基」，拿、持。

第十卷　看財奴刁買冤家主

詩云：

從來欠債要還錢，冥府於斯倍灼然。
若使得來非分內，終須有日復還原。

卻說人生財物，皆有分定，若不是你的東西，縱然勉強哄得到手，原要一分一毫填還別人的。從來因果報應的說話，其事非一，難以盡述。在下先揀一個希罕些的，說來做個得勝頭回※1。晉州※2古城縣有一個人，名喚張善友。平日看經念佛，是個好善的長者。渾家李氏，卻有些短見薄識，要做些小便宜勾當。夫妻兩個過活，不曾生男育女。家道儘從容好過。其時，本縣有個趙廷玉，是個貧難的人，

註

※1得勝頭回：宋元時代，說書人在開始講述正文故事前，會說一個與正文故事相關的小故事做為開場，又稱「入話」。
※2晉州：今中國山西省。

平日也守本分。只因一時母親亡故，無錢葬埋，曉得張善友家事有餘，起心要去偷他些來用。算計了兩日，果然被他挖個牆洞，偷了他五六十兩銀子去，將母親殯葬訖。自想道：「我本不是沒行止※3的，只因家貧無錢葬母，做出這個短頭※4的事來，擾了這一家人家。今生今世還不的，他來生來世是必填還他則個。」

張善友次日起來，見了壁洞，曉得失了賊。查點家財，箱籠裡沒了五六十兩銀子。張善友是個富家，也不十分放在心上，道是命該失脫，歎口氣罷了。惟有李氏切切於心道：「有此一項銀子，做許多事，生許多利息，怎捨得白白被盜了去？」

正在納悶間，忽然外邊有一個和尚來尋張善友。張善友出去相見了，問道：「師父何來？」和尚道：「老僧是五臺山僧人，為因佛殿坍損，下山來抄化※5修造。抄化了多時，積得有百來兩銀子，還少些個。又有那上了疏※6未曾勾銷的。今要往別處去走走，討這些佈施，身邊所有銀子，不便攜帶，恐有失所，要尋個寄放的去處，一時無有。一路訪

五臺山位於中國山西省東北部忻州市五臺縣東北隅，位居中國四大佛教名山之首，是世界佛教五大聖地之一。五臺山據傳擁有寺廟128座，現存寺院共47處。圖為五臺山寺院一景。

來，聞知長者好善，是個有名的檀越※7，特來寄放這一項銀子。待別處討足了，就來回取本山去也。」張善友道：「這是勝事，師父只管寄放在舍下，萬無一誤。只等師父事畢來取便是。」當下把銀子看驗明白，點計件數，拿進去交付與渾家※8了◎1，出來留和尚喫齋。和尚道：「不勞檀越費齋，老僧心忙，要去募化。」善友道：「師父銀子，弟子交付渾家收好在裡面。倘若師父來取時，弟子出外，必預先分付停當，交還師你便了。」和尚別了，自去抄化。

那李氏接得和尚銀子在手，滿心歡喜。想道：「我纔失得五六十兩，這和尚倒送將一百兩來，豈不是補了我的缺，還有得多哩！」就起一點心，打帳※9要賴他的。

一日，張善友要到東嶽廟※10裡燒香求子去，對渾家道：「我去則去，有那五

註

※3沒行止：行爲不檢點。
※4短頭：缺少見識、糊塗。依據《中華民國教育部重編國語辭典修訂本》解釋。
※5抄化：乞討、化緣。依據《中華民國教育部重編國語辭典修訂本》解釋。
※6疏：僧人化緣時，登記紀錄的小冊子
※7檀越：指施主。
※8渾家：妻子。
※9打帳：打算。依據《中華民國教育部重編國語辭典修訂本》解釋。
※10東嶽廟：祭祀供奉泰山東嶽天齊仁聖大帝的廟宇，又稱天齊廟。

眉批

◎1：不宜交付渾家。亦是善友失處，故受其報。（即空觀主人）

臺山的僧所寄銀兩，前日是你收著。若他來取時，不論我在不在，你便與他去。他若要齋喫，你便整理些蔬菜齋他一齋，也是你的功德。」李氏道：「我曉得。」張善友自燒香去了。

去後，那五臺山和尚抄化完了，卻來問張善友取這項銀子。李氏便白賴道：「張善友也不在家，我家也沒有人寄甚麼銀子。師父敢是錯認了人家了。」和尚道：「我前日親自交付與張長者，長者收拾進來交付孺人※11的，怎麼說此話？」李氏便賭咒道：「我若見你的，我眼裡出血。」和尚道：「這等說了，要賴我的了。」李氏又道：「我賴了你的，我墮十八層地獄。」和尚見他賭咒，明知白賴了。爭奈是個女人家，又不好與他爭論得。和尚沒計奈何，合著掌念聲佛道：「阿彌陀佛！我是十方抄化來的佈施，要修理佛殿的。寄放在你這裡，你怎麼要賴我的？你今生今世賴了我這銀子，到那裡那世少不得要填還我。」帶著悲恨而去。

過了幾時張善友回來，問起和尚銀子。李氏哄丈夫道：「剛你去了，那和尚就來取。我雙手還他去了。」

東嶽廟是供奉道教神祇中專管人間生老病死的冥府之王——泰山神東嶽大帝的地方。（圖片來源、攝影：記小三）

張善友道：「好好，也完了一宗事。」過得兩年，李氏生下一子。自生此子之後，家私火焰也似長將起來。再過了五年，又生一個，共是兩個兒子了。大的小名叫做乞僧，次的小名叫做福僧。那乞僧大來極會做人家※12，披星戴月，早起晚眠。又且生性慳吝※13，一文不使，兩文不用，不肯輕費著一個錢，把家私掙得偌大。可又作怪！一般兩個弟兄，同胞共乳，生性絕是相反。那福僧每日只喫酒賭錢，養婆娘，做子弟，把錢鈔不著疼熱的使用。乞僧旁看了是他辛苦掙來的，老大的心疼。福僧每日有人來討債，多是瞞著家裡外邊借來花費的。張善友要做好漢的人，怎肯交兒子被人逼迫、門戶不清的，只得一主一主填還了。那乞僧只叫得苦！

張善友疼著大孩兒苦掙，恨著小孩兒蕩費，偏喫虧了。立個主意，把家私勻做三分分開。他弟兄們各一分，老夫妻留一分，等做家的自做家，破敗的自破敗，省得歹的累了好的，一總凋零了。那福僧是個不成器的肚腸，倒要分了，自由自在，別無拘束，正中下懷。家私到手，正如：

註

※11 孺人：明、清時官員的母親或妻子的封號。後世用作對母親或妻子的尊稱。

※12 做人家：即做家。省吃儉用，儲存積蓄。

※13 慳吝：吝嗇、小氣。

湯潑瑞雪，風捲殘雲。

不上一年，使得光光蕩蕩了。◎2又要分了爹媽的這半分，也自沒有了，便去打攪哥哥，不由他不應手。連哥哥的也布擺不來。他是個做家人，怎生受得過，氣得成病，一臥不起，求醫無效，看看至死。張善友道：「成家的倒有病，敗家的倒無病。五行中如何這樣顛倒？」恨不得把小的替了大的，苦在心頭，說不出來。

那乞僧氣蠱※14已成，畢竟不痊死了。張善友夫妻大痛無聲。那福僧見哥哥死了，還有剩下家私，落得是他受用，一毫不在心上。李氏媽媽見如此光景，一發捨不得大的，終日啼哭，哭得眼中出血而死。福僧也沒有一些苦楚，帶著母喪只在花街柳陌，逐日混帳，淘虛了身子，害了癆瘵※15之病，又看看死來。張善友此時急得無法可施。便是敗家的留得個種也好，論不得成器不成器了。正是：

前生註定今生案，天數難逃大限催。

福僧是個一絲兩氣的病，時節到來，如三更油盡的燈，不覺的息了。張善友雖是平日不像意他的，而今自

東嶽大帝像，東嶽大帝是道教的山神五嶽大帝之首，也是陰間的統治神。（圖片來源攝影：Shizhao）

念兩兒皆死，媽媽亦亡，單單剩得老身，怎由得不苦痛哀切？自道：「不知作了什麼罪孽？今朝如此果報得沒下梢※16！」一頭憤恨，一頭想道：「我這兩個業種，是東嶽求來的，不爭被你閻君勾去了，東嶽敢不知道？我如今到東嶽大帝面前告苦一番，大帝有靈，勾將閻神來，或者還了我個把兒子，也不見得。」也是他苦痛無聊，痴心想到此，果然到東嶽跟前哭訴道：「老漢張善友，一生修善。便是俺那兩個孩子和媽媽，也不曾做甚麼罪過，卻被閻神屈屈勾將去，單剩得老夫。只望神明將閻神追來，與老漢折證※17一個明白。若果然該受這業報，老漢死也得瞑目。」訴罷，哭倒在地，一陣昏沉暈了去。

朦朧之間，見個鬼使來對他道：「閻君有勾。」張善友道：「我正要見閻君問他去。」隨了鬼使，竟到閻君面前。閻君道：「張善友，你如何在東嶽告我？」張善友道：「只為我媽媽和兩個孩兒不曾犯下甚麼罪過，一時都勾了去，有此苦痛，故此哀告大帝做主。」閻王道：「你要見你兩個孩兒麼？」張善友道：「怎不要見。」閻王命鬼使召將來。只見乞僧、福僧兩個齊到。張善友喜之不勝，先對乞僧

註

※14氣蠱：一種腹部脹痛的疾病。
※15癆瘵：肺癆、癆病。瘵，讀做「債」。《中華民國教育部重編國語辭典修訂本》
※16沒下梢：此處用來比喻人沒有好下場、好結局。
※17折證：對質、對證。

眉批

◎2：勢所必至，不如不分。（即空觀主人）

道：「大哥，我與你家去來！」乞僧道：「我不是你什麼大哥，我當初是趙廷玉。不合偷了你家五十多兩銀子，如今加上幾百倍利錢還了你家，俺和你不親了。」張善友見大的如此說了，只得對福僧說：「既如此，二哥，隨我家去了也罷！」福僧道：「我不是你家甚麼二哥，我前生是五臺山和尚。你少了我的，你如今也加百倍還得我勾了，與你沒相干了。」張善友喫了一驚道：「如何我少五臺山和尚的，怎生得媽媽來一問便好。」閻王已知其意，說道：「張善友，你要見渾家不難。」叫鬼卒：「與我開了酆都城※18，拿出張善友妻李氏來！」鬼卒應聲去了。只見押了李氏，披枷帶鎖到殿前來。張善友道：「媽媽，你為何事如此受罪？」李氏哭道：「我生前不合混賴了五臺山和尚百兩銀子，死後叫我歷遍十八層地獄。我好苦也！」張善友道：「那銀子我只道還他去了，怎知賴了他的，這是自作自受！」李氏道：「你怎生救我？」扯著張善友大哭。閻王震怒，拍案大喝。張善友不覺驚醒，乃是睡倒在神案前做的夢，明明白白。纔省悟多是宿世的冤家債主。住了悲哭，出家修行去了。

來自十九世紀《玉歷寶鈔》的插圖，罪人在地獄第六層遭受酷刑。

方信道暗室虧心，難逃他神目如電。
今日個顯報無私，怎倒把閻君埋怨？

在下為何先說此一段因果？只因有個貧人，把富人的銀子借了去，替他看守了幾多年，一錢不破，後來不知不覺，雙手交還了本主。這事更奇，聽在下表白一遍。宋時汴梁※19曹州曹南村周家莊上，有個秀才，姓周名榮祖，字伯成。渾家張氏。那周家先世，廣有家財，祖公公周奉，敬重釋門，起蓋一所佛院，每日看經念佛。到他父親手裡，一心只做人家。為因修理宅舍不捨得另辦木石磚瓦◎3，就將那所佛院，盡拆毀來用了。比及宅舍功完，得病不起。人皆道是不信佛之報。父親既死，家私裡外通是榮祖一個掌把。那榮祖學成滿腹文章，要上朝應舉。他與張氏生得一子，尚在繈褓※20，乳名叫做長壽。只因妻嬌子幼，不捨得拋撇，商量三口兒同去。他把祖上遺下那些金成錠的，做一窖兒埋在後面牆下。怕路上不好攜帶，只把零碎的、細軟的帶些隨身。房廊屋舍，著個當值的看守，他自去了。

註

※18酆都城：民間傳說是陰曹地府的所在處。

※19汴梁：今河南省開封縣。

※20繈褓：背負嬰兒的寬布條和包裹嬰兒的小被。

眉批

◎3：此不捨得之念，正是窮根。（即空觀主人）

話分兩頭。曹州有一個窮漢，叫做賈仁，真是衣不遮身，食不充口。喫了早起的，無那晚夕的，又不會做什麼營生，則是與人家挑土築牆，和泥托坯，擔水運柴，做坌工※21生活度日，晚間在破窯中安身。外人見他十分過的艱難，都喚他做窮賈兒。卻是這個人，稟性古怪拗執，常道：「總是一般的人，別人那等富貴奢華，偏我這般窮苦！」心中恨毒。有詩為證：

又無房舍又無田，每日城南窯內眠。
一般帶眼安眉漢，何事囊中偏沒錢？

說那賈仁心中不服氣，每日得閒空，便走到東嶽廟中苦訴神靈道：「小人賈仁特來禱告。小人想：有那等騎鞍壓馬、穿羅著錦，喫好的，用好的，他也是一世人；我賈仁也是一世人，偏我衣不遮身，食不充口，燒地眠，炙地臥※22，兀的不※23

圖為東嶽泰山上的增福廟，增福廟供奉的主神為增福財神。（圖片來源、攝影：Rolf Müller）

窮殺了小人！小人但有些小富貴，也為齋僧佈施，蓋寺建塔，修橋補路，惜孤念寡，敬老憐貧。上聖可憐見咱！」日日如此。真是精誠之極，有感必通，果然被他哀告不過，感動起來。一日禱告畢，睡倒在廊簷下，一靈兒被殿前靈派侯攝去，問他終日埋天怨地的緣故。賈仁把前言再述一遍，哀求不已。靈派侯也有些憐他，喚那增福神查他衣祿食祿有無多寡之數。增福神查了回覆道：「此人前生不敬天地，不孝父母，毀僧謗佛，殺生害命，抛撇淨水，作賤五穀。今世當受凍餓而死。」賈仁聽說慌了，一發哀求不止道：「上聖可憐見！但與我些小衣祿食祿，我是必做個好人。我爺娘在時，也是盡力奉養的；亡化※24之後，不知甚麼緣故，顛倒一日窮一日了。我也在爹娘墳上燒錢裂紙，澆茶奠酒，淚珠兒至今不曾乾。我也是個行孝的人。」靈派侯道：「吾神試點檢他平日所為，雖是不見別的善事，卻是窮養父母，也是有的。今日據著他埋天怨地，正當凍餓，念他一點小孝◎4，可又道：『天不生無祿之人，地不長無名之草』，吾等體上帝好生之德，權且看有別家無礙的福力，借與他些，與他一個假子奉養至死，償他一點孝心罷。」增福神道：「小

註

※21坌工：需要耗損體力的粗重工作。坌，讀做「笨」。
※22燒地眠，炙地臥：沒有房子住，只能寄居窯中。
※23兀的不：怎不是、豈不是。
※24亡化：過世、去世。

眉批

◎4：一點小孝便可增祿，著眼，著眼！（即空觀主人）

聖查得有曹州曹南周家庄上，他家福力所積，陰功三輩，為他拆毀佛地，一念差池，合受一時折罰。如今把那家的福力，權借與他二十年，待到限期已足，著他雙手交還本主，這個可不兩便？」靈派侯道：「這個使得。」喚過賈仁，把前話分付他明白，叫他牢牢記取：「比及你去做財主時，索還的早在那裡等了。」賈仁叩頭謝了上聖濟拔之恩，心裡道：「已是財主了。」出得門來，騎了高頭駿馬，放個轡頭※25。那馬見了鞭影，飛也似的跑，把他一交攧翻，大喊一聲，卻是南柯一夢※26！身子還睡在廟簷下。想一想道：「恰纔上聖分明的對我說，那一家的福力，借與我二十年。我如今該做財主，一覺醒來，財主在那裡？◎5夢是心頭想，信他則甚？昨日大戶人家要打牆，叫我尋泥坯，我不免去尋問一家則個。」

出了廟門去，真是時來福湊。恰好周秀才家裡看家當值的，因家主出外未歸，正缺少盤纏。又晚間睡著被賊偷得精光，家裡別無可賣的，止有後園中這一垛舊坍

賈仁把金銀放些在土箕中，上邊覆著泥土，裝了一擔。且把在地中挑未盡的，仍用泥土遮蓋，以待再挑。（古版畫，選自《今古奇觀》明末吳郡寶翰樓刊本。）

牆。想道：「要他沒用，不如把泥坯賣了，且將就做盤纏度日。」走到街上，正撞著賈仁，曉得他是慣與人家打牆的，就把這話央他去賣。賈仁道：「我這家正要泥坯，講倒價錢，吾自來挑也。」果然走去說定了價，挑得一擔算一擔。開了後園，一憑賈仁自掘自挑。

賈仁帶了鐵鍬、鋤頭、土箕之類來動手，剛扒倒得一堵，只見牆脚之下，拱開石頭，那泥簌簌的落將下去，恰像底下是空的。把泥撥開，泥底下一片石板。撬起石板，乃是蓋下一個石槽，滿槽多是土磚塊一般大的金銀，不計其數，傍邊又有小塊零星楔著。喫了一驚道：「神明如此有靈！已應著昨夢。慚愧！今日有分做財主了。」心生一計，就把金銀放些在土箕中，上邊覆著泥土，裝了一擔。且把在地中挑未盡的，仍用泥土遮蓋，以待再挑。他挑著擔，竟往棲身破窖中權且埋著，神鬼不知。運了一兩日，都運完了。他是極窮人，有了這許多銀子，也是他時運到來，且會擺撥。先把些零碎小錁※27，買了一所房子住下了。逐漸把窖裡埋的又搬將過

註

※25 轡頭：駕馭馬匹的韁繩和口勒等物。

※26 南柯一夢：比喻人生的榮辱窮通，就像做了一場夢一樣，名利權勢得失無常。典故出自唐傳奇《南柯太守傳》，講述被革職的裨將淳于棼，到槐安國經歷一生的繁華富貴與喪妻、被小人流言陷害的歷程，醒來之後皈依佛道。湯顯祖改編為明代傳奇《南柯記》（南方的戲曲稱作傳奇），收錄於《玉茗堂四夢》。

※27 錁：讀做「克」。指金銀鑄成的小錠，形狀像似小饅頭，重量由一、二兩至三、五兩不等。

眉批

◎5：只怕後日的財主也在哪裡？（即空觀主人）

去，安頓好了。先假做些小買賣，慢慢行將大來。不上幾年，蓋起房廊屋舍，開了解典庫※28、粉房、磨房、油房、酒房的，做的生意，就如水也似長將起來。旱路上有田，水路上有船，人頭上有錢。平日叫他做「窮賈兒」的，多改口叫他是「員外」了。又娶了一房渾家，卻是寸男尺女皆無，空有那鴉飛不過的田宅，也沒個承領。又有一件作怪：雖有這樣大家私，生性慳吝苦尅，一文也不使，半文也不用。要他一貫鈔，就如挑他一條筋。別人的恨不得劈手奪將來，若在他把與人，就心疼的了不得。所以又有人叫他做「慳賈兒」。請著一個老學究※29，叫做陳德甫，在家裡處館。那館不是教學的館，無過在解鋪裡上些帳目、管些收錢舉債的勾當。賈員外日常與陳德甫說：「我枉有家私，無個後人承領，自己生不出。街市上遇著賣的或是肯過繼的，是男是女，尋一個來與我兩口兒喂眼※30也好。」說了不則※31一番。陳德甫又轉分付了開酒務※32的店小二：「倘有相應的，可來先對我說。」這裡一面尋螟蛉※33之子，不在話下。

卻說那周榮祖秀才，自從同了渾家張氏、孩兒長壽，三口兒應舉去後，怎奈命運未通，功名不達。這也罷了。豈知到得家裡，家私一空，止

古人誤認為蜾蠃會把螟蛉當成自己的孩子飼養，圖為《毛詩名物圖說》中關於蜾蠃的書頁。

留下一所房子。去尋尋牆下所埋祖遺之物，但見牆倒泥開，剛剩得一個空石槽。從此衣食艱難，索性把這所房子賣了，復同三口兒去洛陽探親。偏生這等時運，正是：

時來風送滕王閣，運退雷轟薦福碑※34。

那親眷久已出外，弄做個「滿船空載月明歸」，身邊盤纏用盡。到得曹南地方，正是暮冬天道，下著連日大雪。三口兒身上俱各單寒，好生行走不得。有一篇〈正宮調滾繡毬〉為證：

註

※28解典庫：當鋪。《中華民國教育部重編國語辭典修訂本》。
※29老學究：指稱年老的讀書人。此處用來嘲諷只知念書，不知變通的讀書人。
※30喂眼：觀看。
※31不則：超出某一特定的範圍或數目，也作「不止」。
※32酒務：賣酒或供人飲酒的地方。
※33螟蛉：蜾蠃是一種昆蟲，牠常捕捉螟蛉飼養牠的孩子，古人誤以爲蜾蠃會帶走螟蛉幼蟲當成自己的小孩飼養，故稱養子爲「螟蛉」。
※34雷轟薦福碑：典故出自宋代惠洪《冷齋夜話》，范仲淹鎮守鄱陽時，有書生窮途潦倒，當時盛行歐陽詢字，其所寫薦福碑墨本值千錢。范公準備爲之拓印一千本售出資助。不料，夜晚被雷擊打碎其碑未能如願。後人以此比喻命運坎坷。

是誰人碾就瓊瑤往下篩？是誰人剪冰花迷眼界？恰便似玉琢成六街三陌※35，恰便似粉妝就殿閣樓臺。便有那韓退之※36，藍關前冷怎當※37？便有那孟浩然，驢背上也跌下來。便有那剡溪※38中，禁回他子猷訪戴※39。則這三口兒，兀的不凍倒塵埃。眼見得一家受盡千般苦，可甚麼十謁朱門九不開※40，委實難捱。

當下張氏道：「似這般風大，雪又緊怎生行去？且在那裡避一避也好。」周秀才道：「我們到酒務裡避雪去。」兩口兒帶了小孩子，踅※41到一個店裡來。店小二接著道：「可是要買酒喫的？」周秀才道：「可憐我那得錢來買酒喫？」店小二道：「不喫酒，到我店裡做甚？」秀才道：「小生是個窮秀才，三口兒探親回來，不想遇著一天大雪，身上無衣，肚裡無食，來這裡避一避。」店小二道：「避避不妨，那一個頂著房子走哩。」秀才道：「多謝哥哥。」一叫渾家領了孩兒同進店來，身子乞乞抖抖的寒顫不住。店小二道：「秀才官人，你每受了寒了，喫杯酒

古代王侯貴族的府第大門多漆為紅色，以示尊貴，後常以朱門形容富貴人家。（圖片攝影、來源：江上清風1961年）

不好。」秀才歎道：「我纔說沒錢在身邊。」小二道：「可憐可憐！那裡不是積福處？我捨與你一杯燒酒喫，不要你錢。」就在招財、利市※42面前那供養的三杯酒內，取一杯遞過來。周秀才喫了，覺得煖和了好些。渾家在傍，聞得酒香也要杯兒敵寒，不好開得口，正與周秀才說話。店小二曉得意思，想道：「有心做人情，便再與他一杯。」又取那第二杯遞過來道：「娘子也喫一杯。」秀才謝了，接過與渾家喫。那小孩子長壽不知好歹，也嚷道要喫。秀才簌簌地掉下淚來道：「我兩個也是這哥哥好意與我每喫的，怎生又有得到你？」小孩子便哭將起來。小二問知緣

註

※35六街三陌：大街小巷。

※36韓退之：即韓愈。唐代河陽人。精通六經百家之學，崇尚儒學，排斥佛老學說，爲後世作古文之人所效法的對象。官至吏部侍郎。祖先世居昌黎，因此自稱爲昌黎韓愈。卒諡文，宋代元豐年間追封爲昌黎伯，世稱爲「韓昌黎」。

※37藍關前冷怎當：典故出自《青瑣集》。韓湘是韓愈的姪子，曾以「雪擁藍關馬不前」預言韓愈官運不順，當韓愈被貶爲潮州刺史時，半路行至陝西藍田關前，被風雪阻擋去路，才領悟到韓湘的預言。

※38剡溪：河川名。今浙江省嵊縣南境內。剡，讀做「善」。

※39子猷訪戴：典故出自《晉書．王徽之傳》。東晉士人王徽之居於山陰（今紹興）。有一晚上，大雪初停，月色清朗，他因思念友人戴逵，就乘搭小船前往剡溪訪友。到了友人門前卻命船回返。人問其故，王曰：「吾本乘興而行，興盡而返，何必見戴？」

※40十謁朱門九不開：向有錢人求助借錢，常被拒絕。

※41踅：讀作「學」。盤旋，徘徊。

※42招財利市：即招財童子與利市仙官。是古代店鋪供奉的神祇，以祈求生意昌盛。

故，一發把那第三杯與他喫了，就問秀才道：「看你這樣艱難，你把這小的兒與了人家可不好？」秀才道：「一時撞不著人家要。」小二道：「有個人要。你與娘子商量去。」秀才對渾家道：「娘子，你聽麼？賣酒的哥哥說：你們這等饑寒，何不把小孩子與了人？他有箇人家要。」渾家道：「若與了人家，倒也強似凍餓死了。只要那人養的活，便與他去罷。」秀才把渾家的話，對小二說。小二道：「好教你們喜歡，這裡有個大財主，不曾生得一個兒女，正是要一個小的。我如今領你去，你且在此坐一坐，我尋將一個人來。」

小二三腳兩步，走到對門，與陳德甫說了這個緣故。陳德甫踱到店裡問小二道：「在那裡？」小二叫周秀才與他相見了。陳德甫一眼看去，見了小孩子長壽，便道：「好個有福相的孩兒！」就問周秀才道：「先生那裡人氏？姓甚名誰？因何就肯賣了這孩兒？」周秀才道：「小生本處人氏，姓周名榮祖。因家業凋零，無錢使用，將自己親兒情願過房與人為子。先生你敢是要麼？」陳德甫道：「我不

陳德甫一眼看去，見了小孩子長壽，便道：「好個有福相的孩兒！」（古版畫，選自《今古奇觀》明末吳郡寶翰樓刊本。）

要。這裡有個賈老員外，他有潑天※43也似家私，寸男尺女皆無。若是要了這孩兒，久後家緣家計※44，都是你這孩兒的。」秀才道：「既如此，先生作成小生則個。」陳德甫道：「你跟著我來。」周秀才叫渾家領了孩兒，一同跟了陳德甫到這家門首※45。

陳德甫先進去見了賈員外。員外問道：「一向所托尋孩子的怎麼了？」陳德甫道：「員外，且喜有一個小的了。」員外道：「在那裡？」陳德甫道：「現在門首。」員外道：「是個什麼人的？」陳德甫道：「是個窮秀才。」員外道：「秀才倒好，可惜是窮的。」陳德甫道：「員外說得好笑，那有富的來賣兒女？」員外道：「叫他進來我看看。」陳德甫出來與周秀才說了，領他同兒子進去。秀才先與員外敘了禮，然後叫兒子過來與他看。員外看了一看，見他生得青頭白臉，心上喜歡道：「果然好個孩子！」就問了周秀才姓名，轉對陳德甫道：「我要他這個小的，須要他立紙文書。」陳德甫道：「員外要怎麼樣寫？」員外道：「無過※46寫道：立文書人某人，因口食不敷，情願將自己親兒某，過繼與財主賈老員外為

註

※43潑天：形容極大、極多。
※44家緣家計：家業、財產。
※45門首：門前、門口。
※46無過：無非、不外乎

兒。」陳德甫道：「只叫員外勾了，又要那財主兩字做甚？」員外道：「我不是財主，難道叫我窮漢？」陳德甫曉得是有錢的心性，只順著道：「是是！只依著寫財主罷。」員外道：「還有一件要緊，後面須寫道：立約之後，兩邊不許翻悔；若有翻悔之人，罰鈔一千貫與不悔之人用。」陳德甫大笑道：「這等，那正錢可是多少？」員外道：「你莫管我，只依我寫著。他要得我多少，我財主家心性，指甲裡彈出來的，可也喫不了。」

陳德甫把這話，一一與周秀才說了。周秀才只得依著口裡念的寫去。寫到「罰一千貫」，周秀才停了筆道：「這等，我正錢可是多少？」陳德甫道：「知他是多少！我恰纔也是這等說。他道：『我是巨富的財主，他要的多少？』他指甲裡彈出來的，著你喫不了哩。」周秀才也道：「也說得是。」依他寫了，卻把正經的賣價竟不曾填得明白。他與陳德甫也是迂儒，不曉得這些圈套，只道口裡說得好聽，料必不輕的。豈知做財主的專一苦尅算人，討著小便宜，口裡便甜如蜜，也聽不得的。

當下周秀才寫了文書，陳德甫遞與員外收了。員外就領了進去，與媽媽看了。媽媽也喜

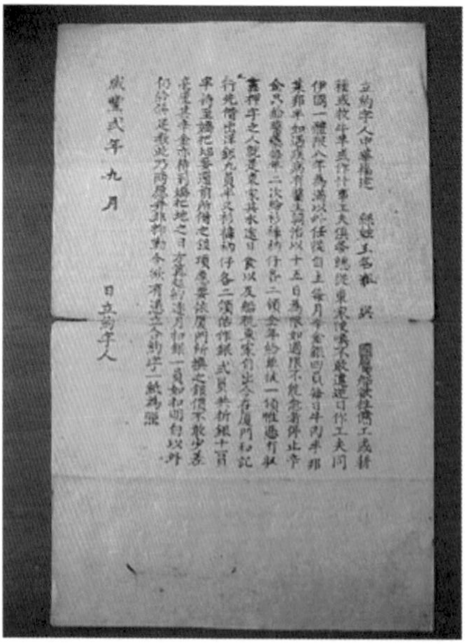

古代的賣身契。（圖片來源、攝影：織田三河守信長。）

歡。此時長壽已有七歲，心裡曉得了。員外教他道：「此後有人問你姓甚麼，你便道我姓賈。」長壽道：「我自姓周。」那賈媽媽道：「好兒子，明日與你做花花襖子穿，有人問你姓，只說姓賈。」長壽道：「便做大紅袍與我穿，我也只是姓周。」員外心裡不快，竟不來打發周秀才。秀才催促陳德甫。德甫轉催員外。員外道：「他把兒子留在我家，他自去罷了。」陳德甫道：「他怎麼肯去？還不曾與我恩養錢哩！」員外就起個賴皮心，只做不省得道：「甚麼恩養錢？隨他與我些罷。」陳德甫道：「這個，員外休耍人。他為無錢，纔賣這個小的，怎麼倒要他恩養錢？◎6」員外道：「他因為無飯養活兒子，纔過繼與我，如今要在我家喫飯，我不問他要恩養錢，他倒問我要恩養錢。」陳德甫道：「他辛辛苦苦養這小的，與了員外為兒，專等員外與他些恩養錢，回家做盤纏，怎這等耍他？」員外道：「立過文書，不怕他不肯了。他若有說話，便是翻悔之人，教他罰一千貫還我，領了這兒子去。」陳德甫道：「員外怎如此鬪※47人耍？你只是與他些恩養錢去是正理。」員外道：「看你面上，與他一貫鈔。」陳德甫道：「這等一個孩兒，與他一貫鈔忒少。」員外道：「一貫鈔許多寶字※48哩！我富人使一貫鈔，似挑著一條筋。你是窮

註

※47鬪：同今鬥字，是鬥的異體字。

※48許多寶字：指銅錢。古代的銅錢上鑄有「通寶」字樣，「許多寶字」指的是很多錢。

眉批

◎6：強詞奪理，莫非財主本色。（即空觀主人）

人，怎倒看得這樣容易？你且與他去。他是讀書人，見兒子落了好處，敢不要錢也不見得。」陳德甫道：「那有這事？不要錢不賣兒子了。」再三說不聽，只得拿了一貫鈔與周秀才。

秀才正走在門外與渾家說話，安慰他道：「且喜這家果然富厚，已立了文書，這事多分可成。長壽兒也落了好地了。」渾家正要問道：「講倒多少錢鈔？」只見陳德甫拿得一貫出來。渾家道：「我幾杯兒水洗的孩兒偌大，怎生只與我一貫鈔？便買個泥娃娃也買不得。」陳德甫把這話又進去與員外說。員外道：「那泥娃娃須不會喫飯。常言道：『有錢不買張口貨。』因他養活不過，纔賣與人。等我肯要就勾了，如何還要我錢？既是陳德甫再三說，我再添他一貫。如今再不添了。他若不肯，白紙上寫著黑字◎7，教他拿一千貫來領了孩子去。」陳德甫道：「他有得這一千貫時，倒不賣兒子了。」員外發作道：「你有得添添他，我卻沒有。」陳德甫歎口

↑大明通行寶鈔一貫，大明寶鈔印框高約30公分、寬約20公分。寶鈔分六等：一貫、五百文、四百文、三百文、二百文、一百文，一貫等於銅錢一千文或白銀一兩。（圖片來源：BabelStone）

氣道：「是我領來的不是了。員外又不肯添，那秀才又怎肯兩貫錢就住？我中間做人也難。也是我在門下多年，今日得過繼兒子，是個美事。做我不著※49，成全他兩家罷！◎8」就對員外道：「在我館錢內支兩貫，湊成四貫，打發那秀才罷。」員外道：「大家兩貫，孩子是誰的？」陳德甫道：「孩子是員外的。」員外笑顏逐開道：「你出了一半鈔，孩子還是我的，這等你是個好人。」依他又支了兩貫鈔，帳簿上要他親筆註明白了，共成四貫，拿出來與周秀才道：「這員外是這樣慳吝，苦尅的出了兩貫，再不肯添了。小生只得自支兩月的館錢，湊成四貫，送與先生。先生你只要兒子落了好處，不要計論多少罷。」周秀才道：「甚道理倒難為著先生？」陳德甫道：「只要久後記得我陳德甫。」周秀才道：「賈員外則是兩貫，先生替他出了一半，這倒是先生賫發※50了小生，這恩德怎敢有忘？喚孩兒出來叮囑他兩句，我每去罷。」

陳德甫叫出長壽來，三個抱頭哭個不住，分付道：「爹娘無奈賣了你。你在此可也免了些饑寒凍餒※51，只要曉得些人事，敢這家不虧你。我們得便來看你就

註

※49做我不著：猶言捨棄些錢財，自己承擔。

※50賫發：資助或贈送財物給他人，讓他去做某件事情。賫，讀作「機」。持拿。

※51餒：飢餓。

眉批

◎7：撞著這樣財主，中人難為情。（即空觀主人）

◎8：陳德甫亦賢人也！（即空觀主人）

是。」小孩子不捨得爹娘，吊住了只是哭。陳德甫得去買些果子來哄住了他，騙了他進去。周秀才夫妻自去了。

那賈員外過繼了兒子，又且放著刁勒買的，不費大錢，自得其樂。就叫他做了賈長壽，曉得他已有知覺，不許人在他面前提起一句舊話，也不許著周秀才通消息往來，古古怪怪防得水泄不通。豈知暗地移花接木，已自雙手把人家交還他。那長壽大來，也看看把小時的事忘懷了，只認賈員外是自己的父親。可又作怪，他父親一文不使，半文不用，他卻心性闊大，看那錢鈔，便是土塊般相似。人道是他有錢，多順口叫他為「錢舍」※52。

那時，媽媽亡故，賈員外得病不起。長壽要到東嶽燒香保佑父親，與父親討得一貫鈔。他便背地與家僮興兒開了庫，帶了好些金銀寶鈔去了。到得廟上來，此時正是三月二十七日，明日是東嶽聖帝誕辰，那廟上的人，好不來的多！天色已晚，揀著廊下一個

泰山上的東嶽廟。（圖片攝影、來源：RolfMüller）

乾淨處所歇息，可先有一對兒老夫妻在那裡。但見：

儀容黃瘦，衣服單寒。男人頭上儒巾，大半是塵埃堆積；女子腳跟羅襪，兩邊泥土粘連。定然終日道途間，不似安居閨閣內。

你道這兩個是甚人？元來正是賣兒子的周榮祖秀才夫妻兩個。只因兒子賣了，家事已空。又往各處投人不著，流落在他方十來年。乞化回家。思量要來賈家探取兒子消息。路經泰安州※53，恰遇聖帝生日，曉得有人要寫疏頭※54，思量嫌他幾文，來央廟官。廟官此時也用得他著，留他在這廊下的。因他也是個窮秀才，廟官好意揀這塔乾淨地與他。豈知賈長壽見這帶地好，叫興兒趕他開去。興兒狐假虎威，喝道：「窮弟子快走開去！讓我們。」周秀才道：「你們是什麼人？」興兒就打他一下道：「錢舍也不認得！問是什麼人？」周秀才道：「我須是問了廟官，在這裡住的。什麼錢舍來趕的我？」長壽見他不肯讓，喝教打他。興兒正在廝扭，周秀才大喊，驚動了廟官，走來道：「甚麼人如此無禮？」興兒道：「賈家錢舍要這

註

※52舍：元代小說和戲曲中，對有錢人家子弟的稱呼。
※53泰安州：今山東省泰安市。
※54疏頭：和尚、道士在誦經前，向神前焚化的禱詞。疏，讀作「樹」。《中華民國教育部重編國語辭典修訂本》

搭兒※55安歇。」廟官道：「家有家主，廟有廟主，是我留在這裡的秀才，你如何用強奪他的宿處？」興兒道：「俺家錢舍有的是錢，與你一貫錢，借這堝兒田地※56歇息。」廟官見有了錢，就改了口道：「我便叫他讓你罷。」勸他兩個另換個所在。周秀才好生不伏氣，沒奈他何，只得依了。明日燒香罷，各自散去。長壽到得家裡，賈員外已死了，他就做了小員外，掌把了偌大家私，不在話下。

且說周秀才自東嶽下來到了曹南村，正要去查問賈家消息，一向不回家，把巷陌多生疏了。在街上一路慢訪問，忽然渾家害起急心疼來，望去，一個藥鋪，牌上寫著「施藥」，急走去，求得些來喫下好了。夫妻兩口，走到鋪中謝那先生。先生道：「不勞謝得，只要與我揚名。」指著招牌上字道：「須記我是陳德甫。」周秀才點點頭，念了兩聲「陳德甫」，對渾家道：「這陳德甫名兒好熟，我那裡曾會過來，你記得麼？」渾家道：「俺賣孩兒時，做保人的不是陳德甫？」周秀才道：「是是。我正好問他。」又走去叫道：「陳德甫先生，可認得學生麼？」德甫相了一相道：「有些面染。」周秀才道：「先生也這般老了。則我便是賣兒子

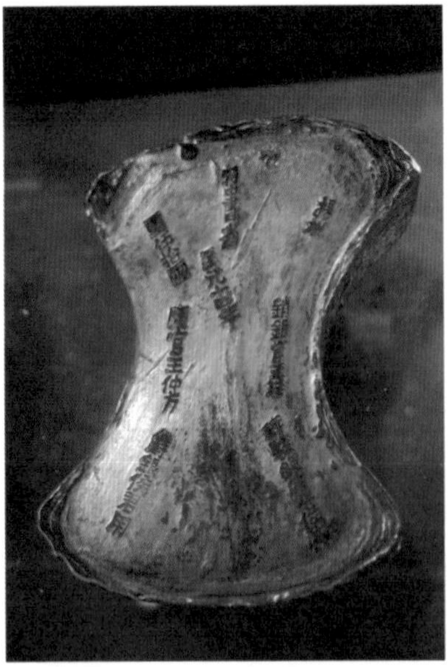

古代銀錠上都會刻上特殊字樣，圖為元朝的銀錠。（圖片攝影、來源：三猎。）

的周秀才。」陳德甫道：「還記我齎發你兩貫錢。」周秀才道：「此恩無日敢忘，只不知而今我那兒子好麼？」陳德甫道：「好教你歡喜，你孩兒賈長壽，如今長立成人了。」周秀才道：「老員外呢？」陳德甫道：「近日死了。」周秀才道：「好一個慳刻的人！」陳德甫道：「如今你孩兒做了小員外，不比當初老的了，且是仗義疏財。我這施藥的本錢，也是他的。」周秀才道：「陳先生，怎生著我見他一面？」陳德甫道：「先生，你同嫂子在鋪中坐一坐，我去尋將他來。」

陳德甫走來尋著賈長壽，把前話一五一十地對他說了。那賈長壽雖是多年沒人題破，見說了，轉想幼年間事，還自隱隱記得。急忙跑到鋪中來，要認爹娘。陳德甫領他拜見。長壽看了模樣，喫了一驚道：「泰安州打的就是他，怎麼了？」周秀才道：「這不是泰安州奪我兩口兒宿處的麼？正是。叫得甚麼『錢舍』。秀才道：「我那時受他的氣不過，那知即是我兒子。」長壽道：「孩兒其實不認得爹娘，一時衝撞，望爹娘恕罪。」

兩口兒見了兒子，心裡老大喜歡。終久乍會之間，有些生煞煞※57。長壽過意

註

※55這搭兒：陝西方言。指這裡、這邊。《中華民國教育部重編國語辭典修訂本》

※56堝兒田地：地方，居留處。堝，讀作「郭」。

※57生煞煞：生疏、不熟稔。

不去，道是莫非還記著泰安州的氣來，忙叫興兒到家取了一匣金銀來，對陳德甫道：「小侄在廟中不認得父母，衝撞了些個，今先將此一匣金銀，賠個不是。◎9」陳德甫對周秀才說了。周秀才道：「自家兒子，如何好受他金銀賠禮？」長壽跪下道：「若爹娘不受，兒子心裡不安。望爹娘將就包容。」

周秀才見他如此說，只得收了。開來一看，喫了一驚！原來這銀子上鑿著「周奉記」。周秀才道：「可不原是我家的？」陳德甫道：「怎生是你家的？」周秀才道：「我祖公叫做周奉，是他鑿字記下的。先生你看那字便明白。」陳德甫接過手看了道：「是倒是了，既是你家的，如何卻在賈家？」周秀才道：「學生二十年前，帶了家小上朝取應去，把家裡祖上之物藏埋在地下。已後歸來，盡數都不見了，以致赤貧，賣了兒子。」陳德甫道：「賈老員外原係窮鬼，與人脫土坯的，以後忽然暴富起來。想是你家原物被地挖著了，所以如此。他不生兒女，就過繼著你家兒子，承領了這家私，物歸舊主，豈非天意？◎10怪道他平日一文不使，兩文不用，不捨得浪費一些，原來不是他的東西，只當在此替你家看守罷了。」周秀才夫妻感歎不已。長壽也自驚異。

明仇英《觀榜圖》，描繪古代讀書人擠在牆邊觀看放榜結果的場景。

周秀才就在匣中，取出兩錠銀子送與陳德甫，答他昔年兩貫之費。陳德甫推辭了兩番，只得受了。周秀才又念著店小二三杯酒，就在對門叫他過來，也賞了他一錠。那店小二因是小事，也忘記多時了，誰知出於不意，得此重賞，歡天喜地去了。

長壽就接了父母，到家去住，周秀才把適纔匣中所剩的交還兒子，叫他明日把來散與那貧難無倚的，須念著貧時二十年中苦楚。又叫兒子照依祖公公時節，蓋所佛堂，夫妻兩個在內雙修。賈長壽仍舊復了周姓。賈仁空做了二十年財主，只落得一文不使，仍舊與他沒帳※58。可見物有定主如此，世間人枉使壞了心機。有口號四句為證：

想爲人稟命生於世，但做事不可瞞天地。
貧與富一定不可移，笑愚民枉使欺心計。

註

※58沒帳：沒關係、不相干。

眉批

◎ 9：金銀亦何能爲前賠得不是？正因有錢人所見，惟此重耳。（即空觀主人）

◎ 10：同里中人知賈之出身，而不知周何也？（即空觀主人）

第十一卷　吳保安棄家贖友

古人結交惟結心，今人結交惟結面。結心可以同死生，結面那堪共貧賤？九衢※1鞍馬日紛紜，追攀送謁無晨昏。座中慷慨出妻子，酒邊拜舞猶弟兄。一關微利已交惡，況復大難肯相親？君不見，當年羊、左※2稱死友，至今史傳高其人。

這篇詞名為〈結交行〉，是嘆末世人心險薄，結交最難。平時酒杯往來，如兄若弟；一遇虱大的事，纔有些利害相關，便爾我不相顧了。真個是：「酒肉弟兄千個有，落難之中無一人。」◎1還有朝兄弟，暮仇敵，纔放下酒杯，出門便彎弓相向的。所以陶淵明欲息交※3，嵇叔夜欲絕交※4，劉孝標※5又做下〈廣絕交論〉※6，都是感慨世情，

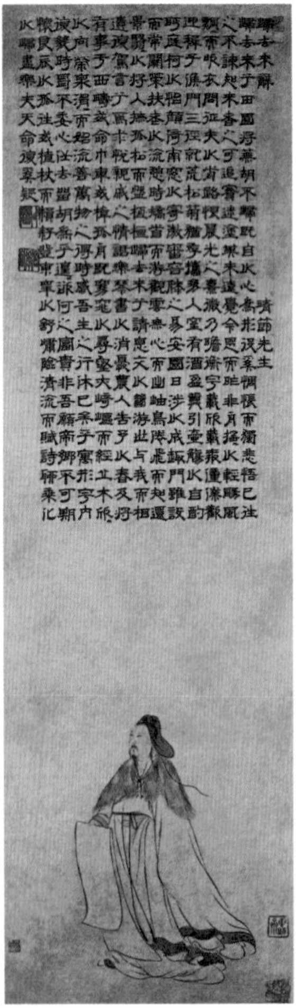

明王仲玉《陶淵明像》，畫上方為〈歸去來辭〉全文。

故為忿激之談耳。如今我說的兩個朋友，卻是從無一面的；只因一點意氣上相許，後來患難之中死生相救。這纔算做心交至友。正是：

說來貢禹冠塵動※7，道破荊卿※8劍氣寒。

註

※1衢：讀作「渠」，通達四方的大路。依據《中華民國教育部重編國語辭典修訂本》解釋。

※2羊、左：指戰國時期羊角哀、左伯桃。兩人故事見本書第十二卷。

※3陶淵明欲息交：陶淵明，本名陶潛，字元亮。東晉潯陽柴桑人。為田園派詩人。所作〈歸去來辭〉中有「請息交以絕遊」辭句。

※4嵇叔夜欲絕交：嵇叔夜，即嵇康。三國魏譙郡（今安徽省亳縣）人。官至中散大夫，故世稱「嵇中散」。喜好老、莊學說，擅長作四言詩。與山濤、阮籍等人為好友，世稱「竹林七賢」。著有〈養生論〉、〈聲無哀樂論〉、〈琴賦〉等。他曾作〈與山濤絕交書〉，因為山濤仕宦之後，就勸嵇康也從政，卻引來嵇康不滿，故寫此書與之絕交。

※5劉孝標：名峻，本名法武，字孝標，山東平原（今山東省平原縣）人。南朝文學家。成名作為：註解劉義慶等編撰的《世說新語》而聞名，文章在當時也頗負盛名。

※6廣絕交論：劉孝標所作的一篇駢文。申論當時朋友論交很少是為了純粹的友情，而大多是為了自己的利益而論交，而要絕交的乃是後者為了一己私利而論交者。

※7貢禹冠塵動：典故出自《漢書王吉傳》。漢元帝時，王吉與貢禹是好朋友，兩人共同進退，王吉入朝為官，貢禹也彈掉帽子上的塵土，準備出仕。

※8荊卿：即荊軻。字公叔，戰國時衛國人。荊軻為燕太子丹行刺秦王。臨行，太子丹送行易水上，荊軻作歌曰：「風蕭蕭兮易水寒，壯士一去兮不復還！」荊軻帶著夾有匕首的地圖和秦將樊於期的首級入秦，最終刺殺秦王失敗，被殺。

眉批

◎1：蘇州人尤甚，可恨可笑。（綠天館主人）

話說大唐開元年間，宰相代國公郭震，字元振，河北武陽人氏。有姪兒郭仲翔，才兼文武，一生豪俠尚氣，不拘繩墨※9，因此沒人舉薦他。父親見他年長無成，寫了一封書，教他到京參見伯父，求個出身之地。元振謂曰：「大丈夫不能掇巍科※10，登上第，致身青雲，亦當如班超※11、傅介子※12，立功異域，以取富貴。若但借門第為階梯，所就豈能遠大乎？」仲翔唯唯。適邊報到京，南中洞蠻作亂。原來武則天※13娘娘革命之日，要買囑人心歸順，只這九溪十八洞蠻夷，每年一小犒賞，三年一大犒賞。到玄宗※14皇帝登極，把這犒賞常規都裁隔了。為此群蠻一時造反，侵擾州縣。朝廷差李蒙為姚州※15都督，調兵進討。李蒙領了聖旨，臨行之際，特往相府辭別，因而請教。郭元振曰：「昔諸葛武侯七擒孟獲，但服其心，不服其力。將軍宜以慎重行之，必當制勝。舍侄郭仲翔，頗有才幹，今遣與將軍同行，俟破賊立功，庶可附驥尾※16以成名耳。」即呼仲翔出與李蒙相見。李蒙見仲翔一表非俗，又且當朝宰相之姪，親口囑托，怎敢推委？即署仲翔為行軍判官※17之職。

仲翔別了伯父，跟隨李蒙起程。行至劍南※18地方，有同鄉一人，姓吳，名保安，字永固，見任東川遂州※19方義尉。雖與仲翔從未識面，然素知其為人義氣深重，肯

武則天畫像。

扶濟救人的。乃修書一封，特遣人馳送於仲翔。仲翔拆書讀之，書曰：

不肖保安，幸與足下生同鄉里，雖缺展拜※20，而慕仰有日。以足下大才，輔李將軍以平小寇，成功在旦夕耳。保安力學多年，僅官一尉，僻在劍外，鄉關夢絕。況此官已滿，後任難期，恐厄選曹※21之格限也。稔聞足下分憂急難，有古人

註

※9不拘繩墨：行事作風不受世俗禮法約束。繩墨，匠人畫直線的工具，借喻法度、規矩。

※10掇巍科：科舉考試金榜題名，且名字排在前面。掇，拾取；摘取。

※11班超：東漢人，字仲升，扶風安陵（今陝西咸陽東北）人。平定匈奴有功，明帝時奉命出使西域，促成五十余國的團結，並使「絲綢之路」東西貿易管道重新開放。

※12傅介子：西漢北地郡人。漢昭帝時期，官拜平樂監。他奉命出使西域，設計刺殺樓蘭王，回朝後封爲義陽侯。

※13武則天：名曌，唐文水人（今山西省文水縣）。歷史上第一位女皇帝，唐太宗時入宮爲才人，太宗駕崩後出家爲尼。高宗即位後，又入宮，立爲皇后。高宗駕崩，自立爲皇帝，改國號爲周。史稱「武則天」。也稱爲「武后」。

※14唐玄宗：即李隆基。唐代的中興君主，也稱「唐明皇」。開創「開元之治」的盛世。

※15姚州：今雲南省姚安縣。

※16驥尾：此處用來比喻追隨名將之後。

※17行軍判官：軍中輔佐處理事務的官員。

※18劍南：即劍南道。是地理區劃名稱。位於益州成都府。因位於劍門關以南，故名。

※19遂州：今四川遼寧。

※20展拜：拜謁，行跪拜之禮。

※21選曹：官名。執掌考核才能、資歷，授予合適的官位，負責此種事務的官員。

風。今大軍征進，正在用人之際。倘垂念鄉曲※22，錄及細微，使保安得執鞭從事，樹尺寸於幕府；足下丘山之恩，敢忘銜結※23？

仲翔玩其書意，歎曰：「此人與我素昧平生，而驟以緩急相委，乃深知我者。大丈夫遇知己而不能與之出力，寧不負愧乎？」◎2遂向李蒙誇獎吳保安之才，乞徵來軍中效用。李都督聽了，便行下文帖到遂州去，要取方義尉吳保安為管記※24。

纔打發差人起身，探馬報蠻賊猖獗，逼近內地。李都督傳令星夜趲行※25。來到姚州，正遇著蠻兵搶擄財物，不做準備，被大軍一掩，都四散亂竄，不成隊伍，殺得他大敗全輸。李都督恃勇，招引大軍乘勢追逐五十里。天晚下寨，郭仲翔諫曰：「蠻人貪詐無比。今兵敗遠遁，將軍之威已立矣，宜班師回州，遣人宣播威德，招使內附，不可深入其地，恐墮詐謀之中。」李蒙大喝曰：「群蠻今已喪膽，不乘此機掃清溪洞，更待何時？汝勿多言，看我破賊！」

本卷中的南中蠻夷位於約今四川省大渡河以南和雲南、貴州兩省，唐宋時在此建立了南詔、大理國等政權，圖為大理國古城門。

次日，拔寨都起。行了數日，直到烏蠻界上。只見萬山疊翠，草木蒙茸，正不知那一條是去路？李蒙心中大疑，傳令暫退平衍處屯紮。一面尋覓土人，訪問路徑。忽然山谷之中，金鼓之聲四起，蠻兵瀰山遍野※26而來。洞主姓蒙，名細奴邏，手執木弓藥矢，百發百中。驅率各洞蠻酋，穿林渡嶺，分明似鳥飛獸奔，全不費力。唐兵陷於伏中，又且路生力倦，如何抵敵？李都督雖然驍勇，奈英雄無用武之地；手下爪牙看看將盡。嘆曰：「悔不聽郭州官之言，乃為犬羊所侮！」拔出靴中短刀，自刺其喉而死。◎3全軍皆沒於蠻中。後人有詩云：

馬援銅柱※27標千古，諸葛旗臺鎮九溪。

註

※22鄉曲：此指同鄉。

※23銜結：即銜環結草，比喻受人恩惠，必當知恩圖報。銜環，即啣環。漢代楊寶曾從鴟梟喙下救了一隻黃雀，黃雀傷勢痊癒後就飛走。某天晚上，有一名黃衣童子前來，送四枚白環給楊寶。結草，喻死後報恩，典故出自《左傳・宣公十五年》，春秋時代晉國的魏顆救父親的侍妾，而獲得老人把草打結助其禦敵，後來老人自稱是魏顆父親侍妾的已故父親，爲報魏顆恩德而出手相助。

※24管記：官名。掌管文書的官員，是對書記、記事參軍等文職官員的通稱。

※25趲行：趕路，走得很快。趲，讀作「攢」。

※26瀰山遍野：即漫山遍野。遍布山林和田野。形容人數眾多，到處都是。

※27馬援銅柱：指的是西元四十三年馬援平定交趾之後，在邊界設立銅柱以紀念其戰功。《後漢書・馬援列傳》注引《廣州記》。

眉批

◎2：無交而求，求之而反喜，此意誰人解得？（綠天館主人）
◎3：李蒙亦好漢。（綠天館主人）

何事唐師皆覆沒？將軍姓李數偏奇※28。

又有一詩專咎李都督不聽郭仲翔之言，以自取敗。詩云：

不是將軍數獨奇，懸軍深入總堪危。
當時若聽還師策，總有群蠻誰敢窺？

其時，郭仲翔也被擄去。細奴邏見他手神不凡，叩問之，方知是郭元振之姪，遂給與本洞頭目烏羅部下。原來南蠻從無大志，只貪圖中國財物，擄掠得漢人，都分給與各洞頭目。功多的分得多，功少的，分得少。其分得人口，不問賢愚，只如奴僕一般，供他驅使，斫※29柴削草，飼馬牧羊。若是人口多的，又可轉相買賣。漢人到此，十個九個只願死，不願生。卻又有蠻人看守，求死不得，有恁般※30苦楚。這一陣廝殺，擄得漢人甚多，其中多有有職位的。蠻酋一一審出，許他寄信到中國去，要他親戚來贖，獲其

◆馬援是東漢時著名軍事家，拜為伏波將軍，世稱「馬伏波」。圖為中國海南省的馬援雕塑。（圖片攝影、來源：Huangdan2060）

厚利。你想：被擄的人，那一個不思想還鄉的？一聞此事，不論富家貧家，都寄信到家鄉來了。就是各人家屬，十分沒法處置的，只得罷了，若還有親有眷，挪移補湊得來，那一家不想借貸去取贖？那蠻酋忍心貪利，隨你孤身窮漢，也要勒取好絹三十疋，方准贖回。若上一等的，憑他索詐。

烏羅聞知郭仲翔是當朝宰相之姪，高其贖價，索絹一千疋。仲翔想道：「若要千絹，除非伯父處可辦。只是關山迢遞，怎得寄個信去？」忽然想著：「吳保安是我知己，我與他從未會面，只為見他數行之字，便力薦於李都督召為管記。我之用情，他必諒之。幸他行遲，不與此難，此際多應已到姚州。誠央他附信於長安，豈不便乎？」乃修成一書逕致保安，書中具道苦情，及烏羅索價詳細：「倘永固不見遺棄，傳語伯父，早來見贖，尚可生還；不然，生為俘囚，死為蠻鬼，永固其忍之乎？」永固者，保安之字也。書後附一詩云：

註

※28將軍姓李數偏奇：李姓將軍大多命運多舛。西漢名將李廣，跟隨大將軍衛青攻打匈奴，因爲迷路，自以爲恥，不願接受審判，遂自刎而死。李蒙也姓李，故以李廣的悲慘遭遇來比喻李蒙的不幸。數奇，古人認爲單數不吉利，所以命運不好稱爲「數奇」。

※29斫：用刀斧砍或削。讀作「卓」。

※30恁般：這樣。恁，讀作「任」。

箕子爲奴※31仍異域，蘇卿受困※32在初年。
知君義氣深相憫，願脫征驂※33學古賢。

仲翔修書已畢，恰好有個姚州解糧官被贖放回。仲翔乘便就將此書付之，眼盼盼看著他人去了，自己不能奮飛，萬箭攢心，不覺淚如雨下。正是：

眼看他鳥高飛去，身在籠中怎出頭？

不題郭仲翔蠻中之事。且說吳保安奉了李都督文帖，已知郭仲翔所薦。留妻房張氏和那新生下未周歲的孩兒在遂州住下，一主一僕，飛身上路，趕來姚州赴任。聞知李都督陣亡消息，喫了一驚！尚未知仲翔生死下落，不免留神打探。恰好解糧官從蠻地放回，帶得有仲翔書信。吳保安拆開看了，好生悽慘。便寫回書一紙，書中許他取贖，留在解糧官處，囑他覷便寄到蠻中，以慰仲翔之心。忙整行囊，便望長安進發。

清黃慎《蘇武牧羊圖》。

這姚州到長安三千餘里，東川正是個順路。保安逕不回家，直到京都，求見郭元振相公。誰知一月前，元振已薨※34，家小都扶柩而回了。吳保安大失所望，盤纏罄盡，只得將僕馬賣去，將來使用。覆身回到遂州，見了妻兒，放聲大哭。張氏問其緣故。保安將郭仲翔失陷南中之事，說了一遍：「如今要去贖他，爭奈自家無力；使他在窮鄉懸望，我心何安？」說罷又哭。張氏勸止之，曰：「常言『巧媳婦煮不得沒米粥』，你如今力不從心，只索付之無奈了。」保安搖首曰：「吾向者偶寄尺書，即蒙郭君垂情薦拔。今彼在死生之際，以性命托我；我何忍負之？不得郭回，誓不獨生也！」於是傾家所有，估計來止值得絹二百疋。遂撇了妻兒，欲出外為商。又怕蠻中不時有信寄來，只在姚州左近營運※35，朝馳暮走，東趁西奔；身穿破衣，口吃粗糲※36，雖一錢一粟，不敢妄費，都積來為買絹之用。得一望十，得十

註

※31箕子爲奴：箕，音「基」。紂王的叔父胥餘屢勸紂王不聽，被關進監牢，就披頭散髮佯裝瘋癲，被降爲奴隸。事見《史記．殷本紀》。

※32蘇卿受困：漢朝蘇武出使匈奴，被強行扣留，在北海牧羊十九年，才得回歸。

※33顛脫征驂：施以錢財救人於危難。典故出自《晏子春秋》。春秋時代越石父因某事下獄。晏嬰聽說此事，就解開車駕左邊的馬將他贖回。

※34薨：讀作「轟」。古代諸侯或大官逝世。

※35營運：此指經商，經營買賣。

※36糲：讀作「立」。糙米。《漢語大辭典》的解釋。

望百。滿了百疋，就寄放姚州府庫。眠裏夢裏只想著「郭仲翔」三字，連妻子都忘記了。整整的在外過了十個年頭，剛剛的湊得七百疋絹，還未足千疋之數。正是：

離家千里逐錐刀※37，只爲相知意氣饒。
十載未償蠻洞債，不知何日慰心交？

話分兩頭。卻說吳保安妻張氏，同那幼年孩子，孤孤栖栖※38的住在遂州。初時還有人看縣尉面上，小意兒周濟他。一連幾年未通音耗，就沒人理他了。家中又無積蓄，捱到十年之外，衣單食缺，萬難存濟※39，只得並迭※40幾件破傢伙，變賣盤纏，領了十一歲的孩兒，親自問路，欲往姚州尋取丈夫吳保安。夜宿朝行，一日只走得三四十里。比到得戎州※41界上，盤費已盡，計無所出。欲待求乞前去，又含羞不慣；思量薄命，不如死休。看了十一歲的孩兒，又割捨不下。◎4左思右想，看看天晚，坐在烏蒙山下，放聲大哭，驚動了過往的官人。那官人姓楊，名安居，新任姚州都督，正頂著李蒙的缺。從長安馳驛到任，打從烏蒙山下經過，聽得哭聲哀切，又是個婦人，停了車馬，召而問之。張氏手攙著十一歲的孩兒，上前哭訴曰：「妾乃遂

絹為絲綢的一種，圖為馬王堆羽毛貼花絹布。

州方義尉吳保安之妻，此孩兒即妾之子也。妾夫因友人郭仲翔陷沒蠻中，欲營求千疋絹往贖，棄妾母子，久住姚州，十年不通音信。妾貧苦無依，親往尋取，糧盡路長，是以悲泣耳。」安居暗暗歎異道：「此人真義士！恨我無緣識之。」乃謂張氏曰：「夫人休憂。下官忝任姚州都督，一到彼郡，即差人尋訪尊夫。夫人行李之費，都在下官身上。請到前途館驛中，當與夫人設處※42。」張氏收淚拜謝；雖然如此，心下尚懷惶惑。楊都督車馬如飛去了。張氏母子相扶，一步步捱到驛前。楊都督早已吩咐驛官伺候，問了來歷，請到空房飯食安置。次日五鼓，楊都督起馬先行。驛官傳楊都督之命，將十千錢贈為路費；又備下一輛車兒，差人夫送到姚州普淜驛中居住。張氏心中感激不盡。正是：

好人還遇好人救，惡人自有惡人磨。

註

※37錐刀：即蠅頭小利，比喻利潤極低。

※38孤孤恓恓：孤立無援的樣子。恓，讀作「溪」。

※39存濟：存活。

※40並迭：收拾整理。

※41戎州：古代州名。州治南溪縣，今四川宜賓市東李莊鎮。

※42設處：安排；處置。《漢語大辭典》的解釋。

眉批

◎ 4：或謂：「吳保安棄家十載，求贖未識面之友，未免賢智之過。」虞仲翔有言：「士有一人知己，死無可恨。」此言可寫保安心事。（綠天館主人）

且說楊安居一到姚州，便差人四下尋訪吳保安下落，不三四日，便尋著了。安居請到都督府中，降階迎接，親執其手，登堂慰勞。◎5因謂保安曰：「下官常聞古人有死生之交，今親見之足下矣！尊夫人同令嗣遠來相覓，見在驛舍。足下且往暫敘十年之別。所需絹疋若干，吾當為足下圖之。」保安曰：「僕為友盡心，固其分內；奈何累及明公乎？」安居曰：「慕公之義，欲成公之志耳！」保安叩首曰：「既蒙明公高誼，僕不敢固辭。所少尚三分之一，如數即付，僕當親往蠻中，贖取吾友，然後與妻孥※43相見，未為晚也。」時安居初到任，乃於庫中撮借官絹四百疋，贈與保安。又贈他全副鞍馬。保安大喜，領了這四百疋絹，並庫上七百疋，共一千一百之數，騎馬直到南蠻界口，尋個熟蠻，往蠻中通話。將所餘百疋絹，盡數托他使費，只要仲翔回歸，心滿意足。正是：

應時還得見，勝是岳陽金※44。

卻說郭仲翔在烏羅部下，烏羅指望他重價取贖，初時好生看待，飲食不缺。過了一年有餘，不見中國人來講話，烏羅心中不悅，把他飲食都

明安正文岳陽樓圖。

裁減了。每日一餐，著他看養戰象。仲翔打熬不過，思鄉念切，乘烏羅出外打圍，拽開腳步望北而走。那蠻中都是險峻的山路，仲翔走了一日一夜，腳底都破了，被一般看象的蠻子飛也似趕來，捉了回去。烏羅大怒！將他轉賣與南洞主新丁蠻為奴，離烏羅部二百里之外。那新丁最惡，差使小不遂意，整百皮鞭，鞭得背都青腫。如此已非一次。仲翔熬不得痛苦，捉個空，又想逃走。爭奈路徑不熟，只在山凹內盤旋，又被本洞蠻子追著了，拿去獻與新丁。新丁不用了，又賣到南方一洞去，一步遠一步了。那洞主號菩薩蠻，更是利害！曉得郭仲翔屢次逃走，乃取木板兩片，各長五六尺、厚三四寸，教仲翔把兩隻腳立在板上，用鐵釘釘其腳面，直透板內，日常帶著二板行動，夜間納土洞中。洞口用厚木板門遮蓋，本洞蠻子就睡在板上看守，一毫轉動不得。兩腳被釘處，常流膿血，分明是地獄受罪！一般有詩為證：

身賣南蠻南更南，土牢木鎖苦難堪！
十年不達中原信，夢想心交不敢譚。

註

※43妻孥：妻子和兒女。孥，讀作「奴」。
※44岳陽金：傳說呂洞賓在岳陽樓，點石成金救助他人。

眉批

◎5：楊公十分好賢，如今哪有此人？（綠天館主人）

卻說熟蠻領了吳保安言語，來見烏羅，說知求贖郭仲翔之事。烏羅曉得絹足千疋，不勝之喜，便差人往南洞轉贖郭仲翔回來。南洞主新丁又引到菩薩蠻洞中，交割了身價，將仲翔兩腳釘板，用鐵鉗取出釘來。那釘頭入肉已久，膿水乾後，如生成一般。今番重復取出，這疼痛比初釘時更自難忍，血流滿地。仲翔登時悶絕，良久方醒，寸步難移。只得用皮袋盛了，兩個蠻子扛抬著，直送到烏羅帳下。烏羅收足了絹疋，不管死活，把仲翔交付熟蠻，轉送吳保安收領。吳保安接著，如見親骨肉一般。這兩個朋友到今日方纔識面。未暇敘話，各睜眼看了一看，抱頭而哭，皆疑以為夢中相逢也。郭仲翔感謝吳保安，自不必說。保安見仲翔形容憔悴，半人半鬼，兩腳又動彈不得，好生淒慘！讓馬與他騎坐，自己步行隨後，同到姚州城內，回復楊都督。原來楊安居曾在郭元振門下，做個幕

✦兩個蠻子扛抬著，直送到烏羅帳下。烏羅收足了絹疋，不管死活，把仲翔交付熟蠻，轉送吳保安收領。（古版畫，選自《今古奇觀》明末吳郡寶翰樓刊本。）

僚，與郭仲翔雖未廝認，卻有通家之誼；又且他是個正人君子，不以存亡易心。一見仲翔，不勝之喜，教他洗沐過了，將新衣與他更換，又教隨軍醫生，醫他兩腳瘡，只好飲好食將息。不夠一月，平復如故。

且說吳保安從蠻界回來，方纔到普淜驛中與妻兒相見。初時分別，兒子尚在襁褓[※45]，如今十一歲了，光陰迅速，未免傷感於懷。楊安居為吳保安義氣上，十分敬重，每每對人誇獎；又寫書與長安貴要，稱他棄家贖友之事。又厚贈資糧，送他往京師補官。凡姚州一郡官府，見都督如此用情，無不厚贈。仲翔仍留為都督府判官。保安將眾人所贈，分一半與仲翔，留下使用。仲翔再三推辭。保安那裡肯依，只得受了。吳保安謝了楊都督，同家小往長安進發。仲翔送出姚州界外，痛哭而別。保安仍留家小在遂州，單身到京，陞補嘉州[※46]彭山丞之職。那嘉州仍是西蜀地方，迎接家小又方便，保安歡喜，赴任去訖，不在話下。

再說郭仲翔在蠻中，日久深知款曲[※47]，蠻中婦女，儘有姿色，價反在男子之下。仲翔在任三年，陸續差人到蠻洞購求年少美女，共有十人，自己教成歌舞，鮮

註

※45 襁褓：背負嬰兒的寬布條和包裹嬰兒的小被。
※46 嘉州：地名，今四川樂山縣。
※47 款曲：詳細內情。

衣美飾，特獻與楊安居伏侍，以報其德。安居笑曰：「吾重生高義，故樂成其美耳。言及相報，得無以市井見待耶？」◎6仲翔曰：「荷明公仁德，微軀再造，特求此蠻口奉獻，以表區區。明公若見辭，仲翔死不瞑目矣！」

安居見他誠懇，乃曰：「僕有幼女，最所鍾愛，勉受一小口為伴，餘則不敢如命。」仲翔把那九個美女，贈與楊都督帳下九個心腹將校，以顯楊公之德。時朝廷正追念代國公軍功，要錄用其子姪。楊安居表奏：「故相郭震嫡姪仲翔，始進諫於李蒙，預知勝敗；繼陷身於蠻洞，備著堅貞。十年復返於故鄉，三載效勞於幕府。蔭既可敘，功亦宜酬。」

於是，郭仲翔得授蔚州錄事參軍。自從離家到今，共一十五年了。他父親和妻子在家，聞得仲翔陷沒蠻中，杳無音信，只道身故已久，忽見親筆家書，迎接家小臨蔚州任所，舉家歡喜無限。仲翔在蔚州※48做官兩年，大有聲譽，陞遷代州※49戶曹參軍※50。又經三載，父親一病而亡。仲翔扶柩回歸河北，喪葬已畢，忽然歎曰：「吾賴吳公見贖，得有餘生。因老親在堂，方謀奉養，未暇圖報私恩。今親歿服除，豈可置恩人於度外乎？」訪知吳保安在宦所未回，乃親到嘉州彭山縣看之。不

唐張萱《搗練圖》（摹本），描繪幾位婦女正在搗絲，為防守邊塞的士兵趕製寒衣。

期保安任滿家貧，無力赴京聽調，就便在彭山居住。六年之前，患了疫症，夫婦雙亡，藁葬※51在黃龍寺後隙地。兒子吳天祐，從幼母親教訓讀書識字，就在本縣訓蒙度日。仲翔一聞此信，悲啼不已。因製縗麻※52之服，腰經執杖，步至黃龍寺內，向冢號泣，具禮祭奠。奠畢，尋吳天祐相見，即將自己衣服脫與他穿了，呼之為弟，商議歸葬一事。乃為文以告於保安之靈。發開土堆，止存枯骨二具。仲翔痛哭不已。傍觀之人，莫不墮淚。仲翔預製下練囊※53，以為裝保安夫婦骸骨。又恐失了次第，斂葬時一時難認，逐節用墨記下，裝入練囊，總貯一竹籠之內，親自背負而行。吳天祐道是他父母的骸骨，理合他馱，來奪那竹籠。仲翔那肯放下，哭曰：「永固為我奔走十年，今我暫時為之負骨，少盡我心而已。」一路且行且哭，每到旅店，必置竹籠於上坐，將酒飯澆奠過了，然後與天祐同食，夜間亦安置竹籠停當，方敢就寢。嘉州到魏郡，凡數千里，都是步行。他兩腳曾經釘板，雖然好了，終是血脈受傷。一連走了幾日，腳面都紫腫起來，內中作痛。看看行走不動，又立

註

※48蔚州：地名，今屬河北省。蔚，讀作「玉」。
※49代州：唐代下轄四縣：今山西代縣、五台縣、繁峙縣、平原縣。
※50户曹參軍：執掌户籍的州縣屬官。
※51藁葬：草率下葬。藁，讀作「搞」。
※52縗麻：粗麻布製成的喪服。縗，讀作「崔」，通「衰」。
※53練囊：絹布製成的袋子。

眉批

◎6：楊公人品，不下於吳、郭，一時得三異士，奇哉！恨我不遇一人也。（綠天館主人）

心不要別人替力，勉強捱去。有詩為證：

酬恩無地只奔喪，負骨徒行日夜忙。
遙望平陽數千里，不知何日到家鄉？

仲翔思想：「前路正長，如何是好？」天晚就店安宿，乃設酒飯於竹籠之前，含淚再拜，虔誠哀懇，願吳永固夫婦顯靈，保仲翔腳患頓除，步履方便，早到武陽，經營葬事。吳天祐也從傍再三拜禱。到次日起身，仲翔便覺兩腳輕健，直到武陽縣中，全不疼痛。此乃神天護佑吉人，不但吳保安之靈也。

再說仲翔到家，就留吳天祐同居，打掃中堂，設立吳保安夫婦神位，買辦衣衾棺槨，重新殯殮。自己戴孝，一同吳天祐守墓祭弔。雇匠造墳，凡一切葬具，照依先葬父親一般。又立一道石碑，詳紀保安棄家贖友

仲翔夜間亦安置竹籠停當，方敢就寢。嘉州到魏郡，凡數千里，都是步行。（古版畫，選自《今古奇觀》明末吳郡寶翰樓刊本。）

之事，使往來讀碑者，盡知其善。又同吳天祐廬墓※54三年。那三年中，教訓天祐經書，得他學問精通，方好出仕。三年後，要到長安補官，念吳天祐無家未娶，擇宗族中姪女有賢德者，替他納聘。割東邊宅院子，讓他居住成親。又將一半家財分給天祐過活。◎7正是：

昔年為友拋妻子，今日孤兒轉受恩。
正是投瓜還得報，善人不負善心人。

仲翔起服※55，到京補嵐州長史，又加朝散大夫。仲翔思念保安不已，乃上疏。其略曰：「臣聞有善必勸者，固國家之典；有恩必酬者，亦匹夫之義。臣向從故姚州都督李蒙進禦蠻寇，一戰奏捷。臣謂深入非宜，尚當持重；主帥不聽，全軍覆沒。臣以中華世族，為絕域窮囚。蠻賊貪利，責絹還俘，謂臣宰相之姪，索至千疋；而臣家絕萬里，無信可通。十年之中，備嘗艱苦，肌膚毀剔，靡刻不淚。牧羊有志，射雁無期。而遂州方義尉吳保安，適至姚州，與臣雖係同鄉，從無一面；徒

註

※54廬墓：古人父母過世，在墳墓旁建築茅屋為其守靈，以表追悼。
※55起服：古代替親人守喪必須離職，喪期滿後返任，稱「起服」。

眉批

◎7：保安所施之恩，是從來未有之恩；仲翔所以報恩者，亦從來未有之報。(綠天館主人)

以意氣相慕，遂謀贖臣。經營百端，撇家數載，形容憔悴，妻子饑寒，救臣於垂死之中，賜臣以再生之路。大恩未報，遽爾淹歿。臣今幸沾朱紱※56，而保安子天祐食藿懸鶉※57，臣竊愧之。且天祐年富學深，足堪任使。願以臣官，讓之天祐。庶幾國家勸善之典，與下臣酬恩之義，一舉兩得。臣甘就退閒，沒齒無怨。◎8謹昧死披瀝以聞。」

時天寶十二年也。疏入，下禮部詳議。此一事，鬨動了舉朝官員。雖然保安施恩在前，也難得郭仲翔義氣，真不愧死友者矣！禮部為此覆奏，盛誇郭仲翔之品，宜破格俯從，以勵澆俗※58。吳天祐可試嵐谷縣尉。仲翔原官如故。這嵐谷縣與嵐州相鄰，使他兩個朝夕相見，以慰其情。這是禮部官的用情處。朝廷依允。

仲翔領了吳天祐告身※59一道，謝恩出京。回到武陽縣，將告身付與天祐，備下祭奠，拜告兩家墳墓。擇了吉日，兩家宅眷同日起程，向西京到任。那時做一件奇事，遠近傳說，都道吳、郭交情，雖古之管、鮑※60，羊、左，不能及也。後來郭仲翔在嵐州，吳天祐在嵐谷縣，皆有政績，各陞遷去。嵐州人追慕其事，為立「雙義祠」，祀吳保安、郭仲

中國濟南省東有座鮑山，相傳昔日當地有座鮑城，為鮑叔牙封地所在，在鮑山東北約500公尺處的山下，有修繕完好的鮑叔牙墓。（圖片攝影、來源：飛揚flyoung）

翔。里中凡有約誓，都在廟中禱告。香火至今不絕。有詩為證：

頻頻握手未為親，臨難方知意氣眞。
試看郭、吳眞義氣，原非平日結交人。

註

※56朱紱：紅色的官服。紱，讀作「服」。
※57食藿懸鶉：生活貧窮困苦。食藿，吃豆葉。懸鶉，比喻衣衫襤褸。
※58澆俗：鄙陋的習俗。
※59告身：唐代朝廷任命官員的憑證。即現代的委任狀或文憑。
※60管鮑：指管仲和鮑叔牙。鮑叔牙，春秋時代齊國大夫，年幼和管仲是知交，知道他家境貧窮，就接濟他一些財物。後鮑叔牙事齊桓公，管仲事公子糾，公子糾死，管仲成為階下囚，鮑叔牙深知管仲的賢才，故將他推薦給齊桓公，輔佐齊桓公成霸業。後世以管仲和鮑叔牙的事蹟，來比喻知交好友。

眉批

◎8：身家可棄，何況一官，畢竟為仲翔易，保安難。（綠天館主人）

第十二卷　羊角哀捨命全交

翻手爲雲覆手雨，紛紛輕薄何須數。
君看管、鮑貧時交，此道今人棄如土。※1

昔時齊國有管仲，字夷吾；鮑叔，字宣子。兩個自幼時以貧賤結交，後來鮑叔先在齊桓公門下，信用顯達，舉薦管仲為首相，位在己上。兩人同心輔政，始終如一。管仲曾有幾句言語道：「吾嘗三戰三北※2，鮑叔不以我為怯，知我有老母也。吾嘗三仕三見※3逐，鮑叔不以我為不肖，知我不遇時也。吾嘗與鮑叔談論，鮑叔不以我為愚，知時有利、不利也。吾嘗與鮑叔為賈※4，分利多，鮑叔不以我為貪，知我貧也。生我者父母，知我者鮑叔。」所以古今說知心結交，必曰「管鮑」。今日說兩個

齊國國都臨淄（今山東淄博市臨淄區）復原模型。（圖片來源、攝影：Rolfmueller）

朋友，偶然相見，結為兄弟，各捨其命，留名萬古。

春秋時，楚元王崇儒重道，招賢納士。天下之人，聞其風而歸者，不可勝計。西羌積石山※5有一賢士，姓左，雙名伯桃，幼亡父母，勉力攻書，養成濟世之才，學就安民之業。年近四旬，因國中諸侯互相吞併，行仁政者少，恃強霸者多，未嘗出仕。後聞得楚元王慕仁好義，遍求賢士，乃攜書一囊，辭別鄉中鄰友，逕奔楚國而來。迤邐※6來到雍地，時值隆冬，風雨交作。有一篇〈西江月〉詞單道冬天雨景：

習習悲風割面，濛濛細雨侵衣。催水釀雪逞寒威，不比他時和氣。山色不明常暗，日光偶露還微。天涯遊子盡思歸，路上行人應悔。

齊桓公與管仲（拓片）。

註

※1本詩爲杜甫〈貧交行〉。詩文感傷交情淺薄，世態炎涼，人情反覆。

※2北；此處意爲失敗、敗逃。

※3見；被。

※4賈；買賣經商的人。

※5積石山；位於中國青海省東南部，延伸至甘肅省南部邊境，傳說大禹治水始於此地。

※6迤邐：形容道路崎嶇難行。邐，讀作「里」。

左伯桃冒雨盪風※7，行了一日，衣裳都沾濕了。看看天已昏黃，走向村間，欲覓一宵宿處※8。遠遠望見竹林之中，破窗透出燈光。逕奔那個去處，見矮矮籬笆，圍著一間草屋。乃推開籬障，輕叩柴門。中有一人，啟戶而出。左伯桃立在檐下，慌忙施禮曰：「小生西羌人氏，姓左，雙名伯桃。欲往楚國。不期中途遇雨，無覓旅邸之處，求借一宵，來早便行，未知尊意肯容否？」那人聞言，慌忙答禮，邀入屋內。伯桃視之，止有一榻，榻上堆積書卷，別無他物。伯桃已知亦是儒人，便欲下拜。那人云：「且未可講禮，容取火烘乾衣服，卻當會話。」當夜，燒竹為火，伯桃烘衣，那人炊辦酒食，以供伯桃，意甚勤厚。伯桃乃問姓名。其人曰：「小生姓羊，雙名角哀。幼亡父母，獨居於此。平生酷愛讀書，農業盡廢。今幸遇賢士遠來，但恨家寒，乏物為款※9，伏乞恕罪。」伯桃曰：「陰雨之中，得蒙遮蔽，事兼一飲一食，感佩何忘！」當夜，二人抵足而眠，共

河南淅川楚墓是一個春秋中晚期的楚國貴族墓群，圖為楚墓出土的雲紋銅禁，現藏於中國河南博物院。（圖片攝影、來源：Greg kf）

話胸中學問，終夕不寐。

比及天曉，淋雨不止。角哀留伯桃在家，盡其所有相待，結為昆仲※10。伯桃年長角哀五歲，角哀拜伯桃為兄。一住三日，雨止道乾。伯桃曰：「賢弟有王佐之才※11，抱經綸之志※12，不圖竹帛※13，甘老林泉※14，深為可惜。」角哀曰：「非不欲仕，奈未得其便耳。」伯桃曰：「今楚王虛心求士，賢弟既有此心，何不同往？」角哀曰：「願從兄長之命。」遂收拾些小路費糧米，棄其茅屋，二人同望南方而進。

行不兩日，又值陰雨。羈身旅店中，盤費罄盡。止有行糧一包，二人輪換負之，冒雨而走。其雨未止，風又大作，變為一天大雪。怎見得？你看：

註

※7 盪風：盪風，即冒著風。
※8 款：招
※9 宵宿處：過夜的地方。
※10 昆仲：兄弟。昆指哥哥，仲是弟弟。
※11 王佐之才：輔佐君王的才能，即有卿相之才。
※12 經綸之志：有治理國家的偉大志向。經綸，整理絲縷。引申為規劃、治理國家大事。
※13 不圖竹帛：不圖謀留名青史。
※14 甘老林泉：甘心終老於山林之中，即終身不出仕。

風添雪冷，雪趁風威。紛紛柳絮狂飄，片片鵝毛亂舞。團空攪陣，不分南北西東；遮地漫天，變盡青黃赤黑。探梅詩客多清趣，路上行人欲斷魂。

二人行過岐陽※15道經梁山路，問及樵夫，皆說：「從此去百餘里，並無人煙，盡是荒山曠野，狼虎成群，只好休去。」伯桃與角哀曰：「賢弟心下如何？」角哀曰：「自古道：『死生有命。』既然到此，只顧前進，休生退悔。」又行了一日，夜宿古墓中，衣服單薄，寒風透骨。

次日，雪越下得緊，山中仿佛盈尺。伯桃受凍不過，曰：「我思此去百餘里，絕無人家，行糧不敷，衣單食缺。若一人獨往，可到楚國；二人俱去，縱然不凍死，亦必餓死於途中，與草木同朽，何益之有？我將身上衣服脫與賢弟穿了。賢弟可獨齎※16此糧，於途強掙而去。◎1我委的行不動了，寧可死於此地。待賢弟見了楚王，必當重用，那時卻來葬我未遲。」

見一株枯桑，頗可避雪。那桑下止容得一人，角哀遂扶伯桃入去坐下。（古版畫，選自《今古奇觀》明末吳郡寶翰樓刊本。）

角哀曰：「焉有此理？我二人雖非一父母所生，義氣過於骨肉。我安忍獨去而求進身耶？」遂不許，扶伯桃而行。行不十里，伯桃曰：「風雪越緊，如何去得？且於道旁尋個歇處。」見一株枯桑，頗可避雪。那桑下止容得一人，角哀遂扶伯桃入去坐下。伯桃命角哀敲石取火，爇※17些枯枝，以禦寒氣。比及角哀取了柴火到來，只見伯桃脫得赤條條的，渾身衣服，都做一堆放著。◎2角哀大驚曰：「吾兄何為如此？」伯桃曰：「吾尋思無計，賢弟勿自誤了，速穿此衣服，負糧前去，我只在此守死。」角哀抱持大哭曰：「吾二人死生同處，安可分離？」伯桃曰：「若皆餓死，白骨誰埋？」角哀曰：「若如此，弟情願解衣與兄穿了，兄可賫糧去，弟寧死於此！」伯桃曰：「我平生多病，賢弟少壯，比我甚強；更兼胸中之學，我所不及。若見楚君，必登顯宦。我死何足道哉！弟勿久滯，可宜速往。」角哀曰：「今兄餓死桑中，弟獨取功名，此大不義之人也，我不為之。」伯桃曰：「我自離積石山，至弟家中，一見如故。知弟胸次不凡。以此勸弟求進。不幸風雨所阻，此吾天命當盡。若使弟亦亡於此，乃吾之罪也。」言訖，欲跳前溪覓死。角哀抱住痛哭，

註

※15岐陽：今陝西岐山縣東北。

※16齎：讀作「機」。持拿。

※17爇：燒也。讀作「若」或「熱」。

眉批

◎1：英雄語，亦是無策中良策。（綠天館主人）

◎2：遣開角哀，爲脱衣地，不如此，不能絕角哀之念。（綠天館主人）

將衣擁護，再扶至桑中。伯桃把衣服推開。角哀再欲上前勸解時，但見伯桃神色已變，四肢厥冷，口不能言，以手揮令去。◎3角哀再將衣服擁護，伯桃已是寒入膝理[※18]，手直足挺，氣息奄奄，漸漸欲絕。角哀尋思：「我若久戀，亦凍死矣，死後誰葬吾兄？」乃於雪中再拜伯桃而哭曰：「不肖弟此去，望兄陰力相助。但得微名，必當厚葬。」伯桃點頭半答，少傾氣絕。角哀只得取了衣糧，一步一回顧，悲哀哭泣而去。伯桃死於桑中。後人有詩贊云：

寒來雪三尺，人去途千里。
長途苦雪寒，何況囊無米？
併糧一人生，同行兩人死；
兩死誠何益？一生尚有恃。
賢哉左伯桃！隕命成人美。

角哀捱著寒冷，半饑半飽，來至楚國，於旅邸中歇定。次日入城，問人曰：「楚君招賢，何由而進？」人曰：「宮門外設一賓館，令上大夫裴仲接納天下之士。」角哀逕投賓館前來，正值上大夫下車。角哀乃向

✦圖為楚墓出土的王子午鼎，現藏於中國河南博物院。（圖片攝影、來源：drs2biz ）

前而揖。裴仲見角哀衣雖襤褸，器宇不凡，慌忙答禮問曰：「賢士何來？」角哀曰：「小生姓羊，雙名角哀，雍州人也。聞上國招賢，特來歸投。」裴仲邀入賓館，具酒食以進，宿於館中。

次日，裴仲到館中探望，將胸中疑義盤問角哀，試他學問如何。角哀百問百答，談論如流。裴仲大喜！入奏元王。王即時召見，問富國強兵之道。角哀首陳十策，皆切當世之急務。元王大喜，設御宴以待之，拜為中大夫，賜黃金百兩、彩緞百疋。角哀再拜流涕。元王大驚而問曰：「卿痛哭者何也？」角哀將左伯桃脫衣併糧之事，一一奏知。元王聞其言為之感傷，諸大臣皆為痛惜。元王曰：「卿欲如何？」角哀曰：「臣乞告假，到彼處安葬伯桃已畢，卻回來事大王。」元王遂贈已死伯桃為中大夫，厚賜葬資，仍差人跟隨角哀車騎同去。

角哀辭了元王，逕奔梁山地面，尋舊日枯桑之處，果見伯桃死屍尚在，顏貌如生前一般。角哀仍再拜而哭，呼左右喚集鄉中父老，卜地於浦塘之原，前臨大溪，後靠高崖，左右諸峰環抱，風水甚好。遂以香湯淋浴伯桃之屍，穿戴大夫衣冠，置內棺外槨，安葬起墳。四圍築牆栽樹，離墳三十步，建享堂※19，塑伯桃儀容；立華

註

※18 腠理：皮下肌肉之間的空隙與皮膚、肌肉的紋理。《漢語大辭典》

眉批

◎ 3：按《廣輿記》載，左伯桃死處在陝西西安府郃陽縣，梁山則在乾州岐山之界。（綠天館主人）

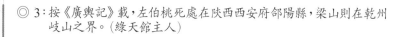

表柱，上建牌額。墻側蓋瓦屋，令人看守。造畢，設祭於享堂，哭泣甚切。鄉老從人，無不下淚。祭罷，各自散去。角哀是夜明燈燃燭而坐，感嘆不已。忽然一陣陰風颯颯，燭滅復明。角哀視之，見一人於燈影中，或進或退，隱隱有哭聲。角哀叱曰：「何人也？輒敢夤夜※20而入！」其人不言。角哀起而視之，乃伯桃也。角哀大驚，問曰：「兄陰靈不遠，今來見弟，必有事故。」伯桃曰：「感賢弟記憶，初登仕路，奏請葬我，更贈重爵並棺槨衣衾之美，凡事十全。但墳地與荊軻墓※21相連近，此人在世時，為刺秦王不中被戮，高漸離※22以其屍葬於此處，神極威猛。每夜仗劍來罵吾曰：『汝是凍死餓殺之人，安敢建墳居吾上肩，奪吾風水。若不遷移他處，吾發墓取屍，擲之野外！』有此危難，特告賢弟。望改葬於他處，以免此禍。」角哀再欲問之，風起忽然不見。

角哀在享堂中一夢驚覺，盡記其事。天明再喚鄉老，問：「此處有墳相近否？」鄉老曰：「松陰中有荊軻墓，墓前有廟。」角哀曰：「此人昔刺秦王不中被戮，緣何有墳在

塑伯桃儀容；立華表柱，上建牌額。墻側蓋瓦屋，令人看守。（古版畫，選自《今古奇觀》明末吳郡寶翰樓刊本。）

此？」鄉老曰：「高漸離乃此間人，知荊軻被害棄屍野外，乃盜其屍葬於此地，每每顯靈。士人建廟於此，四時享祭，以求福利。」角哀聞言，遂信夢中之事。引從者逕奔荊軻廟，指其神而罵曰：「汝乃燕邦一匹夫，受燕太子奉養，名姬重寶，儘汝受用。不思良策以副重托，入秦行事，喪身誤國。卻來此處，驚惑鄉民，而求祭祀！吾兄左伯桃，當代名儒，仁義廉潔之士，汝安敢逼之？再如此，吾當毀其廟而發其塚，永絕汝之根本！」罵訖，卻來伯桃墓前祝曰：「如荊軻今夜再來，兄當報我。」

歸至享堂，是夜秉燭以待。果見伯桃哽咽而來，告曰：「感賢弟如此，奈荊軻從人極多，皆士人所獻。賢弟可束草為人，以彩為衣，手執器械，焚於墓前。吾得其助，使荊軻不能侵害。」言罷不見。

左伯桃像，圖為《古聖賢像傳略》書頁。

註

※19享堂：祭祀祖先或神佛的祠堂。
※20夤夜：深夜。
※21荊軻墓：荊軻爲戰國末期人物，比羊、左的時間更晚，此處爲作者引用之誤。
※22高漸離：戰國時燕國人，擅長擊筑（一種擊絃樂器），與荊軻是好朋友。荊軻死後，高漸離接近秦王，藉機行刺爲友報仇，失敗，被殺。

角哀連夜使人束草為人，以彩為衣，各執刀鎗器械，建數十於墓側，以火焚之。祝曰：「如其無事，亦望回報。」歸至享堂。是夜，聞風雨之聲，如人戰敵。角哀出戶觀之，見伯桃奔走而來言曰：「弟所焚之人，不得其用。荊軻又有高漸離相助，不久吾屍必出墓矣！望賢弟早與遷移他處殯葬，免受此禍。」角哀曰：「此人安敢如此欺凌吾兄！弟當力助以戰之。」伯桃曰：「弟陽人也，我皆陰鬼。陽人雖有勇烈，塵世相隔，焉能戰陰鬼也？雖蒭草之人，但能助喊，不能退此強魂。」角哀曰：「兄且去，弟來日自有區處。」※23次日，角哀再到荊軻廟中大罵，打毀神像。方欲取火焚廟，只見鄉老數人，再四哀求曰：「此乃一村香火，若觸犯之，恐貽禍於百姓。」須臾之間，土人聚集，都來求告。角哀拗他不過，只得罷了。

回到享堂，修一道表章，上謝楚王，言：「昔日伯桃併糧與臣，因此得活，以遇聖主。重蒙厚爵，平生足矣，容臣後世盡心圖報。」詞意甚切。表付從人，然後到伯桃墓側，大哭一場。與從者曰：「吾兄被荊軻強魂所逼，去往無門，我所不忍。欲焚廟掘墳，又恐拂土人之意。寧死為泉下之鬼，力助吾兄，戰此強魂。汝等可將吾屍葬於此墓之右，生死共處，以報吾兄併糧之義。回奏楚君，萬乞聽納臣言，永保山河社稷。」言訖，掣取佩劍，自刎而死。從者急救不及，速具

漢代的石刻畫像拓片，荊軻刺秦王。

衣棺殯殮，埋於伯桃墓側。

是夜二更，風雨大作，雷電交加。喊殺之聲聞數十里。清曉視之，荊軻墓上，震烈如發，白骨散於墓前。墓邊松柏，和根拔起。廟中忽然起火，燒做白地。鄉老大驚，都往羊、左二墓前，焚香展拜。◎4從者回楚國，將此事上奏元王。元王感其義重，差官往墓前建廟，加封上大夫，敕賜廟額，曰「忠義之祠」，就立碑以記其事，至今香火不斷。荊軻之靈，自此絕矣！土人四時祭祀，所禱甚靈。有古詩云：

古來仁義包天地，只在人心方寸間。
二士廟前秋日淨，英魂常伴月光寒。

註

※23區處：分別處置。

眉批

◎4：《左傳》但云角哀至楚爲上大夫，以卿禮葬伯桃，角哀自殺以殉，未聞自戰荊軻之事，且角哀死在荊軻、高漸離之前。作者蓋憤荊軻誤太子丹之事，而借角哀以愧之耳。（綠天館主人）

第十三卷　沈小霞相會出師表

閒向書齋閱古今，偶逢奇事感人心。
忠臣反受奸臣制，骯髒※1英雄淚滿襟。
休解綬※2，慢投簪※3，從來日月豈常陰？
到頭禍福終須應，天道還分貞與淫。

話說國朝嘉靖年間，聖人在位，風調雨順，國泰民安。只為用錯了一個奸臣，濁亂了朝政，險些兒不得太平。那奸臣是誰？姓嚴，名嵩，號介溪，江西分宜人氏，以柔媚※4得倖，交通※5宦官，先意迎合，精勤齋醮※6，供奉青詞※7，由此驟致貴顯。為人外裝曲謹※8，內實猜刻※9，讒害了大學士夏言※10，自己代為首相，權尊勢重，朝野側目。兒子嚴世蕃由官生※11直做到工部侍

✦清代繪製的《嚴嵩像》。

郎※12。他為人更狠，因有些小人之才，博聞強記，能思善算，介溪公最聽他的說話，凡疑難大事，必須與他商量。朝中有「大丞相」、「小丞相」之稱。他父子濟惡※13招權納賄，賣官鬻※14爵。官員求富貴者，以重賂獻之，拜他門下做乾兒子，即得陞遷顯位。由是不肖之人，奔走如市，科道※15衙門，皆其心腹牙爪。但有與

註

※1 骯髒：此處讀作「ㄎㄤˇ ㄗㄤˇ」。意爲高傲不屈，忠義耿直。

※2 解綬：解下印綬，辭去官職。

※3 投簪：辭去官職。簪，用來固定冠帽，比喻官職。

※4 柔媚：以和順奉承取悅於人。

※5 交通：串通勾結。

※6 齋醮：僧人、道士設壇作法事，祈求神佛庇佑。醮，讀作「較」。

※7 青詞：道士用紅色顏料寫在青籐紙上，祭祀天地時上告神明的祝禱詞。後成爲一種文體。

※8 曲謹：謹小愼微。

※9 猜刻：疑忌而刻薄。

※10 夏言：字公謹，號桂洲。明正德年間進士。嘉靖時剛開始擔任諫官，主張廢除正德年間的弊政。以禮部尚書兼武英殿大學士進入內閣，不久爲首輔執政。後因極力支持陝西總督曾銑收復河套，被嚴嵩誣陷殺害。

※11 官生：明代七品以下的文官，可蒙蔭賜一個兒子入朝爲官或者進國子監讀書。清制，則稱應考鄉試的高級官吏子弟爲官生。

※12 工部侍郎：掌管營造工程部門的副長官。

※13 濟惡：互相勾結做壞事。

※14 鬻：音「玉」，賣。

※15 科道：明、清時，督察院所屬的吏、戶、禮、兵、刑、工六科給事中及十五道監察使的統稱。依據《中華民國教育部重編國語辭典修訂本》解釋。

他作對的，立見奇禍，輕則杖謫，重則殺戮，好不利害！除非不要性命的，纔敢開口說他句言語兒；若不是真正關龍逢※16、比干※17，十二分忠君愛國的，寧可誤了朝廷，豈敢得罪宰相！其時有無名子感慨時事，將〈神童詩〉※18改成四句云：

少小休勤學，錢財可立身。
君看嚴宰相，必用有錢人。

又改四句，道是：

天子重權豪，開言惹禍苗。
萬般皆下品，只有奉承高。

只為嚴嵩父子恃寵貪虐，罪惡如山，引出一個忠臣來，做出一段奇奇怪怪的事跡，留下一段轟轟烈烈的話柄。一時身死，萬古名揚！正是：

《封神演義》人物插圖，左起為比干、聞太師、紂王、妲己。

家多孝子親安樂，國有忠臣世太平。

那人姓沈名鍊，別號青霞，浙江紹興人氏。其人有文經武緯之才，濟世安民之志。從幼慕諸葛孔明之為人。孔明文集上有〈前出師表〉、〈後出師表〉，沈鍊平日愛誦之，手自抄錄數百篇，室中到處粘壁。每逢酒後，便高聲背誦，念到「鞠躬盡瘁，死而後已」，往往長歎數聲，大哭而罷。以此為常，人都叫他是狂生。嘉靖戊戌年※19中了進士，除授知縣之職。他共做了三處知縣，那三處？溧陽※20，茌平※21，清豐※22。這三任官做得好。真個是：

吏肅惟遵法，官清不愛錢。

註

※16關龍逢：夏代的賢臣。因直言勸諫而被桀所殺。
※17比干：商王紂的叔父。紂王荒淫無道，因勸諫紂王而被剖心致死。
※18神童詩：宋代汪洙撰寫的數十首五言詩，後人又加進其他人的詩，而編成〈神童詩〉，爲適合少年學詩的讀物。
※19嘉靖戊戌年：嘉靖十七年，西元一五三八年。
※20溧陽：今江蘇西南部。
※21茌平：今山東西部徒駭河流域。
※22清豐：今河南東北部。

豪強皆斂手，百姓盡安眠。

因他生性伉直※23，不肯阿奉上官，左遷錦衣衛經歷※24。一到京師，看見嚴家贓穢狼藉，心中甚怒。忽一日值公宴，見嚴世蕃倨傲之狀，已自九分不樂。飲至中間，只見嚴世蕃狂呼亂叫，傍※25若無人，索巨觥飛酒※26，飲不盡者罰之。這巨觥約容酒十餘兩，坐客懼世蕃威勢，無人敢不喫。只有一個馬給事※27，天性絕飲；世蕃故意將巨觥飛到他面前。馬給事再三告免，世蕃不許。馬給事略沾唇，面便發赤，眉頭打結，愁苦不勝。世蕃自走下席，親手揪了他的耳朵，將巨觥灌之。那給事出於無奈，悶著氣一連幾口吸盡。不喫也罷，纔吃下時，覺得天在下，地在上，牆壁都團團轉動，頭重腳輕，站立不住。世蕃拍手呵呵大笑。沈鍊一肚不平之氣，忽然揎袖而起，搶那只巨觥在手，斟得滿滿的走到世蕃面前說道：「馬司諫承老先生賜酒，已沾醉不能為禮。下官代他酬老先生一盃※28。」世蕃愕然，方欲舉手推辭，只見沈鍊聲色俱厲道：「此盃別人

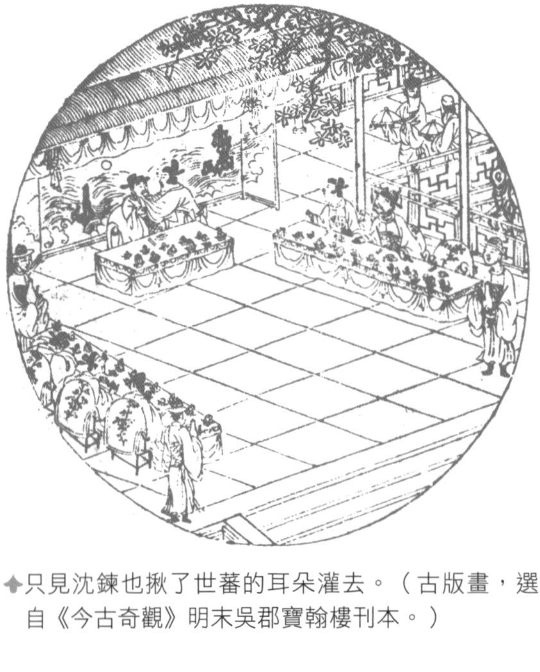

只見沈鍊也揪了世蕃的耳朵灌去。（古版畫，選自《今古奇觀》明末吳郡寶翰樓刊本。）

喫得，你也喫得！別人怕著你，我沈鍊不怕你！」也揪了世蕃的耳朵灌去。世蕃一飲而盡。沈鍊擲盃於案，一般拍手呵呵大笑。◎1嚇得眾官員面如土色，一個個低著頭不敢則聲。世蕃假醉先辭去了。沈鍊也不送，坐在椅上嘆道：「咳！漢賊不兩立，漢賊不兩立！」一連念了七八句。這句書，也是〈出師表〉上的說話。他把嚴家比著曹操父子。眾人只怕世蕃聽見，倒替他捏兩把汗；沈鍊全不為意，又取酒連飲幾盃，盡醉方散。睡到五更醒來，想道：「嚴世蕃這廝被我使氣逼他飲酒，他必然記恨來暗算我。一不做，二不休，有心只是一怪，不如先下手為強。我想：嚴嵩父子之惡，神人怨怒。只因朝廷寵信甚固，我官卑職小，言而無益，欲待覷個機會，方纔下手；如今等不及了，只當做張子房在博浪沙中椎擊秦始皇※29，雖然擊他

註

※23伉直：剛直。（參考李平校注，《今古奇觀》，三民書局出版。）
※24左遷錦衣衛經歷：貶官為禁衛軍署衙中掌管出納公文的官員。左遷，降職、貶官，古人尊右而卑左，故稱官吏被貶降職為「左遷」。
※25傍：側、邊。通「旁」。
※26巨觥飛酒：用大酒杯敬酒。觥，讀作「工」，用兕（讀作「四」）牛角做成的酒器。飛酒，即飛一觥，敬一杯酒。
※27給事：古代官名。唐、宋以來，居門下省之要職，在君王身邊負責勸諫的官員。也稱為「給諫」、「給事」。
※28盃：同今杯字，是杯的異體字。
※29張子房在博浪沙中椎擊秦始皇：秦國滅韓國，張良要替韓國報仇，遂派人在博浪沙行刺秦始皇，不中。

眉批

◎1：快極，快極！灌夫前恭後倨，又不足道矣。彼義氣，此忠義也。（綠天館主人）

不中，也好與眾人做個榜樣。」就枕上思想疏稿，想到天明已就，起身焚香盥手，寫起奏疏。疏中備說嚴嵩父子招權納賄、窮凶極惡、欺君誤國十大罪。乞誅之以謝天下。聖旨下道：「沈鍊謗訕大臣，沽名釣譽，著錦衣衛重打一百，發去口外※30為民。」嚴世蕃差人分付錦衣衛官校，定要將沈鍊打死，虧得堂上官※31是個有主意的人。那人姓陸名柄※32，平時極敬重沈公氣節，況且又是屬官，相處得合，因此反加周全，好生打個出頭棍兒※33，不甚利害。◎2戶部※34注籍：保安州※35為民。

沈鍊帶著棒瘡，即日收拾行李，帶領妻子，僱著一乘車兒出了國門，望保安進發。原來沈公夫人徐氏，所生四個兒子。長子沈襄，本府廩膳秀才※36，一向留家。次子沈衮、沈褒，隨任讀書。幼子沈袠※37，年方週歲。嫡親五口兒上路。滿朝文武，懼怕嚴家，沒一個敢來送行。有詩為證：

一紙封章忤廟廊※38，蕭然行李入遐荒。
相知不敢攀鞍送，恐觸權奸惹禍殃。

一路上辛苦，自不必說。且喜到了保安地方，那保安州屬宣府※39，是個邊遠地方，不比內地繁華。異鄉風景，舉目淒涼，況兼連日陰雨，天昏地黑，倍加慘戚。欲賃間

◆錦衣衛是明朝的特務機構，圖為錦衣衛腰牌。（圖片來源：snowyowls）

民房居住，又無相識指引，不知何處安身是好？正在彷徨之際，只見一人打著小傘前來，看見路傍行李，又見沈鍊一表非俗，立住了腳，相了一回，問道：「官人尊姓？何處來的？」沈鍊道：「姓沈，從京師來。」那人道：「小人聞得京中有個沈經歷，上本要殺嚴嵩父子，莫非官人就是他麼？」沈鍊道：「正是。」那人道：「仰慕多時，幸得相會。此非說話之處，寒家離此不遠，便請攜寶眷同行，到寒家權下，再作區處※40。」

沈鍊見他十分殷勤，只得從命，行不多路便到了。看那人家雖不是個大夫宅院，卻也精雅。那人揖沈鍊至於中堂，納頭便拜。沈鍊慌忙答禮，問道：「足下是

註

※30口外：長城以北的邊關地區，因長城關隘多稱口，故稱為「口外」。

※31堂上官：指衙門長官。

※32陸柄：字文明，平湖人。嘉靖時期「天下三傑」之一。

※33出頭棍兒：犯人受杖刑時，改用棍身敲打，避免受刑人受到重傷。

※34户部：古代六部之一。掌管全國土地、户籍、賦稅等事務，是國家財務行政的最高機構。

※35保安州：地名，今河北涿鹿。

※36袠：讀作「至」。

※37廩膳秀才：明清時期，領取官府供給的俸祿、糧食的生員。廩，讀作「凜」。

※38廟廊：朝廷。（參考李平校注，《今古奇觀》，三民書局出版。）

※39宣府：治所在今河北宣化。

※40區處：打算。

眉批

◎2：陸柄，嚴黨也，而能周旋沈公，良心尚在。（綠天館主人）

誰？何故如此相愛？」那人道：「小人姓賈，名石，是宣府衛一個舍人※41。哥哥是本衛千戶※42，先年身故無子。小人應襲，為嚴賊當權，襲職者都要重賂。小人不願為官，托賴祖蔭，有數畝薄田，務農度日。數日前，聞閣下彈劾嚴氏，此乃天下忠臣義士也！又聞編管※43在此。小人渴欲一見，不意天遣相遇，三生有幸。」說罷，又拜下去。沈公再三扶起，便教沈袞、沈褒與賈石相見。賈石教老婆迎接沈奶奶到內宅安置，交卸了行李，打發車夫等去了。分付莊客宰豬整酒，管待沈公一家。賈石道：「這等雨天，料閣下也無處去，只好在寒家安歇了。請安心多飲幾盃，以寬勞頓。」沈鍊謝道：「萍水相逢，便承厚款，何以當此？」賈石道：「農莊粗糲，休嫌簡慢。」當日賓主酬酢，無非說些感慨時事的說話。兩邊說得情投意合，只恨相見之晚。

過了一宿，次早沈鍊起身，向賈石說道：「我要尋所房子安頓老小，有煩舍人指引。」賈石道：「要什麼樣子的房子？」沈煉道：「只像宅上這一所，十分足意了，租價但憑尊教。」賈石道：「不妨事。」出去踅了一回轉來

沈鍊因得罪嚴世蕃而被發配到萬里長城外，圖為長城一景。

道：「賃房儘多，只是齷齪低窪，急切難得中意。閣下不若就在草舍權住幾時。小人領著家小，自到外家※44去住，等閣下還朝，小人回來，可不穩便？」沈鍊道：「雖承厚愛，豈敢占舍人之宅？此事決不可。」賈石道：「小人雖是村農，頗識好歹，慕閣下忠義之士，想要執鞭隨鐙※45，尚且不能。今日天幸降臨，權讓這幾間草房與閣下作寓，也表我小人一點敬賢之心，不須推遜。」話畢，慌忙分付莊客推個車兒，牽個馬兒，帶個驢兒，一夥子將細軟家私搬去，其餘家常動使家伙，都留與沈公日用。沈鍊見他慨爽，甚不過意，願與他結義為兄弟。◎3賈石道：「小人一介村農，怎敢僭攀貴宦？」沈鍊道：「大丈夫意氣相投，那有貴賤？」賈石小沈鍊五歲，就拜沈鍊為兄。沈鍊教兩個兒子拜賈石為義叔。賈石也喚妻子出來，都相見了，做了一家兒親戚。賈石陪過沈鍊喫飯已畢，便引著妻子到外舅李家去訖。自此沈鍊只在賈石宅子內居住。時人有詩歎賈舍人借宅之事。詩曰：

註

※41舍人：明代應承襲武官職位的子弟。
※42千户：掌管一千士兵戍防地方的武官。
※43編管：犯重罪或被貶官、流放的官員，命地方官員加以管束。
※44外家：指母親那邊的父母或親戚家。
※45執鞭隨鐙：手持馬鞭，跟隨在馬鐙旁。比喻因敬仰而願意追隨左右。

眉批

◎3：結義得此兄弟，也不枉。（綠天館主人）

傾蓋相逢※46意氣眞，移家借宅表情親。
世間多少親和友，競產爭財愧死人。

卻說保安州父老，聞知沈經歷為上本參嚴閣老※47貶斥到此，人人敬仰，都來拜望，爭識其面。也有運柴運米相助的，也有攜酒餚來請沈公喫的，又有遣子弟拜於門下聽教的。沈鍊每日間與地方人等講論忠孝大節及古來忠臣義士的故事，說到關心處，有時毛髮倒豎，拍案大叫，有時悲歌長歎，涕淚交流。地方若老若少，無不聳聽歡喜，或時唾罵嚴賊，地方人等齊聲附和。其中若有不開口的，眾人就罵他是不仁不義。一時高興，以後率以為常。又聞得沈經歷文武全材，都來合他去射箭。沈鍊教把稻草扎成三個偶人，用布包裹，一寫「唐奸相李林甫」，一寫「宋奸相秦檜」，一寫「明奸相嚴嵩」，把那三個偶人做個射鵠※48。假如要射李林甫的便高聲罵道：「李賊看箭！」秦賊、嚴賊都是如此。北方人性直，被沈經歷聒※49得熱鬧了，全不慮及嚴家知道。

自古道：「若要人不知，除非己莫為。」世間只有權勢之家，報新聞的極多，早有人將此事報知嚴嵩父

十九世紀的地獄畫軸，描繪岳飛的鬼魂指責秦檜。

子。嚴嵩父子深以為恨，商議要尋個事頭殺卻沈鍊，方免其患。適值宣大總督員缺，嚴閣老分付吏部，教把這缺與他門人乾兒子楊順做去。吏部依言，就把那侍郎楊順差往宣大總督。楊順往嚴府拜辭，嚴世蕃置酒送行，席間屏人而語，託他要查沈鍊過失。楊順領命，唯唯而去。正是：

合成毒藥惟需酒，鑄就鋼刀待舉手。
可憐忠義沈經歷，還向偶人誇大口。

卻說楊順到任不多時，適遇大同韃虜俺答※50得引眾入寇應州地方，連破了四十餘堡，擄去男婦無算。楊順不敢出兵救援，直待韃虜去後，方纔遣兵調將，為追襲之，一般篩鑼擊鼓，揚旗放砲，鬼混一場，那曾看見半個韃子的影兒？楊順情

註

※46傾蓋相逢：此指一見如故，相見恨晚的知交。兩輛車半途相遇，並列車駕交談，形容兩輛車子的傘蓋傾斜的擠在一起。

※47閣老：後世對宰相的尊稱。明、清兩代，首輔多兼內閣大學士，統領百官，所以稱爲「閣老」。

※48射鵠：射箭的靶子。鵠，讀作「股」。

※49聒：讀作「郭」。煽動；喧嘩吵鬧。

※50俺答：蒙古語阿爾坦的音譯，一作「諳達」。明代韃靼部首領。

知失機懼罪，密諭將士拿獲避兵的平民，將他剃頭斬首，充做韃虜首級，解往兵部報功。那一時不知殺死了多少無辜的百姓。沈鍊聞知其事，心中大怒，寫書一封，教中軍官送與楊順。中軍官曉得沈經歷是個惹禍的太歲，書中不知寫甚麼說話，那裡肯與他送進。沈鍊就穿了青衣小帽在軍門伺候楊順出來，親自投遞。楊順接來看時，書中大略說道：「一人功名事極小，百姓性命事極大。殺平民以冒功，於心何忍？況且遇韃賊止於擄掠，遇我兵反加殺戮，是將帥之惡，更甚於韃虜矣！」書後又附詩一首。詩云：

殺生報主意何如？解道※51功成萬骨枯。
試聽沙場風雨夜，冤魂相喚覓頭顱。

楊順見書大怒，扯得粉碎。卻說沈鍊又做了一篇祭文，率領門下子弟，備了祭禮，望空祭奠那些冤死之鬼。又作〈塞下吟〉云：

雲中一片虜烽高，出塞將軍已著勞。

被明朝擊敗退回漠北維持的北元政權後改稱韃靼。圖為油畫《韃靼舞》，左側為韃靼騎兵。

不斬單于誅百姓，可憐冤血染霜刀。

又詩云：

本爲求生來避虜，誰知避虜反戕生。
早知虜首將民假，悔不當時隨虜行。

楊總督標下有個心腹指揮姓羅，名鎧，抄得此詩並祭文密獻於楊順。楊順看了，愈加怨恨，遂將第一首詩改竄數字，詩曰：

雲中一片虜烽高，出塞將軍枉著勞。
何似借他除佞賊？不須奏請上方刀。

寫就密書，連改詩封固，就差羅鎧送與嚴世蕃。書中說沈鍊怨恨相國父子，陰

註

※51解道：理解、知道。依據《中華民國教育部重編國語辭典修訂本》解釋。

結死士劍客，要乘機報仇。前番韃虜入寇，他吟詩四句，詩中有借虜除佞之語，意在不軌。世蕃見書大驚，即請心腹御史路楷商議。路楷曰：「不才若往按彼處，當為相國了當這件大事。」世蕃大喜，即分付都察院便差路楷巡按宣大。◎4臨行，世蕃治酒款別，說道：「煩寄語楊公同心協力，若能除卻這心腹之患，當以侯伯世爵相酬，決不失信於二公也。」路楷領諾。不一日，奉了欽差敕命，來到宣府到任，與楊總督相見了。路楷遂將世蕃所托之語，一一對楊順說知。楊順道：「學生為此事朝思暮想，廢寢忘餐，恨無良策以置此人於死地。」路楷道：「彼此留心，一來休負了嚴公父子的付託，二來自家富貴的機會，不可錯過。」楊順道：「說得是。倘有可下手處，彼此相報。」當日相別去了。

楊順思想路楷之言，一夜不睡，次早坐堂，只見中軍官報道：「今有蔚州衛拿獲妖賊二名，解到轅門外伏聽鈞旨。」楊順道：「喚進來。」解官磕了頭，遞上文書。楊順拆開看了，呵呵大笑：「這二名妖賊，叫做閻浩、楊胤夔，係妖人蕭芹之黨。」原來蕭芹是白蓮教※52的頭兒，向來出入虜地，慣以燒香惑眾。哄騙虜酋俺答說自家

明朝鍍金銅像。（圖片攝影、來源：Daderot）

有奇術，能咒人使人立死，喝城使城立頽。虜酋愚甚，被他哄動，尊為國師。其黨數百人，自為一營。俺答幾次入寇，都是蕭芹等為之嚮導，中國屢受其害。先前史侍郎做總督時，遣通事重賂虜中頭目脫脫，對他說道：「天朝情願與你通好，將俺家布粟，換你家馬，名為馬市。兩下息兵罷戰，各享安樂，此是美事。只怕蕭芹等在內作梗，和好不終。那蕭芹原是中國一個無賴小人，全無術法，只是狡偽，哄誘你家搶掠地方，他於中取事。郎主※53若不信，可要蕭芹試其術法。委的喝得城頽，咒得人死，那時合當重用。若咒人人不死，喝城城不頽，顯是欺誑。何不縛送天朝，天朝感郎主之德，必有重賞。馬市一成，歲歲享無窮之利，煞強如搶掠的勾當。」脫脫點頭道是，對郎主俺答說了。俺答大喜，約會蕭芹要將千騎隨之，從右衛而入，試其喝城之技。蕭芹自知必敗，改換服色，連夜脫身逃走，被居庸關守將盤詰※54，並其黨喬源、張攀隆等拿住，解到史侍郎處，招稱妖黨甚眾，山西畿南，處處俱有。一向分頭緝捕。今日閻浩、楊胤夔，亦是數內有名妖犯，楊總督看見獲解到來，一者也算他上任一功，二者要借個題目牽害沈鍊，如何不喜？當晚就請路

註

※52白蓮教：民間宗教的一種，佛教的旁支。
※53郎主：古代外族人對他們君主的稱呼。
※54盤詰：盤問。詰，讀作「傑」，問。

眉批

◎4：視官爵如私物，都院惟其分付，朝廷不復有人矣。（綠天館主人）

御史來後堂商議道：「別個題目擺佈沈鍊不了，只有個白蓮教通虜一事，聖上所最怒。如今將妖賊閻浩、楊胤夔招中竄入沈鍊名字，只說浩等平日師事沈鍊。沈鍊因失職怨望，教浩等煽妖作幻，勾虜謀逆，天幸今日被擒，乞賜天誅，以絕後患。先用密稟稟知嚴家，教他叮囑刑部作速覆本。料這番沈鍊之命，必無逃矣！」路楷拍手道：「妙哉妙哉！」

兩個當時就商量了本稿，約齊同時發本。嚴嵩先見了本稿及稟帖，便教嚴世蕃傳語刑部。那刑部尚書許論，是個罷軟沒用的老兒，聽見嚴府分付，不敢怠慢，連忙覆本，一依楊路二人之議。聖旨倒下：妖犯著本處巡按御史即時斬決。楊順蔭一子錦衣衛千戶。路楷紀功升遷三級，俟京堂※55缺推用。

話分兩頭。卻說楊順自發本之後，便差人密地裡拿沈鍊下於獄中。慌得徐夫人和沈袞、沈褒沒做理會※56，急尋義叔賈石商議。賈石道：「此必楊、路二賊為嚴家報仇之意。既然下獄，必然誣陷以重罪。兩位公子及今逃竄遠方，待等嚴家勢敗，方可以出頭。若住在此處，楊、路二賊，決不干休。」沈袞道：「未曾看得父親下落，如何好去？」賈石道：「尊大人犯了對頭，決無保全之理。公子以宗祀為重，豈可拘於小孝，自取滅絕之禍？可

一群錦衣衛環繞保護著皇帝。（圖片來源：Mingdynastyavenger）

勸令堂老夫人早為遠害全身之計。尊大人處，賈某自當央人看覷，不煩懸念。」二沈便將賈石之言，對徐夫人說知。徐夫人道：「你父親無罪陷獄，何忍棄之而去？賈叔叔雖然相厚，終是個外人。我料楊、路二賊奉承嚴氏，亦不過與你爹爹作對，終不然累及妻子。你若畏罪而逃，父親倘然身死，骸骨無收，萬世罵你做不孝之子，何顏在世為人乎？」說罷，大哭不止。沈袞、沈褒，齊聲慟哭。賈石聞知徐夫人不允，歎息而去。

過了數日，賈石打聽的實，果然扭入白蓮教之黨，問成死罪。沈鍊在獄中大罵不止。楊順自知理虧，只恐臨時處決，怕他在眾人面前毒罵，不好看相，預先問獄官責取病狀，將沈鍊結果了性命。賈石將此話報與徐夫人知道，母子痛哭，自不必說。又虧賈石多有識熟人情，買出屍首，囑咐獄卒：「若官府要梟示※57時，把個假的答應。」卻瞞著沈袞兄弟，私下備棺盛殮，埋於隙地。事畢方纔向沈袞說道：「尊大遺體已得保全，直待事平之後，方好指點與你知道，今猶未可泄漏。」沈袞兄弟，感謝不已。賈石又苦口勸他弟兄二人逃走。沈袞道：「極知久占叔叔高居，

註
※55京堂：京城中央各部門的高級長官。
※56沒做理會：不知如何是好。
※57梟示：斬頭後懸掛示眾。

心上不安。奈家母之意，欲待是非稍定，搬回靈柩，以此遲延不決。」賈石怒道：「我賈某生平為人，謀而盡忠。今日之言，全是為你家門戶，豈因久占住房說發你們起身之理？既嫂嫂老夫人之意已定，我亦不敢相強。但我有一小事，即欲遠出，有一年半載不回。你母子自小心安住便了。」覷著壁上貼得有前後〈出師表〉各一張，乃是沈鍊親筆楷書。賈石道：「這兩幅字，可揭來送我，一路上做個記念。他日相逢，以此為信。」沈衮就揭下二紙，雙手摺疊，遞與賈石。賈石藏於袖中，流淚而別。原來賈石算定：楊、路二賊設心不善，雖然殺了沈鍊，未肯干休。自己與沈鍊相厚，必然累及，所以預先逃走，在河南地方宗族家權時居住，不在話下。

卻說路楷見刑部覆本，有了聖旨，便於獄中取出閻浩、楊胤夔斬訖，並要割沈鍊之首一同梟示。誰知沈煉真屍已被賈石買去了，官府也那裡辨驗得出？不在話下。

再說楊順看見止於蔭子，心中不滿，便向路楷說道：「當初嚴東樓許我事成之日以侯伯爵相酬，今日失言，不知何故？」路楷沉思半晌，答道：「沈鍊是嚴家

明代（約十七世紀時）屋內建築構造。（圖片來源、攝影：Symane ）

緊對頭，停止誅其身，不曾波及其子。斬草不除根，萌芽復發。相國不足我們之意想在於此。」楊順道：「若如此，何難之有？如今再上個本，說沈鍊雖誅，其子亦宜知情，還該坐罪，抄沒家私，庶國法可伸，人心知懼。再訪他同射之人的幾個狂徒，並借屋與他住的，一齊拿來治罪，出了嚴家父子之氣，那時卻將前言以取賞，看他有何推托？」路楷道：「此計大妙！事不宜遲，乘他家屬在此，一網打盡，豈不快哉！只怕他兒子知風逃避，卻又費力。」楊順道：「高見甚明。」

一面寫表中奏朝廷，再寫稟帖到嚴府知會，自述孝順之意；一面預先行牌※58保安州知州，著用心看守犯屬，勿容逃逸。只候旨意批下，便去行事。詩曰：

破巢完卵從來少，削草除根勢或然。
可惜忠良遭屈死，又將家屬媚當權。

再過數日，聖旨下了。州官奉著憲牌，差人來拿沈鍊家屬，並查平素往來諸人姓名，一一挨拿。只有賈石名字先經出外，只得將在逃開報。此見賈石見幾之明

註

※58 行牌：傳遞公文通知下及行政部門。

也。時人有詩贊云：

義氣能如貫石稀，全身遠避更知幾。
任他羅網空中布，爭奈仙禽天外飛。

卻說楊順見拿到沈袞、沈褒，親自鞫※59問，要他招承通虜實跡。二沈高聲叫屈，那裡肯招？被楊總督嚴刑拷打，打得體無完膚。沈袞、沈褒熬鍊不過，雙雙死於杖下。可憐少年公子，都入枉死城中。其同時拿到犯人，都坐個同謀之罪，累死者何止數十人？幼子沈袠尚在襁褓免罪，隨著母徐氏另徙在雲州極邊，不許在保安居住。

路楷又與楊順商議道：「沈鍊長子沈襄，是紹興有名秀才，他時得第，必然銜恨於我輩，不若一併除之，永絕後患。亦要相國知我用心。」楊順依言，便行文書到浙江，把做欽犯，嚴提沈襄來問罪。又分付心腹經歷金紹，擇取有才幹的差人，賫文前去，囑他中途伺便，便行謀害，就所在地方討個病狀回繳。事成之日，差人重賞，金紹許他薦本超遷。

明代的牙牌，官員配戴此物才能進入京城。

金紹領了臺旨，汲汲而回，著意的選兩名積年幹事的公差，無過是張千、李萬。金紹喚他到私衙賞了他酒飯，取出私財二十兩相贈。張千、李萬道：「小人安敢無功受賜？」金紹道：「這銀兩不是我送你的，是總督楊爺賞你的。教你齎文到紹興去拿沈襄，一路不要放鬆他。」須要如此如此，這般這般，「回來還有重賞。若是怠慢，總督老爺衙門不是取笑的，你兩個自去回話。」張千、李萬道：「莫說總督老爺鈞旨，就是老爺分付，小人怎敢有違？」收了銀兩，謝了金經歷，在本府領下公文，疾忙上路，往南進發。

卻說沈襄號小霞，是紹興府學廩膳秀才※60。他在家久聞得父親以言事獲罪，發去口外為民，甚是掛懷。欲親到保安州一看，因家中無人主管，行止兩難。忽一日，本府差人到來，不由分說，將沈襄鎖縛，解到府堂。知府教把文書與沈襄看了備細，就將回文和犯人交付原差，囑他一路小心。沈襄此時方知父親及二弟，俱已死於非命，母親又遠徙極邊，放聲大哭。哭出府門，只見一家老小，都在那裡攪做一團的啼哭。原來文書上有奉旨抄沒的話，本府已差縣尉封鎖了家私，將人口盡皆逐出。沈小霞聽說，真是苦上加苦，哭得咽喉無氣。霎時間，親戚都來與小霞話

註

※59鞫：念作「局」。審判、訊問。
※60廩膳秀才：明清時代由官府供給糧食、俸祿的秀才。

別，明知此去多凶少吉，少不得說幾句勸解的言語。小霞的丈人孟春元取出一包銀子，送與二位公差，求他路上看顧女婿。公差嫌少不受。孟氏娘子又添上金簪子一對，方纔收了。沈小霞帶著哭分付孟氏道：「我此去死多生少。你休為我憂念，只當我已死一般，在爺娘家過活。你是書禮之家，諒無再醮※61之事，我也放心得下。」指著小妻聞氏淑女說道：「這女子年紀幼小，又無處下落，合該教他改嫁。奈我三十無子，他卻有兩個半月的身孕，他日倘生得一男，也不絕了沈氏香煙。娘子你看我平日夫妻面上，一發※62帶他到丈人家去住幾時。等待十月滿足，生下或男或女，那時憑你發遣他去便了。」

話聲未絕，只見聞氏淑女說道：「官人說那裡話！你去數千里之外，沒個親人朝夕看覷，怎生放下？大娘自到孟家去，奴家情願蓬首垢面，一路伏侍官人前行，一來官人免致寂寞，二來也替大娘分得些憂念。」沈小霞道：「得個親人做伴，我非不欲；但此去多分不幸，累你同死他鄉何益？」聞氏道：「老爺在朝為官，官人一向在家，誰人不知？便誣陷老爺有些不是的勾當，家鄉隔絕，豈是同謀？妾幫著官人到官申辯，決然罪不至死。就使官人下獄，還留賤妾在外，尚好照管。」孟氏也放丈夫不下，聽得聞氏說得有理，極力攛掇※63丈夫帶淑女同去。沈小霞平日素愛

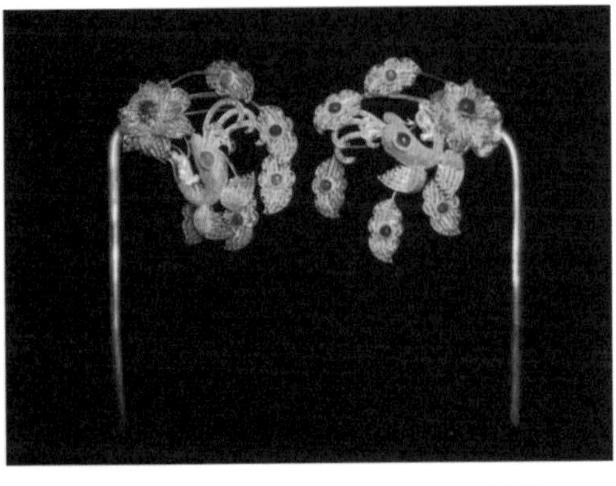

製作精美的明代金髮簪。（圖片攝影、來源：wayne888pro）

淑女有才有智，又見孟氏苦勸，只得依允。

當晚眾人齊到孟春元家歇了一夜，次早，張千、李萬催促上路。聞氏換了一身布衣，將青布裹頭，別了孟氏，背著行李，跟著沈小霞便走。那時分別之苦，自不必說。一路行來，聞氏與沈小霞寸步不離，茶湯飯食，都親自搬取。張千、李萬初時還好言好語，過了揚子江到徐州起旱，料得家鄉已遠，就做出嘴臉來，呼么喝六，漸漸難為他夫妻兩個來了。聞氏看在眼裡，私對丈夫說道：「看那兩個差人，不懷好意，奴家女流之輩，不識路徑，若前途有荒僻曠野的所在，須是用心提防。」沈小霞雖然點頭，心中還只是半疑不信。

又行了幾日，看見兩個差人不住的交頭接耳，私下商量說話。又見他包裹中有倭刀一口，其白如霜，忽然心動，害怕起來，對聞氏說道：「你說這差人其心不善，我也覺得有七八分了。明日是濟寧府※64界上，過了府去，便是太行山梁山濼，一路荒野，都是響馬※65出入之所。倘到彼處，他們行兇起來，你也救不得我，我也

註

※61再醮：婦女再嫁。
※62一發：一起。
※63攛掇：讀作「ㄘㄨㄢˋ ㄉㄨㄛ˙」。慫恿，從旁煽動、勸誘人去做某事。
※64濟寧府：古代府名。今山東省濟寧市。
※65響馬：結伴搶劫的盜賊，因搶劫時先射響箭，故得名。

救不得你，如何是好？」聞氏道：「既然如此，官人有何脫身之計，請自方便。留奴家在此，不怕那兩個差人生吞了我。」◎5沈小霞道：「濟寧府東門內有個馮主事※66，丁憂※67在家。此人最有俠氣，是我父親極相厚的同年※68。我明日去投奔他，他必然相納。只怕你婦人家，沒志量打發這兩個差人，累你受苦，於心何安？你若有力量支持他，我去也放膽。不然，與你同生同死，也是天命當然，死而無怨。」聞氏道：「官人有路儘走，奴家自會擺佈，不勞掛念。」這裡夫妻暗地商量，那張千、李萬辛苦了一日，喫了一肚酒，齁齁的熟睡，全然不覺。

次日早起上路，沈小霞問張千道：「前去濟寧還有多少路？」張千道：「只四十里，半日就到了。」沈小霞道：「濟寧東門內馮主事，是我年伯。他先前在京師時，借過我父親二百兩銀子，有文契在此。他管過北新關※69，正有銀子在家。我若去取討前欠，他見我是落難之人，必然慨付。取得這項銀兩，一路上盤纏也得寬裕，免致喫苦。」張千意思有些作難。李萬隨口應承了，向張千耳邊說道：「我看這沈公子，是忠厚之人，況愛妾行李都在此處，料無他故。放他去走一遭，取得銀兩，都是你我二人的造化，有何不可？」張千道：「雖然如此，到飯店安歇行李，我守住小娘子在店

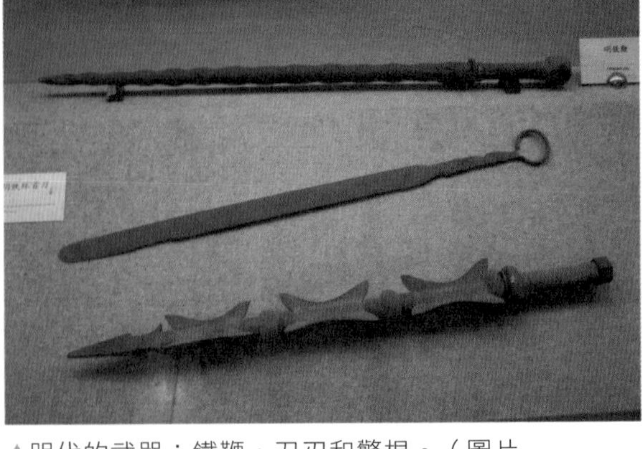

明代的武器：鐵鞭，刀刃和警棍。（圖片攝影、來源：Yprpyqp）

上，你緊跟著同去，萬無一失。」

話休絮煩。看看巳牌時分，早到濟寧城外，揀個潔淨店兒，安放了行李。沈小霞便道：「那一位同我到東門走遭，轉來吃飯未遲。」李萬道：「我同你去。或者他家留酒飯也不見得。」聞氏故意對丈夫道：「常言道：『人面逐高低，世情看冷暖。』馮主事雖然欠下老爺銀兩，見老爺死了，你又在難中，誰肯唾手交還？枉自討個厭賤。不如喫了飯趕路為上。」沈小霞道：「這裡進城到東門不多路，好歹去走一遭，不折了什麼便宜。」李萬貪了這二百兩銀子，一力攛掇該去。沈小霞分付聞氏道：「耐心坐坐，若轉得快時，便是沒想頭了。他若好意留款，必然有些齎發※70，明日僱個轎兒抬你去。這幾日在牲口上坐，看你好生不慣。」聞氏覷個空，向丈夫丟個眼色，又道：「官人早回，休教奴久待則個。」◎6李萬笑道：「去多少時，有許多說話，好不老氣！」聞氏見丈夫去了，故意招李萬轉來囑付道：「若馮

註

※66主事：古代官名。漢代光祿時始設，各朝代執掌均有所不同，明代六部各設主事，官階從從七品升爲從六品。

※67丁憂：遭遇父母的喪事，替父母守喪，在家不出仕做官。

※68同年：同榜考中者的互相稱呼。

※69北新關：古代地名，在杭州武林門外。

※70齎發：資助或贈送財物給他人，讓他去做某件事情。齎，讀作「機」。持拿。

眉批

◎5：聞氏眞了得，又大撇脱，有用之才。（綠天館主人）

◎6：夫婦綢繆，特使不疑。（綠天館主人）

家留飯坐得久時，千萬勞你催促一聲。」李萬答應道：「不消分付。」比及李萬下階時，沈小霞已走去一段路了。李萬托著大意，又且濟寧是他慣走的熟路，東門馮主事家他也認得，全不疑惑。走了幾步，又裡急起來，覷個毛坑上自在方便了，慢慢的望東門而去。

卻說沈小霞回頭看時，不見了李萬，做一口氣急急的跑到馮主事家。也是小霞合當有救，正值馮主事獨自在廳，兩人京中舊時熟識，此時相見，喫了一驚！沈襄也不作揖，扯馮主事衣袂道：「借一步說話。」馮主事已會意了，便引到書房裡面。沈小霞放聲大哭。馮主事道：「年姪有話快說，休得悲傷，誤其大事。」沈小霞哭訴道：「父親被嚴賊誣陷，已不必說了；兩個舍弟隨任的，都被楊順、路楷殺害，只有小姪在家，又行文本府提去問罪。一家宗祀，眼見滅絕。又兩個差人，心懷不善，只怕他受了楊、路二賊之囑，到前邊太行、梁山等處，暗算了性命。尋思一計，脫身來投老年伯。老年伯若有計相庇，我亡父在天之靈，必然感激。若老年伯不能遮護，小姪便就此觸階而死，死在老年伯面前，強似死於奸賊之手。」

明朝的桌椅家具，圖為海瑞故居內的仿製品。（圖片來源、攝影：David Schroeter）

馮主事道：「賢姪不妨。我家臥室之後，有一層複壁※71，儘可藏身，他人搜檢不到之處。今送你在內，權住數日，我自有道理。」沈襄拜謝道：「老年伯便是重生父母！」馮主事親執沈襄之手，引入臥房之後，揭開地板一塊，有個地道。從此而下，約走五六十步，便有亮光，有小小廓屋三間，四面皆樓牆圍裹，果是人跡不到之處。每日茶飯，都是馮主事親自送入。他家法極嚴，誰人敢泄漏半個字？正是：

深山堪隱豹，密柳可藏鴉。
不須愁漢吏，自有魯朱家※72。

且說這一日，李萬上了毛坑，望東門馮家而來。到於門首，問老門公道：「你老爺在家麼？」老門公道：「在家裡。」又問道：「有個穿白的官人來見你老爺，可曾相會？」老門公道：「正在書房裡喫飯哩。」李萬聽說，一發放心。看看等到未牌，果然廳上走一穿白的官人出來。李萬急走上前看時，不是沈襄。那官人逕自

註

※71複壁：牆壁中間是空的，意謂牆壁中間有夾層，人或物可以藏在裡面。
※72朱家：秦末漢初魯地俠士，急公好義，替人排危解困。

出門去了。李萬等得不耐煩，肚裡又飢，不免問老門公道：「你說老爺留飯的官人，如何只管坐了去，不見出來？」老門公道：「方纔出去的不是？」李萬道：「老爺書房中還有客沒有？」老門公道：「這倒不知。」李萬道：「方才那穿白的是甚人？」老門公道：「是老爺的小舅，常常來的。」李萬道：「老爺如今在那裡？」老門公道：「老爺每常飯後，定要睡一覺，此時正好睡哩。」李萬聽得話不投機，心下早有三分慌了，便道：「不瞞大伯說，在下是宣大總督老爺差來的。今有紹興沈公子，名喚沈襄，號小霞，係欽提人犯，小人提押到於貴府。他說與你老爺有同年敘姪之誼，要來拜望。在下同他到宅，他進宅去了。在下等候多時，不見出來，想必還在書房中。大伯你還不知道，煩你去催促一聲，教他快快出來，要趕路哩。」老門公故意道：「你說的是甚麼說話？我一些不懂。」◎7李萬耐了氣，又細細的說了一遍。老門公當面的一啐，罵道：「見鬼！何嘗有什麼沈公子到來？老爺在喪中，一概不接外客。這門上是我的干係，出入都是我通稟，你卻說這等鬼話！你莫非是白日撞※73麼？強裝什麼公差名色，掏摸東西的，快快請退，休纏你爺的帳！」◎8李萬聽說，愈加著急，便發作起來道：「這沈襄是朝廷要緊的人犯，不是當耍的。請你老爺出來，我自有話說。」老門公道：「老爺正瞌睡，沒甚事，誰敢去稟？你這獠子※74好不達時務。」說罷，洋洋的自

明朝官方郵政令牌文件石碑拓印，上書「皇帝聖旨公差人員經過……」等字。（圖片來源、攝影：Bjoertvedt）

去了。

李萬道：「這個門上老兒好不知事！央他傳一句話甚作難？想沈襄定然在內。我奉軍門※75鈞帖，不是私事，便闖進去怕怎的？」李萬一時粗莽，直打入廳來，將照壁拍了一拍，大叫道：「沈公子，好走動了！」不見答應。一連叫喚了數聲，只見裡頭走出一個年少的家童，出來問道：「管門的在那裡？放誰在廳上喧嚷？」李萬正要叫住他說話，那家童在照壁後張了張兒，向西邊走去了。李萬道：「莫非書房在那西邊？我且自去看看，怕怎的？」從廳後轉西走去，原來是一帶長廊。李萬看見無人，只顧望前而行。只見屋宇深邃，門戶錯雜，頗有婦人走動。李萬不敢縱步，依舊退回廳上，聽得外面亂嚷。李萬到門首看時，卻是張千來尋李萬不見，正和門公在那裡鬥口。張千一見了李萬，不由分說，便怒道：「好夥計，只貪圖酒食，不幹正事！巳牌時分進城，如今申牌將盡，還在此閒蕩，不催趲※76犯人出城去，待怎麼？」李萬道：「呸！那有什麼酒食，連人也不見個影兒！」張千道：「是你同他進城的。」李萬道：「我只登了個東※77，被蠻子上前了幾步，

註

※73白日撞：招搖撞騙的小偷、竊賊。

※74獠子：罵人蠻橫不講理。依據《中華民國教育部重編國語辭典修訂本》解釋。

※75軍門：對總督、巡撫的稱呼。

眉批

◎7：絕好一齣耍戲。（綠天館主人）

◎8：都受馮公分付過來。（綠天館主人）

跟他不上。一直趕到這裡，門上說有個穿白的官人，在書房中留飯，我說定是他了。等到如今，不見出來。門上人又不肯通報，清水也討不得一杯喫。老哥，煩你在此等候等候，替我到下處※78醫了肚皮再來。」張千道：「有你這樣不幹事的人！是甚麼樣犯人，卻放他獨自行走？就是書房中，少不得也隨他進去。如今知他在裡頭不在裡頭？還虧你放慢線兒※79講話。這是你的干係，不關我事。」說罷便走。李萬趕上扯住道：「人是在裡頭，料沒處去。大家在此，幫說句話兒催他出來，也是個道理。你是吃飽的人，如何去得這等要緊？」張千道：「他的小老婆在下處，方纔雖然囑咐店主人看守，只是放心不下。這是沈襄穿鼻的索兒，有他在，不怕沈襄不來。」李萬道：「老哥說得是。」當下張千先去了。

李萬忍著肚饑守到晚，並無消息，看看日沒黃昏，李萬腹中餓極了，看見間壁有個點心店兒，不免脫下衣衫，抵當幾文錢的火燒來喫。去不多時，只聽得扛門聲響，急跑來看，馮家大門已閉上了。李萬道：「我做了一世的公人，不曾受這般嘔氣。主事是多大的官兒，門上直恁※80作威作勢？也有那沈公子好笑，老婆行李都在下處，既

圖為《王瓊事跡圖冊》其中一幅，畫中可見明代官員的穿著。

然這裡留宿，信也該寄一個出來。事已如此，只得在房簷下胡亂過一夜，天明等個知事的管家出來，與他說話。」此時十月天氣，雖不甚冷，半夜裡起一陣風，簌簌的下幾點微雨，衣服都沾濕了，好生淒楚。

挨到天明雨止，只見張千又來了，卻是聞氏再三再四催逼他來的。張千身邊帶了公文解批※81，和李萬商議，只等開門，一擁而入，在廳上大驚小怪，高聲發話。老門公阻攔不住，一時間，家中大小都聚集來，七張八嘴，好不熱鬧。街上人聽得宅裡鬧吵，也聚攏來，圍住大門外閒看。驚動了馮主事，從裡面踱將來。且說馮主事怎生模樣？

頭戴梔子花匾摺孝頭巾，身穿反摺縫稀眼粗麻衫，腰繫麻繩，足著草履。

註

※76 趲：讀作「攢」。催促。
※77 登了個東：去一趟洗手間。
※78 下處：落腳處；客棧。
※79 放慢線兒：溫吞；不著急。
※80 直恁：竟然這般。恁，讀作「任」。
※81 解批：古代押送犯人或貨物的批文。

眾家人聽得咳嗽響，道一聲：「老爺來了。」都分立在兩邊。主事出廳問道：「為甚事在此喧嚷？」張千、李萬向前施禮道：「馮爺在上，小的是奉宣大總督爺公文來的，到紹興拿得欽犯沈襄，經由貴府。他說是馮爺的年姪，要來拜望。小的不敢阻攩※82，容他進見。自昨日上午到宅，至今不見出來，有誤程限。管家們又不肯代稟。伏乞老爺天恩，快些打發上路。」張千便在胸前取出解批和官文呈上。馮主事看了問道：「那沈襄可是那沈經歷沈鍊的兒子麼？」李萬道：「正是。」馮主事掩著兩耳，把舌頭一伸說道：「你這班配軍※83，好不知利害！那沈襄是朝廷欽犯，尚猶自可；他是嚴相國的仇人，那個敢容納他在家？◎9他昨日何曾到我家來？你卻亂說話！官府聞知，傳說到嚴府去，我可當得起他怪的？你兩個配軍自不小心，不知得了多少錢財，賣放了要緊人犯，卻來圖賴我！」叫家童：「與我亂打那配軍出去！把大門閉了，不要惹這閒是非。嚴府知道，不要當耍！」馮主事一頭罵，一頭走進宅去了。

大小家人奉了主人之命，推的推，攘的攘※84，霎時間被眾人擁出大門之外。閉了門，兀自聽得嘈嘈的亂罵。張千、李萬面面相覷，開了口合不得，伸了

畫作描繪的明代婦女穿著服飾。

舌縮不進。張千埋怨李萬道：「昨日是你一力攩掇，教放他進城，如今你自去尋他！」李萬道：「且不要埋怨，和你去問他老婆，或者曉得他的路數，再來抓尋便了。」張千道：「說得是。他是恩愛的夫妻，昨夜漢子不回，那婆娘暗地流淚，巴巴的獨坐了兩三個更次。他漢子的行藏，老婆豈有不知？」兩個一頭說話，飛奔出城，復到飯店中來。

卻說聞氏在店房裡面，聽得差人聲音，慌忙移步出來，問道：「我官人如何不來？」張千指李萬道：「你只問他就是。」李萬將昨日往毛廁出恭，走慢了一步，到馮主事家，起先如此如此，以後這般這般，備細說了。張千道：「今早空肚皮進城，就吃了這一肚寡氣。你丈夫想是真個不在他家了，必然還有個去處，難道不對小娘子說的？小娘子你早說來，我們好去抓尋。」說猶未了，只見聞氏噙著眼淚，一雙手扯住兩個公人叫道：「好，好！還我丈夫來！」張千、李萬道：「你丈夫自要去拜什麼年伯，我們好意容他去走走，不知走向那裡去了，連累我們在此著急，沒處抓尋，你倒問我要丈夫，難道我們藏過了他，說得好笑！」將衣袂掣開，氣忿

註

※82攩：阻止。同「擋」。
※83配軍：被判流放，發配充軍的犯人。
※84攛：讀作「聳」。推。

眉批

◎9：把嚴氏做題目，妙絕妙絕！（綠天館主人）

忿地對虎一般坐下。聞氏倒走在外面，攔住出路，雙足頓地放聲大哭，叫起屈來。老店主聽得，忙來解勸。聞氏道：「公公有所不知，我丈夫三十無子，娶奴為妾。奴家跟了他二年了，幸有三個多月身孕。我丈夫割捨不下，因此奴家千里相從，一路上寸步不離。昨日為盤纏缺少，要去見那年伯，是李牌頭※85同去的。昨晚一夜不回，奴家已自疑心。今早他兩個自回，一定將我丈夫謀害了。你老人家替我做主，還我丈夫便罷休！」老店主道：「小娘子休得性急，那牌長與你丈夫，平日無怨，往日無仇，著甚來由要壞他性命？」聞氏哭聲轉哀道：「公公你不知道，我丈夫是嚴閣老的仇人，他兩個必定受了嚴府囑託來的，或是他要去嚴府請功。公公，你詳情※86，他千鄉萬里，帶著奴家到此，豈有沒半句說話，突然去了？就是他要走時，那同去的李牌頭怎肯放他？你要奉承嚴府，害了我丈夫不打緊，叫奴家孤身婦女，看著何人？公公，這兩個殺人的賊徒，煩公公帶著奴家同他去官府處叫冤。」張千、李萬被這婦人一哭一訴，就要分析幾句沒處插嘴。老店主聽見聞氏說有理，也不免有些疑心，倒可憐那婦人起來。只得勸道：「小娘子，說便是這般說，你丈夫未曾死也不見得，好歹再等候他一日。」聞氏道：「依公公等候他一日不打緊，那兩個殺人的凶身乘機走脫了，這干係卻是誰當？」張千道：「若果然謀害了你丈夫，要走脫時，我弟兄兩個又到這裡則甚？」聞氏道：「你欺負我婦人家

明代大小官員均需配戴憑證腰牌，圖為明監察御史腰牌。（圖片攝影、來源：貓貓的日記本）

沒張智，又要指望姦騙我。好好的說，我丈夫的屍首在那裡？少不得當官也要還我個明白！」老店官見婦人口嘴利害，再不敢言語。店中閒看的，一時間聚了四五十人，聞說婦人如此苦切，人人惱恨那兩個差人。都道：「小娘子要去叫冤，我們引你到兵備道※87去。」聞氏向著眾人深深拜福，哭道：「多承列位路見不平，可憐我落難孤身，指引則個。這兩個兇徒，相煩列位替奴家拿他同去，莫放他走了。」眾人道：「不妨事，在我們身上。」張千、李萬欲向眾人分剖時，未說得一言半字。眾人便道：「兩個牌長不消辯得，虛則虛，實則實。若是沒有此情，隨著小娘子到官，怕他則甚？」婦人一頭哭，一頭走，眾人擁著張千、李萬，攬做一陣的，都到兵備道前。道里尚未開門。

那一日，正是放告日期，聞氏束了一條白布裙，逕搶進柵門。看見大門上架著那大鼓，鼓架上懸著個槌兒，聞氏搶槌在手，向鼓上亂撾※88，撾得那鼓振天的響。唬得中軍官失了三魂，把門吏喪了七魄，一齊跑來，將繩縛住喝道：「這婦人好大

註

※85牌頭：對衙門差役和軍人的尊稱，因爲他們身上都掛著腰牌。
※86詳情：仔細思量。
※87兵備道：全稱整飭兵備道。主要負責分理轄區軍務，監督地方軍隊，管理地方兵馬、錢糧和屯田，維持地方治安等職務。
※88撾：讀作「抓」，敲打。

膽！」聞氏哭倒在地，只稱：「潑天冤枉！」只見門內吆喝之聲，開了大門，王兵備坐堂，問擊鼓者何人？中軍官將婦人帶進，聞氏且哭且訴，將家門不幸遭變，一家父子三口死於非命，只剩得丈夫沈襄，昨日又被公差中途謀害，有枝有葉的細說了一遍。王兵備喚張千、李萬上來，問其緣故。張千、李萬說一句，婦人就剪※89一句。婦人說得句句有理，張千、李萬抵搪不過。王兵備思想道：「那嚴府勢大，私謀殺人之事，往往有之，此情難保其無。」便差中軍官押了三人，發去本州勘審。那知州姓賀，奉了這項公事，不敢怠慢，即時扭了店主人到來，聽四人的口詞。婦人一口咬定，二人謀害他丈夫；李萬招稱為出恭慢了一步，因而相失；張千、店主都據實說了一遍。知州委決※90不下。那婦人又十分哀切，像個真情；張千、李萬又不肯招認。想了一回，將四人閉於空房，打轎去拜馮主事，看他口氣若何？

馮主事見知州來拜，急忙迎接歸廳。茶罷，賀知州提起沈襄之事，纔說得「沈襄」二字，馮主事便掩著雙耳道：「此乃嚴相公仇家，學生雖有年誼，平素實無交情。老公祖※91休得下問，恐嚴府知道，有累學生。」說罷，站起身來道：「老公祖既有公事，不敢留坐了。」賀知州一場沒趣，只得作別。在轎上想道：「據馮公如此懼怕嚴府，沈襄必然

鼓

清《古今圖書集成》中「鼓」的插圖。

不在他家。或者被公人所害，也不見得；或者去投馮公，見拒不納，別走個相識人家去了，亦未可知。」

回到州中，又取出四人來，問聞氏道：「你丈夫除了馮主事，州中還認得有何人？」聞氏道：「此地並無相識。」知州道：「你丈夫是甚麼時候去的？那張千、李萬幾時來回復你的說話？」聞氏道：「丈夫是昨日未喫午飯前就去的，卻是李萬同出店門。到申牌時分，張千假說催趕上路，也到城中去了，天晚方回來。張千兀自向小婦人說道：『我李家兄弟跟著你丈夫馮主事家歇了，明日我早去催他出城。』今早張千去了一個早晨，兩人雙雙而回，單不見了丈夫。不是他謀害了是誰？若是我丈夫不在馮家，昨日李萬就該追尋了，張千也該著忙，如何將好言語穩住小婦人？其情可知。一定張千、李萬兩個，在路上預先約定，卻教李萬乘夜下手。今早張千進城，兩個乘早將屍首埋藏停當，卻來回復小婦人。望青天爺爺明鑒。」賀知州道：「說得是。」張千、李萬正要分辯，知州相公喝道：「你做公差所幹何事？若非用計謀死，必然得財賣放。有何理說？」喝教手下將那張、李重責

註

※89剪：插嘴；打斷。（參考李平校注，《今古奇觀》，三民書局出版。）
※90委決不下：心中遲疑無法決斷。
※91老公祖：古代對知府以上地方官員的敬稱。

三十，打得皮開肉綻，鮮血迸流。張千、李萬只是不招。婦人在傍，只顧哀哀的痛哭，知州相公不忍，便討夾棍，將兩個公差夾起。那公差其實不曾謀死，雖然負痛，怎生招得？一連上了兩夾，只是不招。知州相公再要夾時，張、李受苦不過，再三哀求道：「沈襄實未曾死，乞爺爺立個限期，差人押小的捱尋沈襄，還那聞氏便了。」知州也沒有定見，只得勉從其言。聞氏且發尼姑庵住下。差四名民壯，鎖押張千、李萬二人，追尋沈襄，五日一比※92。店主釋放寧家。將情具由申詳兵備道。

張千、李萬一條鐵鏈鎖著，四名民壯輪番監押，帶得幾兩盤纏，都被民壯搜去，為酒食之費。一把倭刀，也當酒喫了。那臨清去處又大，茫茫蕩蕩，來千去萬，那裡去尋沈公子？也不過一時脫身之法。聞氏在尼姑庵住下，剛到五日，准准的又到州裡去啼哭，要生要死。州守相公沒奈何，只苦得比較差人。張千、李萬，一連比了十數限，不知打了多少竹批※93，打得爬走不動。張千得病身死，單單剩得李萬，只得到尼姑庵來拜求聞氏道：「小的情極※94，不得不說了。其實奉差來時，有經歷金紹，口傳楊總督鈞旨，教我中途害你丈夫，就所在地方討個結狀※95回報。我等口雖應承，怎肯行此不仁之事？不知你丈夫何故，忽然逃走，與我們實實無涉。青天在上，若半字虛情，全家禍滅！如今官府五

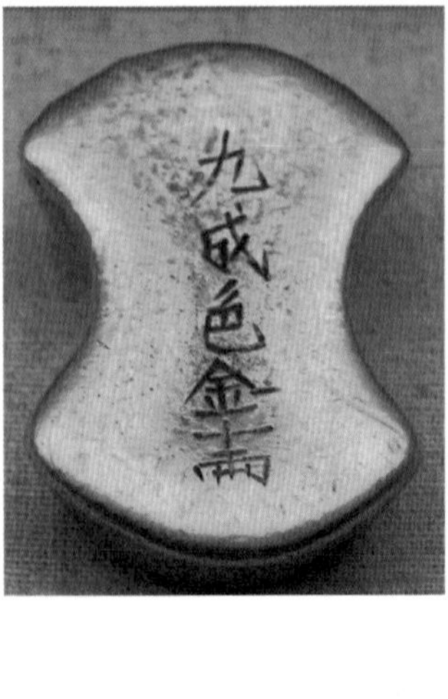

明代金錠，上書有九成色金十兩。（圖片攝影、來源：章士釗）

日一比，兄弟張千已自打死；小的又累死，也是冤枉。你丈夫的確未死，小娘子他日夫婦相逢有日。且求小娘子休去州裡啼啼哭哭，寬小的比限，完全狗命，便是陰德。」聞氏道：「據你說不曾謀害我丈夫，也難准信。既然如此說，奴家且不去稟官，容你從容查訪。只是你們自家要上緊用心，休得怠慢。」李萬喏喏連聲而去，有詩為證：

白金廿兩釀兇謀，誰料中途已失囚？
鎖打禁持熬不得，尼庵苦向婦人求。

官府立限緝獲沈襄，一來為他是總督衙門的緊犯，二來為婦人日日哀求，所以上緊嚴比。今日也是那李萬不該命絕，恰好有個機會。

卻說總督楊順、御史路楷，兩個日夜商量，奉承嚴府，指望旦夕封侯拜爵。誰

註

※92 比：運用刑法責令在一定期限内完成的差使。
※93 竹批：拷打用的竹條。
※94 情極：無路可走。
※95 結狀：證明文書。

知朝中有個兵科給事中吳時來※96，風聞楊順橫殺平民冒功之事，把他盡情劾奏一本，並劾路楷朋奸助惡。嘉靖爺正當設醮祝釐※97，見說殺害平民，大傷和氣，龍顏大怒，著錦衣衛扭解來京問罪。嚴嵩見聖怒不測，一時不及救護。到底虧他於中調停，止於削爵為民。可笑楊順、路楷殺人媚人，至此徒為人笑，有何益哉？再說賀知州聽得楊總督去任，已自把這公事看得冷了。又聞氏連次不來哭稟，兩個差人又死了一個，只剩得李萬，又苦苦哀求不已。賀知州分付，打開鐵鏈，與他個廣捕文書※98，只教他用心緝訪，明是放鬆之意。李萬得了廣捕文書猶如捧了一道赦書，連連磕了幾個頭，出得府門，一道煙走了。身邊又無盤纏，只得求乞而歸，不在話下。

卻說沈小霞在馮主事家複壁之中住了數月，外邊消息，無有不知，都是馮主事打聽將來，說與小霞知道。曉得聞氏在尼姑庵寄居，暗暗歡喜，過了年餘，已知張千、李萬都逃了，這公事漸漸懶散。馮主事特地收拾內書房三間，安放沈襄在內讀書，只不許出外，外人亦無有知者。馮主事三年孝滿，為有沈公子在家，也不去起復做官。

光陰似箭，一住八年。值嚴嵩一品夫人歐陽氏卒，嚴世蕃不肯扶柩還鄉，唆父親上本，留己侍養；卻於喪中簇擁

傳教士繪製的明朝男女人物畫像。

姬妾，日夜飲酒作樂。嘉靖爺天性至孝，訪知其事，心中甚是不悅。時有方士藍道行，善扶鸞※99之術。天子召見，教他請仙，問以輔臣賢否？藍道行奏道：「臣所召，乃是上界真仙，正直無阿。萬一箕下判斷，有忤聖心，乞恕微臣之罪。」嘉靖爺道：「朕正願聞天心正論，與卿何涉？豈有罪卿之理？」藍道行畫符念咒，神箕自動寫出十六個字來，道是：

高山番草，父子閣老。日月天光，天地顛倒。

嘉靖爺爺看了，問藍道行道：「卿可解之。」藍道行奏道：「微臣愚昧未解。」嘉靖爺道：「朕知其說。高山者，山字連高，乃是『嵩』字。番草者，番字草頭，乃是『蕃』字。此指嚴嵩、嚴世蕃父子二人也。朕久聞其專權誤國，今仙機示朕，朕當即為處分，卿不可泄於外人。」藍道行叩頭，口稱「不敢」，受賜而

註

※96吳時來：字惟修，號悟齋，浙江仙居縣白塔鎮厚仁上街村人。嘉靖三十二年進士，任松江府推官。萬曆年間官至左都御史。

※97祝釐：準備祭品祭祀，向神明祈禱降福。釐，讀作「溪」。

※98廣捕文書：一種可以讓差役在任何時間地點逮捕犯人的證明文書。

※99扶鸞：以沙盤請示神明的一種方法。又稱扶箕、扶乩。

出。

從此嘉靖爺漸漸疏了嚴嵩。有御史鄒應龍※100，看見機會可乘，遂劾奏：「嚴世蕃憑藉父勢，賣官鬻爵，許多惡跡，宜加顯戮。其父嚴嵩，溺愛惡子，植黨蔽賢，宜亟賜休退，以清政本。」嘉靖爺見疏大喜，即陞應龍為通政右參議※101。嚴世蕃下法司，擬成充軍之罪。嚴嵩回籍。未幾，又有江西巡按御史林潤※102，復奏嚴世蕃不赴軍伍，居家愈加暴橫，強佔民間田產，畜養奸人，私通倭虜，謀為不軌。得旨三法司※103提問。問官勘實覆奏，嚴世蕃即時處斬，抄沒家財；嚴嵩發養濟院※104終老。被害諸臣，盡行昭雪。

馮主事得此音信，慌忙報與沈襄知道，放他出來，到尼姑庵訪問尋聞淑女。夫婦相見，抱頭而哭。聞氏離家時，懷孕三月，今在庵中生下一孩子，已十歲了。聞氏親自教他念書，《五經》皆已成誦。沈襄歡喜無限。馮主事方上京補官，教沈襄同去訟理父冤，聞氏暫迎歸本家園內居住。沈襄從其言。到了北京，馮主事先去拜了通政司鄒參議，將沈鍊父子冤情說了，然後將沈襄訟冤本稿送與他看。鄒應龍一力擔當。次日，沈襄將奏本往通政司掛號投遞。聖旨下，沈鍊忠而獲罪，准復原官，仍進一級以旌其直，妻子召還原籍，所沒入財產，府縣官照

明世宗畫像，明世宗朱厚熜，年號嘉靖。嚴嵩在明世宗時當任首輔，專國二十年，殘害忠良。

數給還。沈襄食廩年久，准貢※105，諒授知縣之職。沈襄復上疏謝恩，疏中奏道：「臣父鍊向在保安，因目擊宣大總督楊順殺戮平民冒功，吟詩感歎。適值御史路楷，陰受嚴世蕃之囑，巡按宣大，與楊順合謀，陷臣父於極刑，並殺臣弟二人；臣亦幾乎不免。冤屍未葬，危宗幾絕，受禍之慘，莫如臣家。今嚴世蕃正法，而楊順、路楷安然保首領於鄉，使邊廷萬家之怨骨，銜恨無伸；臣家三命之冤魂，含悲莫控，恐非所以肅刑典而慰人心也。」聖旨准奏，復提楊順、路楷到京，問成死罪，監禁刑部牢中待決。

沈襄來別馮主事，要親到雲州迎接母親和兄弟沈袠到京，依傍馮主事寓所相近居住。然後住保安州訪求父親骸骨，負歸埋葬。馮主事道：「老年嫂處，適纔已打聽個消息，在雲州康健無恙。令弟沈袠已在彼游庠※106了。下官當遣人迎之。尊公

註

※100鄒應龍：又作應隆，字景初，南宋福建泰寧縣人，官至兵部侍郎。
※101通政右參議：古代官名，明代設置執掌內外奏章的通政司部門，分別設置左右參議。
※102林潤：字若雨，福建承宣布政使司興化府莆田縣（今福建省莆田市）人。隆慶元年，以右僉都御史巡撫應天諸府。
※103三法司：明清以刑部、都察院、大理寺的合稱。
※104養濟院：收養、周濟貧民的收容所。
※105准貢：批准作貢生。
※106游庠：已考中秀才，進入學校讀書。庠，讀作「翔」，學校。

遺體要緊，賢姪速往訪問，到此相會令堂可也。」沈襃領命，逕往保安，一連尋訪兩日，並無蹤跡。第三日因倦，借坐人家門首，有老者從內而出，延進草堂喫茶。見堂中掛一軸子，乃楷書諸葛孔明兩張〈出師表〉也。表後但寫年月，不著姓名。沈小霞看了又看，目不轉睛。老者道：「客官為何看之？」沈襃道：「動問老丈，此字是何人所書？」老者道：「此乃吾亡友沈青霞之筆也。」沈小霞道：「為何留在老丈處？」老者道：「老夫姓賈名石，當初沈青霞編管此地，就在舍下作寓。老夫與他八拜之交，最相契厚。不料後遭奇禍，老夫懼怕連累，也往河南逃避，帶得這二幅〈出師表〉，裱成一軸，時常展視，如見吾兄之面。楊總督去任後，老夫方敢還鄉。嫂嫂徐夫人和幼子沈袠，徙居雲州，老夫時常去看他。近日聞得嚴家勢敗，吾兄必當昭雪，已曾遣人去雲州報信，恐沈小官人要來移取父親靈柩，老夫將此軸懸掛在中堂，好教他認認父親遺筆。」沈小霞聽罷，連忙拜倒在地，口稱「恩叔」。賈石慌忙扶起道：「足下果是何人？」沈小霞道：「小姪沈襃，此軸乃亡父

沈小霞聽罷，連忙拜倒在地，口稱「恩叔」（古版畫，選自《今古奇觀》明末吳郡寶翰樓刊本。）

之筆也。」賈石道：「聞得楊順這廝差人到貴府來提賢姪，要行一網打盡之計，老夫只道也遭其毒手，不知賢姪何以得全？」沈小霞將濟寧事情，備細說了一遍。賈石口稱難得。便分付家童治飯款待。沈小霞問道：「父親靈柩，恩叔必知，求煩指引一拜。」賈石道：「你父親屈死獄中，是老夫偷屍埋葬，一向不敢對人說知。今日賢姪來此搬回故土，也不枉老夫一片用心。」

說罷，剛欲出門，只見外面一位小官人騎馬而來。賈石指道：「遇巧！遇巧！恰好令弟來也。」那小官便是沈袠，下馬相見。賈石指沈小霞道：「此位乃大令兄諱襄的便是。」此日弟兄方纔識面，恍如夢中相會，抱頭而哭。賈石領路，三人同到沈青霞墓所，但見亂草迷離，土堆隱起。賈石引二沈拜了。二沈俱哭倒在地。賈石勸了一回，道：「正要商議大事，休得過傷。」二沈方纔收淚。賈石道：「二哥、三哥，當時死於非命，也虧了獄卒毛公存仁義之心，可憐他無辜被害，將他屍藁葬於城西三里之外。毛公雖然已故，老夫亦知其處。若扶令先尊靈柩回去，一起帶回，使他父子魂魄相依，二位意下何如？」二沈道：「恩叔所言，正合愚弟兄之意。」當日又同賈石到城西看了，不勝悲感。次日另備棺木，擇吉破土，重新殯殮。三人面色如生，毫不朽敗，此乃忠義之氣所致也。二沈悲哭，自不必說。當時備下車仗，抬了三個靈柩，別了賈石起身。臨別，沈襄對賈石道：「這一軸〈出師表〉，小姪欲問恩叔取去，供養祠堂，幸勿見拒。」賈石慨然許了，取下掛軸相贈。二沈就草堂拜謝，垂淚而別。沈袠先奉靈柩到張家灣，覓船裝載。

沈襄復身又到北京見了母親徐夫人，回復了說話，拜謝了馮主事起身。此時京中官員，無不追念沈青霞忠義，憐小霞母子扶柩遠歸，也有送勘合※107有贈賻金※108，也有饋贐儀※109。沈小霞只受勘合一張，餘俱不受。到了張家灣，另換了官座船，驛遞起人夫一百名牽纜，走得好不快。不一日，來到濟寧。沈襄分付官座船※110暫泊河下，單身入城到馮主事家，投了主事平安書信。園上領了聞氏淑女並十歲兒子下船，先參了靈柩，後見了徐夫人。徐氏見了孫兒如此長大，喜不可言。當初只道滅門絕戶，如今依然有子有孫；昔日冤家，皆惡死見報，天理昭然。可見做惡人的到底喫虧，做好人的到底便宜。

閒話休提。到了浙江紹興府，孟春元領了女兒孟氏在二十里外迎接，一家骨肉重逢，悲喜交集。將喪船停泊碼頭，府縣官員，都往弔孝。舊時家產，已自清查給還。二沈扶柩葬於祖塋，重守三年之制，無人不稱大孝。撫按又替沈鍊建造表忠祠堂，春秋祭祀。親筆〈出師表〉一軸，至今供奉祠堂之中。服滿之日，沈襄到京受職，做了知縣，為官清正，直陞到黃堂※111知府。聞氏所生之子，少年登科，與叔父

沈鍊像，圖為紹興印刷局印製的《越中三不朽圖贊》書頁。

沈袠同年進士。子孫世世，書香不絕。

馮主事為救沈襄一事，京中重其義氣，累官至吏部尚書。忽一日夢見沈青霞來拜，說道：「上帝憐某忠直，已授北京城隍之職，以年兄為南京城隍，明日午時上任。」馮主事覺來，甚以為疑。至明午，忽見轎馬來迎，無疾而逝。二公俱已為神矣！有詩為證。詩曰：

生前忠義骨猶香，精魄爲神萬古揚。
料得奸魂沉地獄，皇天果報自昭彰。

註

※107 勘合：一種官方核發的公文或通行證。由當事雙方各執一半，用時二符契相合，勘驗眞假，稱爲「勘合」。
※108 賻金：類似今之白包，親友贈送給喪家的慰問金，協助其料理喪事之用。
※109 贐儀：送行時饋贈的財物。贐，讀作「進」。
※110 官座船：官府屬下的船隻。
※111 黃堂：古代州郡太守的大廳。（參考李平校注，《今古奇觀》，三民書局出版。）

第十四卷　宋金郎團圓破氈笠

不是姻緣莫強求，姻緣前定不須憂。
任從波浪翻天起，自有中流穩渡舟。

話說正德年間，蘇州府崑山縣大街有一居民，姓宋名敦，原是宦家之後。渾家盧氏，夫妻二口，不做生理，靠著祖遺田地見成收些租課為活。年過四十，並不曾生得一男半女。宋敦一日對渾家說：「自古道：『養兒待老，積穀防饑。』你我年過四旬，尚無子嗣，光陰似箭，眨眼頭白，百年之事，靠著何人？」說罷，不覺淚下。盧氏道：「宋門積祖※1善良，未曾作惡造業，況你又是單傳，老天決不絕你祖宗之嗣。招子也有早晚，若是不該招時，便是養得長成，半路上也拋撇了，勞而無功，枉添許多悲泣。」宋敦點頭道

崑山縣地處太湖平原，全境河湖眾多，舟船往來方便。圖為崑山縣錦溪古鎮風景。（圖片來源、攝影：Emcc83）

是。

方纔拭淚未乾，只聽得堂中有人咳嗽，叫喚道：「玉峰在家麼？」原來近時風俗，不論大家小家，都有個外號，彼此相稱。玉峰就是宋敦的外號。宋敦側耳而聽，叫喚第二句便認得聲音是劉順泉。那劉順泉又名有才，積祖※1駕一隻大船，攬載客貨，往各省交卸。趁得好些水腳※2銀兩。一個十全的家業，團團都做在船上，就是這隻船本，也值幾百金，渾身是香楠木打造的。江南一水之地，多有這行生理。那劉有才是宋敦最契之友，聽得是他聲音，連忙趨出坐啟，彼此不須作揖，拱手相見，分坐看茶，自不必說。宋敦道：「順泉今日如何得暇？」劉有才道：「特來與玉峰借件東西。」宋敦笑道：「寶舟缺什麼東西，到與寒家相借？」劉有才道：「別的東西不來干瀆。只這件是宅上有餘的，故此敢來啟口。」宋敦道：「果是寒家所有，決不相吝。」劉有才不慌不忙，說出這件東西來。正是：

背後並非擎詔※3，當前不是圍胸，鵝黃細布密針縫，淨手將來供奉。還願曾

註

※1積祖：祖上幾代。
※2水腳：水路運物的費用。
※3擎詔：古代帝王頒布到全國各地方的詔書。

裝冥鈔，祈神並襯威容。名山古剎幾相從，染下爐香浮動。

原來宋敦夫妻二口，因難于得子，各處燒香祈嗣，做成黃布袱黃布袋，裝裹佛馬楮錢※4之類。燒過香後，懸掛於家中佛堂之內，甚是志誠。劉有才長于宋敦五年，四十六歲了，阿媽徐氏亦無子息。聞得徽州有鹽商求嗣，新建陳州娘娘廟于蘇州閶門※5之外，香火甚盛，祈禱不絕。劉有才恰好有個方便，要駕船往楓橋接客，意欲進一炷香，卻不曾做得布袱布袋，特與宋家告借。其時說出緣故，宋敦沉思不語。劉有才道：「玉峰莫非有吝借之心麼？若污壞時，一個就賠兩個。」宋敦道：「豈有此理！只是一件：既然娘娘廟靈顯，小子亦欲附舟一往，只不知幾時去？」劉有才道：「即刻便行。」宋敦道：「布袱布袋，拙荊另有一副，共是兩副，儘可分用。」劉有才道：「如此甚好。」宋敦入內，與渾家說知欲往郡城燒香之事。劉氏也歡喜。宋敦於佛堂掛壁上，取下兩副布袱

蘇州閶門。（圖片來源、攝影：JakubHałun）

布袋，留下一副自用，將一副借與劉有才。劉有才道：「小子先往舟中伺候，玉峰可快來。船在北門大坂橋下，不嫌怠慢時，喫些見成素飯，不消帶米。」宋敦應允。當下忙忙的辦下些香燭、紙馬、阡張※6定段，打疊包裹，穿了一件新聯就的潔白湖紬※7道袍，趕出北門下。趁著順風，不勾半日，七十里之程，等閒到了。舟泊楓橋當晚，無話有詩為證：

月落烏啼霜滿天，江楓漁火對愁眠；
姑蘇城外寒山寺，夜半鐘聲到客船。

次日，起個黑早，左船中洗盥罷，喫了些素食，淨了口手，一對兒黃布袱馱了冥財，黃布袋安插紙馬文疏，掛於項上，步到陳州娘娘廟前，剛剛天曉。廟門雖開，殿門還關著。二人在兩廊遊遶，觀看了一遍，果然造得齊整！正在讚歎，「呀」的一聲，殿門開了，就有廟祝出來迎接進殿。其時香客未到，燭架尚虛。廟

註

※4楮錢：紙錢、冥紙。楮，讀作「楚」。
※5閶門：俗稱吳門，蘇州西北面的一個城門，明清時，閶門是水陸城門，有水城門通碼頭。
※6阡張：祭祀用的阡紙。
※7紬：讀作「籌」。絲織品的通稱。通「綢」。

祝放下琉璃燈來，取火點燭，討文疏替他通陳禱告。二人焚香禮拜已畢，各將幾十文錢，酬謝了廟祝，化紙出門。劉有才再要邀宋敦到船，宋敦不肯，當下劉有才將布袱布袋交還宋敦，各各稱謝而別。劉有才自往楓橋接客去了。

宋敦看天色尚早，要往婁門趁船※8回家。剛欲移步，聽得牆下呻吟之聲。近前看時，卻是矮矮一個蘆席棚，搭在廟垣之側，中間臥著個有病的老和尚，懨懨欲死，呼之不應，問之不答。宋敦心中不忍，停眸而看。傍邊一人走來說道：「客人，你只管看他則甚？要便做個好事了去。」宋敦道：「如何做個好事？」那人道：「此僧是陝西來的，七十八歲了。他說一生不曾開葷，每日只誦《金剛經》。三年前在此募化建庵，沒有施主。搭這個蘆席棚兒住下，誦經不輟。這裡有個素飯店，每日只上午一餐，過午就不用了。也有人可憐他，施他些錢米，他就把來還了店上的飯錢，不留一文。近日得了這病，有半個月不用飲食了。兩日前還開口說得話，我們問他如此受苦，何不早去罷。他說：『因緣未到，還等兩日。』今早連話也不出了，早晚待死。客人若可憐他時，買一口薄薄棺材，焚化了他，便是做好事。他說『因緣未到』，或者這因緣就在客人身上。」

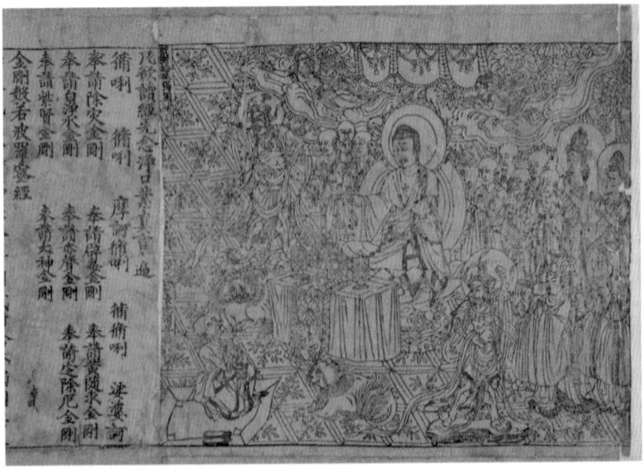

敦煌出土的唐代金剛經（868年），現存最早的印刷品之一，藏於大英圖書館。

宋敦想道：「我今日為求嗣而來，做一件好事回去，也得神天知道。」便問道：「此處有棺材店麼？」那人道：「出巷陳三郎家就是。」宋敦道：「煩足下同往一看。」那人引路到陳家來。陳三郎正在店中支分解匠鋸木。那人道：「三郎，我引個主顧作成你。」三郎道：「客人若要看壽板，小店有真正婺源※9加料雙軿※10的在裡面。若要見成※11的，就店中但憑揀擇。」宋敦道：「要見成的。」陳三郎指著一副道：「這是頭號，足價三兩。」宋敦未及還價，那人道：「這個客官是買來捨與那蘆席棚內老和尚做好事的，你也有一半功德，莫要討虛價。」陳三郎道：「既是做好事的，我也不敢要多，照本錢一兩六錢罷，分毫少不得了。」宋敦道：「這價錢也是公道了。」想起：「汗巾角上帶得一塊銀子，約有五六錢重，燒香剩下不上一百銅錢，總湊與他還不勾一半。我有處了，劉順泉的船在楓橋不遠。」便對陳三郎道：「價錢依了你，只是還要到一個朋友處借辦，少頃便來。」陳三郎倒罷了，說道：「任從客便。」那人咈然不樂道：「客人既發了個好心的，卻又做脫身

註

※8趁船：乘船。
※9婺源：江西省東北部婺源縣，境內多森林，盛產木材。
※10軿：讀作「平」，比併、拼合。
※11見成：原先既有的，現成的。

之計。你身邊沒有銀子，來看則甚？」說猶未了，只見街上人紛紛而過，多有說：「這老和尚，可憐，半月前還聽得他唸經之聲，今早嗚呼了。」正是：

三寸氣在千般用，一旦無常萬事休。

那人道：「客人不聽得說麼？那老和尚已死了，他在地府睜眼等你斷送哩！」宋敦口雖不語，心下卻想道：「我既是看定了這具棺木，倘或往楓橋去，劉順泉不在船上，終不然呆坐等他回來。況且常言『得價不擇主』，倘別有個主顧添些價錢，這副棺木賣去了，我就失信於此僧了。罷！罷！」◎1便取出銀子，剛剛一塊，討等※12來一稱，叫聲慚愧，原來是塊元寶，看時像少，稱時便多，倒有七錢多重，先教陳三郎收了。將身上穿的那一件新聯就的潔白湖紬道袍脫下道：「這一件衣服，價在一兩之外，倘嫌不值，權時相抵，待小子取贖。若用得時，便乞收算。」陳三郎道：「小店大膽了，莫怪計較。」將銀子衣服收過了。宋敦又在髻上拔下一根銀簪，約有二錢之重，交與那人道：「這枝簪相關煩換張銅錢，以為殯殮雜用。」當下店中看的人

◆明朝的羅漢木雕。（圖片攝影、來源：Hiart）

都道：「難得這位做好事的客官，他擔當了大事去。其餘小事，我們地方上也該湊出些錢鈔相助。」眾人都湊錢去了。宋敦又復身到蘆席邊看那老僧，果然化去，不覺雙眼垂淚，分明如親戚一般，◎2心下好生酸楚，正不知什麼緣故，不忍再看，含淚而行。

到婁門時，航船已開，乃自喚一隻小船，當日回家。渾家見丈夫黑夜回來，身上不穿道袍，面又帶憂慘之色，只道與人爭競，忙忙的來問。宋敦搖首道：「話長哩！」一逕走到佛堂中，將兩副布袱布袋掛起，在佛前磕了個頭，進房坐下，討茶喫了，方纔開談，將老和尚之事，備細說知。渾家道：「正該如此。」也不嗔怪。宋敦見渾家賢慧，倒也回愁作喜。是夜，夫妻二口睡到五更。宋敦夢見那老和尚登門拜謝道：「檀越命合無子，壽數亦止於此矣。因檀越心田慈善，上帝命延壽半紀。老僧與檀越又有一段因緣，願投宅上為兒，以報蓋棺之德。」盧氏也夢見一個金身羅漢走進房裡，夢中叫喊起來，連丈夫也驚醒了。各言其夢，似信似疑，嗟歎不已。正是：

註

※12等：一種小型的秤。用來稱金、銀、藥物等少量物品的衡器。

眉批

◎1：延陵挂劍之誼，不過是宜厥後之昌也。（無礙居士）
◎2：所以成因緣，所以成眷屬。（無礙居士）

種瓜還得瓜，種荳還得荳；
勸人行好心，自作還自受。

從此盧氏懷孕，十月滿足，生下一個孩兒。因夢見金身羅漢，小名金郎，官名就叫宋金。夫妻歡喜，自不必說。此時，劉有才也生一女，小名宜春。各各長成，有人攛掇兩家對親。劉才倒也心中情願；宋敦卻嫌他船戶出身，不是名門舊族，口雖不語，心中有不允之意。那宋金方年六歲，宋敦一病不起，嗚呼哀哉了！自古道：「家中百事興，全靠主人命。」十個婦人，敵不得一個男子。自從宋敦故後，盧氏掌家，連遭荒歉，又里中欺他孤寡，科派※13戶役。盧氏撐持不定，只得將田房漸次賣了，賃屋而居。初時還是詐窮，以後坐喫山崩，不上十年，弄做真窮了。盧氏亦得病而亡。斷送了畢，宋金只剩得一雙赤手，被房主趕逐出屋，無處投奔。且喜從幼學得一件本事，會寫會算。偶然本處一個范舉人選了浙江衢州府江山縣知縣，正要尋個寫算的人。有人將宋金說了，范公就教人引來。見他年紀幼小，又生得齊整，心中甚喜。叩其所長，果然書通真草，算善歸除。當日就留於書

明文徵明扇面畫作，描繪當時士人在船上讀書的場景。

房之中，取一套新衣與他換過，同桌而食，好生優待。擇了吉日，范知縣與宋金下了官船，同往任所。正是：

鼕鼕※14畫鼓催征棹※15，習習和風蕩錦帆。

卻說宋金雖然貧賤，終是舊家子弟出身。今日做范公門館，豈肯卑污苟賤，與童僕輩和光同塵※16，受其戲侮？那些管家們欺他年幼，見他做作，愈有不然之意。自崑山起程，都是水路。到杭州便起旱了。眾人攛掇家主道：「宋金小廝家，在此寫算，服事老爺，還該小心謙遜，他全不知禮。老爺優待他忒※17過分了，與他同坐

註

※13科派：要百姓捐錢出來。
※14鼕鼕：此處用來形容敲鼓聲。鼕讀作「東」。
※15棹：讀作「趙」。船槳。
※16和光同塵：出自《老子．五十六章》：「挫其銳，解其紛；和其光，同其塵。」挫掉它的尖銳使其不傷人，故而能使心虛靜，便能解開心中的紛擾；柔和它的光芒，像塵土一樣沒有分別。在《老子》中用以形容「道」是不突顯自己的光芒，故而不會傷害世間上的一切萬物，故能使萬物自生自長。同時也指人的自身修養，忘掉自己的聰明才智，獨特之處，世間上一切紛擾都能化解，柔和自己的光芒，和塵土一樣沒有分別。
※17忒：過分、過甚。通「太」。

同食；舟中還可混帳※18，到陸路中火※19歇宿，老爺也要存個體面。小人們商議，不如教他寫一紙靠身文書※20，方纔妥帖。到衙門時，他也不敢放肆為非。」◎3范舉人是棉花做的耳朵，就依了眾人言語，喚宋金到艙，要他寫靠身文書。宋金如何肯寫？逼勒了多時，范公發怒，喝教剝去衣服，喝出船去。眾蒼頭拖拖拽拽，剝的乾乾淨淨，一領單布衫，趕在岸上。氣得宋金半晌開口不得。只見轎馬紛紛，伺候范知縣起陸。宋金噙著雙淚，只得迴避開去。身邊並無財物，受餓不過，少不得學那兩個古人：

伍相吹簫於吳門※21，韓王※22寄食於漂母。

日間街坊乞食，夜時古廟棲身。還有一件：宋金終是舊家子弟出身，任你十分落薄※23，還存三分骨氣，不肯隨那叫街丐戶一流，奴言婢膝，沒廉沒恥。討得來便喫了，討不過忍餓，有一頓，沒一頓。過了幾時，漸漸面黃肌瘦，全無昔日丰神。正是：

好花遭雨紅俱褪，芳草經霜綠盡凋。

歐洲人根據馬可·波羅記載所想像的杭州（1412年細密畫插圖）。

時值暮秋天氣，金風催冷，忽降下一場大雨。宋金食缺衣單，在北新關※24關王廟中，擔饑受凍，出頭不得。這雨自辰牌直下至午牌方止。宋金將腰帶收緊，挪步出廟門來，未及數步，劈面遇著一人，宋金睜眼一看，正是父親宋敦的最契之友，叫做劉有才，號順泉的。宋金無面目見江東父老，不敢相認，只得垂眼低頭而走。那劉有才早已看見，從背後一手挽住，叫道：「你不是宋小官麼？為何如此模樣？」宋金兩淚交流，叉手※24告道：「小姪衣衫不齊，不敢為禮了。承老叔垂問。」如此如此，這般這般，將范知縣無禮之事，告訴了一遍。劉翁道：「『惻隱之心，人皆有之。』※25你肯在我船上相幫，管教你飽暖過日。」宋金便下跪道：

註

※18混帳：沒有規矩。
※19中火：在旅行的路上吃飯，也作「打中火」。
※20靠身文書：賣身契。
※21伍相吹簫於吳門：落魄潦倒，沿街乞討。伍相，即伍子胥，名員。春秋時期楚國人。與父兄俱在楚國做官，後楚王聽讒言殺其父兄，伍子胥逃亡吳國，一度吹簫乞討度日。
※22韓王：指韓信。淮陰人，幫助漢高祖伐魏、舉趙、降燕、破齊，封為齊王、楚王。
※23落薄：落魄、貧窮。
※23北新關：在今中國浙江省杭州市武林門外江漲橋北。明在此設鈔關，以徵船料貨稅。
※24叉手：拱手施禮。
※25惻隱之心，人皆有之：人人都有不忍他人受苦難的心。《孟子．公孫丑上》：「所以謂人皆有不忍人之心者，今人乍見孺子將入於井，皆有怵惕惻隱之心。」（每個人看到小孩快要掉到井裡去，心中都會升起不忍想救他的心。）

眉批

◎3：此言近理，全靠耳硬心明。（無礙居士）

「若得老叔收留，便是重生父母。」

當下，劉翁引著宋金，到於河下。劉翁先上船對劉嫗說知其事。劉嫗道：「此乃兩得其便，有何不美？」劉翁就在船頭上招宋小官上船，於自身上脫下舊布道袍，教他穿了，引他到後艄見了媽媽徐氏。女兒宜春在傍也相見了。宋金走出船頭，劉翁道：「把飯與宋小官喫。」劉嫗道：「飯便有，只是冷的。」宜春道：「有熱茶在鍋內。」宜春便將瓦罐子舀了一罐滾熱的茶。劉嫗便在廚櫃內，取了些醃菜，和那冷飯付與宋金道：「宋小官，船上買賣比不得家裡，胡亂用些罷。」宋金接得在手。又見細雨紛紛而下，劉翁叫女兒：「後艄※26有舊氈笠※27，取下來與宋小官戴。」宜春取舊氈笠看時，一邊已自綻開。宜春手快，就盤髻上拔下針線將綻處縫了，丟在艙篷之上，叫道：「拿氈笠去戴。」宋金戴了破氈笠，喫了茶淘冷飯。劉翁教他收拾船上傢伙，掃抹船隻，自往岸上接客，至晚方回，一夜無話。

次日，劉翁起身，見宋金在船頭上閒坐，心中暗想：「初來之人，莫慣了他。」便吆喝道：「個兒郎我家飯，穿我家衣，閒時搓些繩打些索，也有用處，如何空坐？」宋金連忙答應道：「但憑驅

清代畫家徐揚所繪反映蘇州蓋世繁華的《姑蘇繁華圖》。

使，不敢有違。」劉翁便取一束麻皮，付與宋金，教他打索子。正是：

在他矮簷下，怎敢不低頭。

宋金自此朝夕小心，辛勤做活，並不偷懶。兼之寫算精通，凡客貨在船，都是他記帳，出入分毫不爽。別船上交易，也多有央他去拿算盤、登帳簿，客人無不敬而愛之，都誇道好個宋小官，少年伶俐。劉翁劉嫗見他小心得用，另眼相待，好衣好食的管顧他。在客人面前認為表姪。宋金亦自以為得所，心安體適，貌自豐腴。凡船戶中，無不欣羨。

光陰似箭，不覺二年有餘。劉翁一日暗想：「自家年紀漸老，止有一女，要求個賢婿以靠終身。似宋小官一般，倒也十全之美，但不知媽媽心下如何？」是夜，與媽媽飲酒半醺，女兒宜春在傍。劉翁指著女兒對媽媽道：「宜春年紀長成，未有終身之托，奈何？」劉嫗道：「這是你我靠老的一樁大事，你如何不上緊？」劉翁道：「我也日常在念，只是難得個十分如意的。像我船上宋小官恁般本事人才，千

註
※26艄：船尾。（參考李平校注，《今古奇觀》，三民書局出版。）
※27氈笠：毛氈做成的笠帽。

中選一，也就不能勾了。」劉嫗道：「何不就許了宋小官？」劉翁假意道：「媽媽說那裡話！他無家無倚，靠著我船上喫飯，手無分文，怎好把女兒許他？」劉嫗道：「宋小官是宦家之後，況係故人之子。當初他老子存時，也曾有人議過親來，你如何忘了？今日雖然落薄，看他一表人材，又會寫，又會算，招得這般女婿，須不辱了門面，我兩口兒老來也得所靠。」劉翁道：「媽媽，你主意已定否？」劉嫗道：「有什麼不定？」劉翁道：「如此甚好。」原來劉有才平昔是個怕婆的，久已看上了宋金，只愁媽媽不肯。今見媽媽慨然，十分歡喜。當下便喚宋金，對著媽媽面許了他這頭親事。宋金初時也謙遜不當，見劉翁夫妻一團美意，不要他費一分錢鈔，只索順從。劉翁往陰陽生※28家選擇周堂※29吉日，回復了媽媽，將船駕回崑山。先與宋小官上頭，做一套綢絹衣服與他穿了，渾身新衣、新帽、新鞋、新襪，妝扮得宋金一發標緻。

雖無子建※30才八斗，勝似潘安貌十分。

劉嫗也替女兒備辦些衣飾之類。吉日已到，請下兩家親

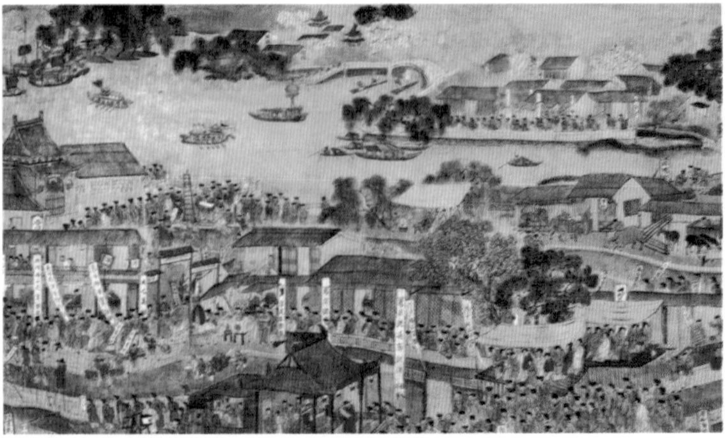

明仇英所繪的《南都繁會圖（局部）》，可見當時舟船的便利性。

戚，大設喜筵，將宋金贅入船上為婿。次日，諸親作賀，一連吃了三日喜酒。宋金成親之後，夫妻恩愛，自不必說。從此船上生理，日興一日。

光陰似箭，不覺過了一年零兩個月。宜春懷孕日滿，產下一女，夫妻愛惜如金，輪流懷抱。期歲方過，此女害了痘瘡，醫藥不效，十二朝身死。宋金痛念愛女，哭泣過哀，七情所傷，遂得了個癆瘵※31之疾。朝涼暮熱，飲食漸減，看看骨露肉消，行遲走慢。劉翁、劉嫗初時還指望他病好，替他迎醫問卜，延至一年之外，病勢有加無減，三分人，七分鬼，寫也寫不動，算也算不動，倒做了眼中之釘，巴不得他死了乾淨！卻又不死。兩個老人家懊悔不迭，互相抱怨起來。當初只指望半子靠老，如今看這貨色，不死不活，分明一條爛死蛇纏在身上，擺脫不下，把個花枝般女兒誤了終身，怎生是了？為今之計，如何生個計較，送開了那冤家，等女兒另招個佳婿，方纔稱心。兩口商量了多時，定下個計策，連女兒都瞞過了，只說有客貨在於江西，移船往載。行至池州※32五溪地方，到一個荒僻的所在，但見孤山寂

註

※28陰陽生：專人替人星象、占卜、相宅、相墓等爲生的人。
※29周堂：黃道吉日，適合嫁娶的日子。
※30子建：曹植。
※31癆瘵：肺癆、癆病。瘵，讀做「債」。
※32池州：地名，今安徽貴池、青陽一帶。

寂，遠水滔滔，野岸荒崖，絕無人跡。是日小小逆風，劉公故意把舵使歪，船便向沙岸擱住，卻教宋金下水推舟。宋金手遲腳慢，劉公就罵道：「痨病鬼！沒氣力使船時，岸上野柴也砍些來燒燒，省得錢買。」宋金自覺惶愧，取了砟刀，掙扎到岸上砍柴去了。劉公乘其未回，把舵用力撐動，撥轉船頭，掛起滿風帆，順流而下。

不愁骨肉遭顛沛，且喜冤家離眼睛。

且說宋金上岸打柴，行到茂林深處，樹木雖多，那有氣力去砍伐？只得拾些兒殘柴，割些敗棘，抽取枯藤，束做兩大捆，卻又沒有氣力背負得去。心生一計，再取一條枯藤，將兩捆野柴穿做一捆，露出長長的藤頭，用手挽之而行，如牧童牽牛之勢。行了一時，想起忘了砟刀在地，又復身轉去取了砟刀，也插入柴捆之內，緩緩的拖下岸來。到於泊舟之處，已不見了船。但見江煙沙島，一望無際。宋金沿江而上且行且看，並無蹤影。看看紅日西沉，情知為丈人所棄，上天無

宋金沿江而上且行且看，並無蹤影。情知為丈人所棄，不覺痛切於心，放聲大哭。（古版畫，選自《今古奇觀》明末吳郡寶翰樓刊本。）

路，入地無門，不覺痛切於心，放聲大哭。哭得氣咽喉乾，悶絕於地。半晌方甦。忽見岸上一老僧，正不知從何而來，將拄杖卓地※33，問道：「檀越伴侶何在？此非駐足之地也。」宋金忙起身作禮，口稱姓名：「被丈人劉翁脫賺※34，如今孤苦無歸，求老師父提挈※35，救取微命。」老僧道：「貧僧茅庵不遠，且同往暫住一宵，來日再做道理。」宋金感謝不已，隨著老僧而行。約莫里許，果見茅庵一所。老僧敲石取火，煮些粥湯，把與宋金喫了，方纔問道：「令岳與檀越有何仇隙？願問其詳。」宋金將入贅船上及得病之由，備細告訴了一遍。老僧道：「老檀越懷恨令岳乎？」宋金道：「當初求乞之時，蒙彼收養婚配，今日病危見棄，乃小生命薄所致，豈敢懷恨他人？」老僧道：「聽子所言，真忠厚之士也。尊恙乃七情所傷，非藥餌可治；惟清心調攝，可以愈之。平日間曾奉佛法誦經否？」宋金道：「不曾。」老僧於袖中取出一卷相贈道：「此乃《金剛般若經》，我佛心印。貧僧今教授檀越，若日誦一遍，可以息諸妄念，卻病延年，有無窮利益。」宋金原是陳州娘娘廟前老和尚轉世來的，前生專誦此經，◎4今日口傳心受，一遍便能熟誦，此乃

註

※33卓地：豎立在地上。
※34脫賺：欺騙、欺瞞。
※35提挈：扶持，幫助，照顧。

眉批

◎4：此老僧亦必生前法相，然觀金身羅漢投胎，則宋金轉世已非此僧矣。（無礙居士）

是前因不斷。宋金和老僧打坐，閉眼誦經，將次天明，不覺睡去。及至醒來，身坐荒草坡間，並不見老僧及茅庵在那裡。《金剛經》卻在懷中，開卷能誦。宋金心下好生詫異！遂取池水淨口，將經朗誦一遍，覺萬慮消釋，病體頓然健旺，方知聖僧顯化相救，亦是夙因所致也。宋金向空叩頭，感謝龍天保佑。然雖如此，此身如大海浮萍，沒有著落。信步行去，早覺腹中饑餒※36。望見前山林木之內，隱隱似有人家，不免再溫舊稿，向前乞食。只因這一番，有分教宋小官凶中化吉，難過福來。正是：

路逢盡處還開徑，水到窮時再發源。

宋金走到前山一看，並無人煙，但見槍刀戈戟，遍插林間。宋金心疑不決，放膽前去，見一所敗落土地廟，廟中有大箱八隻，封鎖甚固，上用松茅遮蓋。宋金暗想：「此必大盜所藏，佈置鎗刀，乃惑人之計。來歷雖則不明，取之無礙。」心生一計，乃折取松枝插地，記其路徑，一步步走出林來，直至江岸。也是宋金時亨運泰。恰好有一隻大船，因逆浪衝壞了舵，泊於岸下修舵。宋金假作慌張之狀，向船上人說道：「我陝西錢金也。◎5隨吾叔父走湖廣為商，道經於此，為強賊所劫。

中國古代兩桅漕船，取自於明宋應星《天工開物》清刻版。

叔父被殺，我只說是跟隨的小郎※37，久病乞哀，暫容殘喘。賊乃遣伙內一人，與我同住土地廟中，看守貨物，他又往別處行劫去了。天幸同夥之人，昨夜被毒蛇咬死；我得脫身在此。幸方便載我去。」舟人聞言，不甚信。宋金又道：「見有八巨箱在廟內，皆我家財物，廟去此不遠，多央幾位上岸，抬歸舟中，願以一箱為謝。必須速往，萬一賊徒轉回，不惟無及於事，且有禍患。」眾人都是千里求財的，聞說有八箱貨物，一個個欣然願往。當時聚起十六籌後生，準備八副繩索槓棒，隨宋金往土地廟來。果見巨箱八隻，其箱甚重。每二人抬一箱，恰好八杠。宋金將林子內槍刀收起，藏於深草之內，八個箱子都下了船。

舵已修好了，舟人問宋金道：「老客今欲何往？」宋金道：「我且往南京省親。」舟人道：「我的船正要往瓜州※38，卻喜又是順便。」當下開船約行五十餘里方歇。眾人奉承陝西客有錢，倒湊出銀子買酒買肉與他壓驚稱賀。次日，西風大起，掛起帆來，不幾日，到了瓜州停泊。那瓜州到南京，只隔十來里江面。宋金另喚了一隻渡船，將箱籠只揀重的擡下七個，把一個箱子送與舟中眾人，以踐其言。

註

※36餒：飢餓。

※37小郎：年輕的僮僕。依據《中華民國教育部重編國語辭典修訂本》解釋。

※38瓜州：今敦煌市。

眉批

◎5：前生原從陝西來，今生暗合，亦是夙因。（無礙居士）

眾人自去開箱分用，不在話下。

宋金渡到龍江關口，尋了店主人家住下，喚鐵匠對了匙鑰。打開箱看時，其中充物，都是金玉珍寶之類。原來這夥強盜積之有年，不是取之一家，獲之一時的。宋金先把一箱所蓄鬻之於市，已得數千金。恐主人生疑，遷寓於城內，買家奴伏侍，身穿羅綺，食用膏粱。餘六箱只揀精華之物留下，其他都變賣，不下數萬金。就於南京儀鳳門內，買下一所大宅，改造廳堂園亭，製辦日用傢伙，極其華整。門前開張典鋪，又置買田庄※39數處，家僮數十房，出色管事者千人。又畜美童四人，隨身答應。◎6滿京城都稱他為錢員外。出乘輿馬，入押金資。自古道：「居移氣，養移體。」※40宋金今日財發身發，肌膚充悅，容采光澤，絕無向來枯瘠之容、寒酸之氣。正是：

人逢運至精神爽，月到秋來光彩新。

話分兩頭。且說劉有才那日哄了女婿上岸，撥轉船頭，順風而下，瞬息之間，

儀鳳門位於南京城西北角，曾被拆除，於2006年復建。（圖片來源、攝影：西安兵馬俑）

已行百里。老夫婦兩口暗暗歡喜。宜春女兒猶然不知，只道丈夫還在船上，煎好了湯藥，叫他喫時，連呼不應，還道睡著在船頭，自要去喚他，卻被母親劈手奪過藥甌，向江中一潑，罵道：「癆病鬼在那裡？你還要想他！」宜春道：「真個在那裡？」母親道：「你爹見他病害得不好，恐沾染他人，方纔哄他上岸打柴，逕自轉船來了。」宜春一把扯住母親，哭天哭地叫道：「還我宋郎來。」劉公聽得艄內啼哭，走來勸道：「我兒，聽我一言，婦道家嫁人不著，一世之苦。那害癆的死在早晚，左右要拆散的，不是你姻緣了，倒不如早些開交※41乾淨，免致耽誤你青春。待做爹的另揀個好郎君，完你終身，休想他罷！」宜春道：「爹做的是什麼事！都是不仁不義，傷天理的勾當。宋郎這頭親事，原是二親主張；既做了夫妻，同生同死，豈可翻悔？就是他病勢必死，亦當待其善終，何忍棄之於無人之地？宋郎今日為奴而死，奴決不獨生。爹若可憐見孩兒，快船上水，尋取宋郎回來，免被傍人譏謗。」劉公道：「那害癆的不見了船，定然轉往別處村坊乞食去了，尋之何益？況且下水順風，相去已百里之遙，一動不如一靜，勸你息了心罷。」宜春見父親不

註

※39庄：同今莊字，是莊的異體字。
※40居移氣，養移體：典故出自《孟子、盡心上》。指住的地方與生活習慣，會改變人的氣質。
※41開交：結束、解決。

眉批

◎6：不畜婢妾者，不忍負宜春也。惟平日識宜春之心，所以終不負之。（無礙居士）

允，放聲大哭，走出船舷※42，就要跳水。喜得※43劉媽手快，一把拖住。宜春以死自誓，哀哭不已。兩個老人家不道女兒執性如此，無可奈何，准准※44的看守了一夜。

次早只得依順他，開船上水。風水俱逆，弄了一日，不夠一半之路。這一夜啼啼哭哭又不得安穩。第三日申牌※45時分，方到得先前閣船之處。宜春親自上岸，尋取丈夫，只見沙灘上亂柴二捆、斫刀一把，認得是船上的刀，眼見得這捆柴是宋郎馱來的。物在人亡，愈加疼痛，不肯心死，定要往前尋覓。父親只索跟隨同去。走了多時，但見樹黑山深，杳無人跡。劉公勸他回船，又啼哭了一夜。第四日黑早，再教父親一同上岸尋覓，都是曠野之地，更無影響。只得哭下船來，想道：「如此荒郊，教丈夫何處乞食？況久病之人，行走不動，他把柴刀拋棄沙崖，一定是赴水自盡了。」哭了一場，望著江心又跳，早被劉公攔住。宜春道：「爹媽養得奴的身，養不得奴的心。孩兒左右是要死的，不如放奴早死，以見宋郎之面。」兩個老人家見女兒十分痛苦，甚不過意。叫道：「我兒，是你爹媽不是了。一時失於計較，幹出這事，差之在前，懊悔沒用了。你可憐我年老之人，只生得你一人，你若死時，我兩口兒性命也都難保。願我兒恕了爹媽之罪，寬心度日，待做爹的寫一招子，於沿江市鎮各處粘帖。倘若宋

明朝古帆船，選自鄭若《籌海圖編》。

郎不死，見我招帖，定可相逢。若過了三個月無信，憑你做好事追薦丈夫，做爹的替你用錢，並不吝惜。」宜春方纔收淚謝道：「若得如此，孩兒死也瞑目。」劉公即時寫個尋婿的招帖，粘於沿江市鎮牆壁觸眼之處。過了三個月，絕無音耗。宜春道：「我丈夫果然死了。」

即忙製備頭梳麻衣，穿著一身重孝，設了靈位祭奠，請九個和尚做了三晝夜功德。自將簪珥※46佈施，為亡夫祈福。劉翁、劉嫗愛女之心，無所不至，並不敢一些違拗，鬧了數日方休。兀自朝哭五更，夜哭黃昏。鄰船聞之，無不感歎。有一班相熟的客人，聞知此事，無不可惜宋小官，可憐劉小娘者。宜春整整的哭了半年六個月方纔住聲。劉公對阿媽道：「女兒這幾日不哭，心下漸漸冷了，好勸他嫁人，終不然我兩個老人家守著個孤孀女兒，緩急何靠？」劉嫗道：「阿老見得是，只怕女兒不肯，須是緩緩的偎※47他。」

註

※42船舷：舷，讀作「嫌」。船兩側的邊緣。
※43喜得：幸好。
※44准准：整整。
※45申牌：下午三點到五點。
※46簪珥：頭簪和耳環，泛指首飾。
※47偎：勸慰、哄騙。

又過了月餘，其時十二月二十四日，劉翁回船到崑山過年，在親戚家吃醉了酒，乘其酒興來勸女兒道：「新春將近，除了孝罷。」宜春道：「丈夫是終身之孝，怎樣除得？」劉翁睜著眼道：「什麼終身之孝！做爹的許你帶時便帶；不許你帶時，就不容你帶。」劉嫗見老兒口重，便來收科※48道：「再等女兒帶過了殘歲，除夜做碗羹飯，起了靈除孝罷。」宜春見爹媽話不投機，便啼哭起來道：「你兩口兒合計害了我丈夫，又不容我帶孝，無非要我改嫁他人，我豈肯失節以負宋郎，寧可帶孝而死，決不除孝而生。」劉翁又待發作，被婆子罵了幾句，劈頸的推向船艙睡了。宜春依先又哭了一夜，到月盡三十日除夜，宜春祭奠了丈夫，哭了一會，婆子勸住了，三口兒同吃夜飯。爹媽見女兒葷酒不聞，心中不樂，便道：「我兒，你孝是不肯除了，略喫點葷腥何妨得？少年人不要弄弱了元氣。」宜春道：「未死之人，苟延殘喘，連這碗素飯也是多喫的，還吃甚葷菜！」劉嫗道：「既不用葷，吃杯素酒兒，也好解悶。」宜春道：「一滴何

明朝時修建的南京古城牆。（圖片來源：Julius Rabl）

曾到九泉。想著死者，我何忍下咽？」說罷，又哀哀的哭將起來，連素飯也不喫，就去睡了。劉翁夫婦料道女兒志不可奪，從此再不強他。後人有詩贊宜春之節。詩曰：

閨中節烈古今傳，船女何曾閱簡編？
誓死不移金石志，〈柏舟〉※49端不愧前賢。

話分兩頭，再說宋金住在南京一年零八個月，把家業掙得十全了，卻教管家看守門墻※50，自己帶了三千兩銀子，領了四個家人，兩個美童，僱了一隻航船，逕至崑山來訪劉翁劉嫗。鄰舍人家說道：「三日前往儀真※51去了。」宋金將銀兩販了布疋，轉至儀真，下個有名的主家※52。上貨了畢，次日，去河口尋著了劉家船

註

※48收科：此處作「打圓場」解。（參考李平校注，《今古奇觀》，三民書局出版。）

※49〈柏舟〉：《詩經》中的〈邶風〉、〈鄘風〉都有篇名爲〈柏舟〉的詩。此處應是指〈鄘風〉中的〈柏舟〉，〈詩序〉云：「柏舟，共姜自誓也。」共姜丈夫死後堅決不受父母逼迫而改嫁。比喻宜春爲丈夫守節的決心。

※50墻：同今牆字，是牆的異體字。

※51儀眞：古代縣名。今屬江蘇省。

※52主家：買賣介紹人所開的店鋪。

隻，遙見渾家在船艄，麻衣素妝，知其守節未嫁，傷感不已。回到下處，向主人王公說道：「河下有一舟婦，帶孝而甚美。我已訪得是崑山劉順泉之船，此婦即其女也。吾喪偶已將二年，欲求此女為繼室。」遂於袖中取出白金十兩，奉與王公道：「此薄意權為酒資，煩老翁執伐※53。成事之日，更當厚謝。若問財禮，雖千金吾亦不吝。」王公接銀歡喜，逕往船上邀劉翁到一酒館，盛設相款，推劉翁於上坐。劉翁大驚道：「老漢操舟之人，何勞如此厚待？必有緣故。」王公道：「且喫三杯，方敢啟齒。」劉翁心中愈疑道：「若不說明，必不敢坐。」王公道：「小店有個陝西錢員外，萬貫家財，喪偶將二載。慕令愛小娘子美貌，欲求為繼室。願出聘禮千金，特央小子作伐，望勿見拒。」劉翁道：「舟女得配富室，豈非至願？但吾兒守節甚堅，言及再婚，便欲尋死。此事不敢奉命，盛意亦不敢領。」便欲起身。王公一手扯住道：「此設亦出錢員外之意，托小子做個主人，既已費了，不可虛之，事雖不諧，無害也。」劉翁只得坐了。飲酒中間，王公又說起：「員外相求，出於至誠，望老翁回舟，從容商

明朝時期的一艘郵政船。（圖片來源：Bjoertvedt）

議。」劉翁被女兒幾遍投水唬※54壞了，只是搖頭，略不統口※55。酒散各別。

王公回家，將劉翁之語，述與員外。宋金方知渾家守志之堅，乃對王公說道：「姻事不成也罷了，我要僱他的船載貨往上江出脫，難道也不允？」王公道：「天下船載天下客，不消說，自然從命。」王公即時與劉翁說了僱船之事，劉翁果然依允。宋金乃分付家童，先把鋪陳行李發下船來，貨且留岸上，明日發也未遲。宋金錦衣貂帽，兩個美童，各穿綠絨直身※56，手執熏爐如意跟隨。劉翁夫婦認做陝西錢員外，不復相識。到底夫婦之間，與他人不同。宜春在艄尾窺視，雖不敢便信是丈夫，暗暗的驚怪道：「有七八分廝像※57。」只見那錢員外纔上得船，便向船艄說道：「我腹中饑了要飯喫，若是冷的，把些熱茶淘來罷。」宜春已自疑心。那錢員外又吆喝童僕道：「個兒郎喫我家飯，穿我家衣，閒時搓些繩，打些索，也有用處，不可空坐！」◎7這幾句分明是宋小官初上船時劉翁分付的話，宜春聽得，愈

註

※53執伐：幫人作媒，又稱「伐柯」。出自《詩經．豳風．伐柯》：「伐柯如何？匪斧不克；取妻如何？匪媒不得。」一把好斧頭，需有一個相襯的斧柄；如同男子娶妻，需經迎娶程序才行，媒人則是此程序中的重要環節。意即，男子娶妻需有媒人作媒。

※54唬：通「嚇」，驚嚇。

※55統口：答允、應承。

※56直身：長袍服裝，是古代的一種家居便服。

※57廝像：相像。廝，互相。

眉批

◎7：移接還話，有趣。（無礙居士）

加疑心。少頃，劉翁親自捧茶奉錢員外，員外道：「你船艄上有一破氈笠，借我用之。」劉翁愚蠢，全不省事，逕與女兒討那破氈笠。宜春取氈笠付與父親，口中微吟四句：

氈笠雖然破，經奴手自縫；
因思戴笠者，無復舊時容。

錢員外聽艄後吟詩，嘿嘿會意。接笠在手，亦吟四句：

仙凡已換骨，故鄉人不識。
雖則錦衣還，難忘舊氈笠。

是夜，宜春對翁嫗道：「艙中錢員外，疑即宋郎也。不然，何以知吾船有破氈笠？且面龐相肖，語言可疑，可細叩之。」劉翁大笑道：「癡女子！那宋家癆病鬼，此時骨肉俱消

宋金向劉員外討來破氈笠。（古版畫，選自《今古奇觀》明末吳郡寶翰樓刊本。）

矣。就使當年未死，亦不過乞食他鄉，安能致此富盛乎？」劉嫗道：「你當初怪爹娘勸你除孝改嫁，動不動跳水求死，今見客人富貴，便要認他是丈夫。倘你認他不認，豈不可羞？」宜春滿面羞慚，不敢開口。劉翁便招阿媽到背處道：「阿媽你休如此說。姻緣之事，莫非天數。前日王店主請我到酒館中飲酒，說陝西錢員外，願出千金聘禮，求我女兒為繼室，我因女兒執性，不曾統口。今日難得女兒自家心活，何不將機就機，把他許配錢員外，落得你我下半世受用。」劉嫗道：「阿老見得是。那錢員外來僱我家船隻，或者其中有意。阿老明日可往探之。」劉翁道：「我自有道理。」

次早，錢員外起身，梳洗已畢，手持破氈笠於船頭上，翻覆把玩。劉翁啟口而問道：「員外，看這破氈笠則甚？」員外道：「我愛那縫補處，這行針線，必出自妙手。」劉翁道：「此乃小女所縫，有何妙處。前日王店主傳員外之命，曾有一言，未知真否？」錢員外故意問道：「所傳何言？」劉翁道：「他說員外喪了孺人，已將二載，未曾繼娶，欲得小女為婚。」員外道：「老翁願也不願？」劉翁道：「老漢求之不得，但恨小女守節甚堅，誓不再嫁，所以不敢輕諾。」員外道：「令婿為何而死？」劉翁道：「小婿不幸得了個癆瘵之疾，其年因上岸打柴未還，老漢不知，錯開了船，以後曾出招帖，尋訪了三個月，並無動靜，多是投江而死了。」◎8員外道：「令婿不死，他遇了個異人，病都好了，反獲大財致富，老

眉批

◎8：語有次第。（無礙居士）

翁若要會令婿時，可請令愛出來。」此時宜春側耳而聽，一聞此言便哭將起來，罵道：「薄倖兒郎，我為你帶了三年重孝，受了千辛萬苦，今日還不說實話待怎麼？」宋金也墮淚道：「我妻！快來相見！」夫妻二人，抱頭大哭。劉翁道：「阿媽，眼見得不是什麼錢員外了，我與你須索去謝罪。」劉翁、劉嫗走進艙來，施禮不迭。宋金道：「丈人、丈母，不須恭敬，只是小婿他日有病痛時，莫再脫嫌。」兩個老人家羞慚滿面。宜春便除了孝服，將靈位拋向水中。宋金便喚跟隨的童僕來與主母磕頭。翁嫗殺雞置酒，管待女婿，又當接風，又是慶賀筵席。安席已畢，劉翁敘起女兒自來不喫葷酒之意，宋金慘然下淚，親自與渾家把盞，勸他開葷，隨對翁嫗道：「據你們設心脫賺，欲絕吾命，恩斷義絕，不該相認了。今日勉強喫你這杯酒，都看你女兒之面。」宜春道：「不因這番脫賺，你何由發跡？況爹媽日前也有好處，今後但記恩，莫記怨。」宋金道：「謹依賢妻尊命。◎9我已立家於南京，田園富足。你老人家可棄了駕舟之業，隨我到彼，同享安樂，豈不美哉！」翁嫗再三稱謝，是夜無話。

次日，王店主聞知此事，登船拜賀，又喫了一日酒。宋金留家童三人於王店主家，發布取帳。自己開船先往南京大宅子，住了三日，同渾家到崑山故鄉掃墓，追薦亡親。宗族親

明朝的佛像。（圖片攝影、來源：Daderot）

黨，各有厚贈。此時，范知縣已罷官在家，聞知宋小官發跡還鄉，恐怕街坊撞見沒趣，躲向鄉里，有月餘不敢入城。宋金完了故鄉之事，重回南京，闔家歡喜，安享富貴，不在話下。

再說宜春，見宋金每早必進佛堂中拜佛誦經，問其緣故。宋金將老僧所傳《金剛經》卻病延年之事，說了一遍。宜春亦起信心，要丈夫教會了，夫妻同誦，到老不衰。◎10後享壽各九十餘，無疾而終。子孫為南京世富之家，亦有發科第者。後人評云：

劉老兒爲善不終，宋小官因禍得福。
《金剛經》消除災難，破氈笠團圓骨肉。

眉批

◎9：宜夫第一人之人也。（無礙居士）
◎10：《金剛經》結束亦好。（無礙居士）

第十五卷　盧太學詩酒傲公侯

衛河東岸浮丘高，竹舍雲居隱鳳毛。
遂有文章驚董賈※1，豈無名譽駕劉曹※2。
秋天散步青山郎，春日催詩白兔毫。
醉倚湛盧※3時一嘯，長風萬里破洪濤。

這首詩，乃本朝嘉靖年間一個才子所作。那才子姓盧，名柟，字少楩，一字子赤，大名府濬縣人也。生得丰姿瀟灑，氣宇軒昂，飄飄有出塵之表。八歲即能屬文，十歲便嫻詩律，下筆數千言，倚馬可待，人都道他是李青蓮※4再世，曹子建後身。一生好酒任俠，放達不羈，有輕財傲物之志，真個名聞天下，才冠當今。與他往來的，俱是名公巨卿。又且世代簪纓※5，家資巨富，日常供奉，擬於王侯。所居在城外浮丘山下，第宅壯麗，高聳雲漢。後房粉黛，一

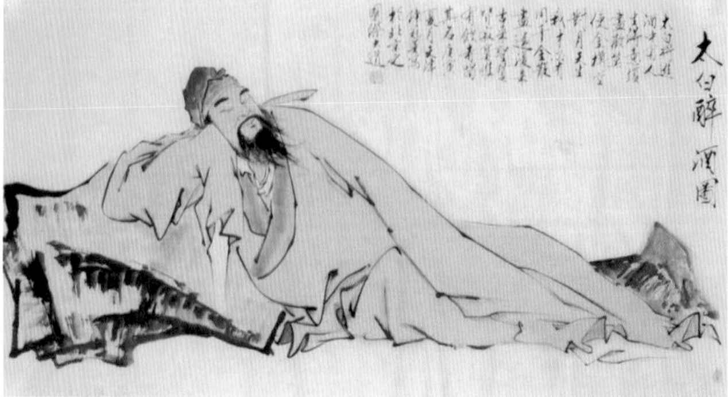

李白醉酒圖。

個個聲色兼妙。又選小奚※6秀美者數人，教成吹彈歌曲，日以自娛。至於僮僕廝養，不計其數。宅後又搆一園，大可兩三頃，鑿池引水，疊石為山，制度極其精巧，名曰「嘯圃」。大凡花性喜煖，所以名花俱出南方；那北地天氣嚴寒，花到其地，大半凍死，因此至者甚少。設或到得一花一草，必為巨璫大畹※7所有，他人亦不易得。這濬縣又是個拗處※8，比京都更難，故宦家園亭雖有，俱不足觀。偏有盧柟立心要勝似他人，不惜重價，差人四處購取名花異卉、怪石奇峰，落成這園，遂為一邑之勝。真個景致非常。但見：

註

※1董賈：董仲舒和賈誼。董仲舒，西漢名儒，著有《春秋繁露》。提倡罷黜百家，獨尊儒術，改變漢初以來推崇黃老思想，與民休養生息的政治態度。賈誼，西漢洛陽人，文學家兼政論家。世稱「賈太傅」、「賈長沙」，又稱爲「賈生」。以〈弔屈原賦〉聞名於當世。其辭賦結合《楚辭》與《漢賦》的特點。

※2劉曹：劉楨與曹植。劉楨，字公幹，三國魏東平人，建安七子之一。因其擅長文章辭令，故被曹操重用，舉薦爲丞相的幕僚。

※3湛盧：古代的寶劍，相傳爲春秋時期越國名匠歐冶所鑄。

※4李青蓮：李白，字太白，號青蓮居士，是唐代著名的大詩人。有天上謫仙人之譽，形容李白的才學超凡。

※5簪纓：古代顯貴者所穿戴的服飾。後比喻在朝爲官的達官貴人。

※6小奚：年幼的男性童僕。

※7巨璫大畹：泛指當朝大官權貴。璫，讀作「當」。漢代宦官的冠飾，後用以比喻宦官。畹，讀作「晚」。皇親國戚居住的地方。

※8拗處：偏僻的地方。

樓臺高峻，庭院清幽。山疊岷峨怪石，花栽閬苑※9奇葩。水閣遙通竹塢，風軒斜透松寮。迴塘曲沼，層層碧浪漾琉璃；疊嶂層巒，點點蒼苔鋪翡翠。牡丹亭畔，孔雀雙棲；芍藥欄邊，仙禽對舞。縈紆松徑，綠陰深處小橋橫；屈曲花歧，紅豔叢中喬木聳。煙迷翠黛，意淡如無；雨洗青螺，色濃似染。木蘭舟蕩漾芙蓉水際，鞦韆架搖拽垂楊影裡。朱欄畫檻相掩映，湘簾繡幕兩交輝。

盧柟日夕吟花課鳥※10，笑傲其間，雖南面※11至樂亦不是過。凡朋友去相訪，必留連盡醉方止。倘遇著個聲氣相投知音知己，便兼旬累月款留在家，不肯輕放出門。若有人患難來投奔的，一一俱有資助，決不令其空過。因此四方慕名來訪者，絡繹不絕。真個是：

座上客常滿，尊中酒不空。

盧柟只因才高學廣，以為掇青紫如拾針芥※12，那知文場不利，任你錦繡般文章，偏生不中試官之意，一連走上幾科，不能

明畫家沈周描繪的山水園林畫軸。

夠飛黃騰達。他道世無識者，遂絕意功名，不圖進取；惟與騷人劍客、羽士高僧談禪，理論劍術，呼盧※13浮白※14，放浪山水，自稱浮丘山人。曾有五言古詩云：

逸翮※15奮霄漢，高步躡天關。
褰衣在椒涂※16，長風吹海瀾。
瓊樹繫游鑣※17，瑤華代朝餐。
恣情戲靈景，靜嘯喈※18鳴鸞。
浮世信淆濁，焉能濡羽翰※19？

註

※9閬苑：閬，讀作「郎」。神仙的居所。
※10吟花課鳥：以花鳥爲題材寫詩撰文。
※11南面：指帝王，古時以坐南朝北爲尊。
※12掇青紫如拾針芥：語出《漢書夏侯勝傳》，以爲獲得高官厚祿就像撿針草一樣容易。青紫，指官印。
※13呼盧：呼盧喝雉。骰子上的六點爲盧，五點爲雉。指擲骰子賭博。
※14浮白：盡情暢快的飲酒。
※15逸翮：展翅飛翔。翮，讀作「合」。
※16褰衣：提起衣裳下擺。椒涂：用椒泥涂飾的道路。意指芳香。
17游鑣：外出時騎乘的馬匹。鑣，讀作「標」。
※18喈：聲音和諧融洽。
※19濡羽翰：飛翔受到阻礙。羽翰，飛翔，飛升。

話分兩頭。卻說濬縣知縣，姓汪名岑，少年連第，意氣揚揚。只是貪婪無比，性復猜刻。又酷好杯中之物，若擎著酒杯，便直飲到天明，自到濬縣，不曾遇著對手。平昔也曉得盧柟是個才子，當今推重，交遊甚廣。又聞得邑中園亭，惟他家為最，酒量又推尊第一。因這三件，有心要結識他做個相知，差人去請來相會。誰知盧秀才卻與他人不同。別個秀才要去結交知縣，還要挨風緝縫，央人引進，拜在門下稱為老師。四時八節，饋送禮物，希圖以小博大。若知縣自來相請，就如朝廷徵聘一般，便立刻動身，不俟駕而行的樣子。若是這種人是不肖者所為，有氣概的未必如此。但是知縣相請，也沒有不肯去的。偏是那盧柟被知縣一連請了五六次，只當做耳邊風，全然不睬，只推自來不入公門。你道因甚如此？他才高天下，眼底無人，天生就一副俠腸傲骨，視功名如敝蓰，等富貴猶浮雲。就是王侯卿相不曾來拜訪，要請去相見，他也斷然不肯先施※20，怎肯輕易去見個縣官？真個是天子不得臣，諸侯不得友，絕品的高人。這盧柟已是個清奇古怪的主兒，又撞著知縣是個耐煩瑣碎的寃家，請人請到四五次，不來也索罷了，偏生只管去纏帳※21。見盧柟決不肯來，卻倒情願自去就教。又恐盧柟他出，先差人將貼子訂期。

明文徵明東園圖。

差人領了言語，一直徑到盧家，把帖子遞與門公，說道：「本縣老爺有緊要話，差我來傳達你相公，相煩引進。」門公不敢怠慢，即引到園上來見家主。差人隨進園門，舉目看時，只見水光遶綠，山色環青，竹木扶疏，交相掩映。林中禽鳥，聲如鼓吹※22。那差人從不曾見這般景致，今日到此，恍如登了洞天仙府，好生歡喜。想道：「怪道老爺要來遊玩，原來有恁地好景！我也是有些緣分，方得至此。觀玩這番，也不枉為人一世。」遂四下行走，恣意飽看。◎1彎彎曲曲，穿過幾條花徑，走過數處亭臺，來到一個所在：周圍盡是梅花，一望如雪，霏霏馥馥，清香沁人肌骨。中間顯出一座八角亭子，朱甍※23碧瓦，畫棟雕樑，亭中懸一個匾額，大書「玉照亭」三字。下邊坐著三四個賓客，賞花飲酒。傍邊五六個標緻青衣※24，調絲品竹※25，按板而歌。有高太史※26〈梅花詩〉為證：

註

※20先施：主動登門拜訪送禮。
※21纏帳：死纏爛打不罷休。
※22鼓吹：此指美妙動人的音樂。
※23朱甍碧瓦：紅色的屋脊，青綠色的屋瓦。指豪華的建築。
※24青衣：指婢女，古時婢女穿青色衣服。
※25調絲品竹：彈奏音樂。絲，指的是絃樂。竹，指的是管樂。
※26高太史：即高啓。字季迪，號槎軒，長洲（今江蘇蘇州市）人。元末明初著名詩人。與劉基、宋濂並稱「明初詩文三大家」。

眉批

◎1：冒冒失失。（可一居士）

瓊姿只合在瑤臺，誰向江南處處栽？
雪滿山中高士臥，月明林下美人來。
寒依疏影蕭蕭竹，春掩殘香漠漠苔。
自去漁郎無好韻，東風愁寂幾迴開。

門公同差人站在門外，候歌完了，先將帖子稟知，然後差人向前說道：「老爺令小人多多拜上相公，說既相公不屑到縣，老爺當來拜訪；但恐相公他出，又不相值，先差小人來期個日子，好來請教。二來聞府上園亭甚好，順便就要遊玩。」

大凡事當湊就不起，那盧柟見知縣頻請不去，恬不為怪，卻又情願來就教，未免轉過念頭，想：「他雖然貪鄙，終是個父母官兒，肯屈己敬賢，亦是可取。若又峻拒不許，外人只道我心胸褊狹，不能容物了。」又想道：「他是個俗吏，這文章定然不曉得的；那詩律旨趣深奧，料必也沒相干；若論典籍，他又是個後生小子，儌幸在睡夢中偷得這進士到手，已是心滿意足，諒來還未曾識面。至於理學禪宗※27，一發夢想所不到了。除此之外，與他談論，有甚意味？

明宮廷手繪彩本藏書《食物本草》中關於製作葡萄酒、菊花酒的畫作。

還是莫招攬罷。」卻又念其來意惓惓※28，如拒絕了，似覺不情。正沉吟間，小童斟上酒來。他觸境情生，就想到酒上，道：「倘會飲酒，亦可免俗。」問來人道：「你本官可會飲酒麼？」答道：「酒是老爺的性命，怎麼不會飲？」盧柟又問：「能飲得多少？」答道：「但見拿著酒盃，整夜喫去，不到酩酊不止；也不知有幾多酒量。」盧柟心中喜道：「原來這俗物卻會飲酒，單取這節罷。」隨教童子取小帖兒付與來人道：「你本官既要來遊玩，趁此梅花盛時，就是明日罷。我這裡整備酒盒相候。」差人得了言語，原同門公一齊出來，回到縣裡，將帖子回覆了知縣。知縣大喜，正要明日到盧柟家去看梅花，不想晚上人來報：新按院※29不發起馬牌※30，突然上任。汪知縣連夜起身往府，不能如意，差人將個帖兒辭了。知縣到府，接著按院，伺行香※31過了，回到縣時，往還數日，這梅花已是：

註

※27理學禪宗：指儒學與佛學。宋明兩代，理學盛行。理學繼承孔孟之學說，又融合了佛老思想。禪宗，是中國佛教的宗派之一。特別重視禪修，不重教理，自稱教外別傳。初祖是菩提達摩，後又分成南宗慧能，北宗神秀二派。

※28惓惓：態度眞摯、誠懇。惓，讀作「全」。

※29按院：明代巡按御史的別稱。

※30起馬牌：古代大官外出之前，命衙役拿著起馬牌先行，通知地方官前來迎候。

※31行香：明清兩代慣例，新上任的官吏，進廟焚香叩拜的儀式。

紛紛玉瓣堆香砌，片片瓊英繞畫欄。

汪知縣因不曾赴梅花之約，心下怏怏，指望盧柟另來相邀。誰知盧柟出自勉強，見他辭了，即撇過一邊，那肯又來相請。看看已到仲春時候，汪知縣又想到盧柟園上去遊春，差人先去致意。那差人來到盧家園中，只見園林織錦，堤草鋪茵，鶯啼燕語，蝶亂蜂忙，景色十分豔麗。須臾，轉到桃蹊上，那花渾如萬片丹霞，千重紅錦，好不爛慢。有詩為證：

桃花開遍上林紅，耀服繁華色豔濃。
含笑動人心意切，幾多消息五更風。

盧柟正與賓客在花下擊鼓催花，豪歌狂飲。差人執帖子上前說知。盧柟乘著酒興對來人道：「你快回去，與本官說，若有高興，即刻就來，不必另約。」◎2眾賓客道：「使不得。我們正在得趣之時，他若來了，就有許多文僫僫※32，怎能盡興？還是改日罷。」盧柟道：「說得有理，便是明日。」遂取個帖子，打發來人回復知縣。你道天下有恁

盛開的桃花樹。（圖片攝影、來源：hilloo）

樣不巧的事，次日汪知縣剛剛要去遊春，誰想夫人有五個月身孕，忽然小產起來，暈倒在地，血污浸漬身子。嚇得知縣已是六神無主，還有甚心腸去喫酒？只得又差人，辭了盧柟。這夫人病體直至三月下旬，方纔稍可。那時，盧柟園中牡丹盛開，冠絕一縣，真是好花，有〈牡丹〉詩為證：

洛陽千古鬬春芳，富貴爭誇濃豔妝。
一自〈清平〉※33傳唱後，至今人尚說花王。

汪知縣為夫人這病，亂了半個多月，情緒不佳。終日只把酒來消悶，連政事也懶得去理。次後，聞得盧家牡丹茂盛，想要去賞玩，因兩次失約，不好又來相期，差人送三兩書儀※34，就致看花之意。盧柟日子便期了，卻不肯受這書儀，璧返數次，推辭不脫，只得受了。那日天氣晴爽，汪知縣打帳※35早衙完了就去，不道剛出

註

※32文㑳㑳：繁文縟節。
※33清平：指〈清平調〉，李白爲唐樂府大曲所塡的詞，相傳李白供翰林時，玄宗月夜賞木芍花，命其塡新詞以助興。
※34書儀：是古代送禮或禮金的名目。
※35打帳：打算、預計。

眉批

◎2：其意甚輕。（可一居士）

衙門，左右來報：「吏科給事中某爺告養親歸家，在此經過。」正是要道※36之人，敢不去奉承麼？急忙出郭迎接，饋送下程※37，設宴款待。◎3只道一兩日就行，還可以看得牡丹；那知某給事又是好勝的人，教知縣陪了遊覽本縣勝景之處，盤桓七八日方行。等到去後，又差人約盧柟時，那牡丹已萎謝無遺。盧柟也向他處遊玩山水，離家兩日矣。不覺春盡夏臨，倏忽間，又早六月中旬。汪知縣打聽盧柟已是歸家，在園中避暑，又令人去傳達，要賞蓮花。那差人逕至盧家，把帖兒教門公傳進。須臾間，門公出來說道：「相公有話，喚你當面去分付。」差人隨著門公，直到一個荷花池畔。看那池，團團約有十畝多大，堤上綠槐碧柳，濃陰蔽日；池內紅妝翠蓋，豔色映人。有詩為證：

凌波仙子鬥新妝，七竅虛心吐異香。
何似花神多薄倖，故將顏色惱人腸。

原來那池也有個名色，喚做「灩碧池」。池心中有

荷花池中盛開的荷花。（圖片攝影、來源：Im xma）

座亭子，名曰錦雲亭。此亭四面皆水，不設橋樑，以採蓮舟為渡，乃盧柟納涼之處。門公與差人下了彩蓮舟，蕩動畫槳，頃刻到了亭邊，繫舟登岸。差人舉目看那亭子；周圍朱欄畫檻，翠幔紗窗，荷香馥馥，清風徐徐；水中金魚戲藻，梁間紫燕尋巢，鷗鷺爭飛葉底，鴛鴦對浴岸傍。去那亭中看時，只見藤牀湘簟※38，石榻竹幾，瓶中供千葉碧蓮，爐內焚百和名香。盧柟科頭跣足※39，攲據石榻，面前放一帙※40古書，手中執著酒盃，傍邊水盤中，列著金桃雪藕，沉李浮瓜，又有幾味案酒※41。一個小廝捧壺，一個小廝打扇。他便看幾行書，飲一盃酒，自取其樂。◎4差人未敢上前，在側邊暗想道：「同是父母生長，他如何有這般受用？就是我本官中過進士，還有許多勞碌，怎及得他的自在。」盧柟擡頭看見，即問道：「你就是縣裡差來的麼？」差人應道：「小人正是。」盧柟道：「你那本官倒也好笑，屢次訂期定日，卻又不來。如今又說要看荷花；恁樣不爽利，虧他怎地做了官！我也沒有

註

※36要道：比喻顯要的地位。
※37下程：餞行的贈禮。
※38湘簟：湘竹編的席子。簟，讀作「店」。參見《漢語大辭典》
※39科頭跣足：比喻隨意自適，不受拘束。科頭，不戴帽子，披頭散髮。跣足，打赤腳。跣，讀作「顯」。光腳。
※40帙：讀作「至」。用布帛製成的書、畫的封套。
※41案酒：下酒菜和水果。

眉批

◎3：既有周旋世故，又要享清福清玩，世間哪有揚州鶴？（可一居士）
◎4：宜快樂。（可一居士）

許多閒工夫與他纏帳，任憑他有興便來，不奈煩又約日子。」差人道：「老爺多拜上相公，說久仰相公高才，如渴思漿，巴不得來請教，連次皆為不得已事羈住，故此失約。還求相公期個日子，小人好去回話。」盧柟見來人說話伶俐，卻也聽信了他，乃道：「既如此，竟在後日。」差人得了言語，討個回帖，同門公依舊下船，划到柳陰堤下上岸，自去回復了知縣。那汪知縣至後日，早衙發落了些公事，約莫午牌時候，起身去拜盧柟。誰想正值三伏※42之時，連日酷熱非常。汪知縣已受了些暑氣，這時卻又在正午，那輪紅日猶如一團烈火，熱得他眼中火冒，口內烟生。剛到半路，覺道天旋地轉，從轎上直撞下來，險些兒悶死在地。從人急忙救起，擡回縣中，送入私衙，漸漸甦醒。分付差人辭了盧柟，一面請太醫調治，足足裡病了一個多月，方纔出堂理事，不在話下。

且說盧柟一日在書房中，查點往來禮物，檢著汪知縣這封書儀，想道：「我與他水米無交，如何白白裡受他的東西？須把來消豁※43了，方纔乾淨。」到八月中，差人來請汪知縣中秋夜賞月。那知縣卻也正有

中秋節也是桂花盛開的時節，賞桂花、食用桂花製作的各種食品也是中秋節的常見習俗。圖為即將盛開的桂花，也是香氣最濃的時候。（圖片攝影、來源：Shizhao）

此意，見來相請，好生歡喜，取回帖打發來人，說：「多拜上相公，至期准赴。」那知縣乃一縣之主，難道剛剛只有盧柟請他賞月不成？少不得初十邊就有鄉紳同僚中相請。況又是個好飲之徒，可有不去的理麼？定然一家家挨次都到。至十四這日，辭了外邊酒席，於衙中整備家宴，與夫人在庭中玩賞。那晚月色，分外皎潔，比尋常更是不同。有詩為證：

玉宇淡悠悠，金波徹夜流。
最憐圓缺處，曾照古今愁。
風露孤輪影，山河一氣秋。
何人吹鐵笛？乘醉倚南樓。

夫妻對酌，直飲到酩酊，方纔入寢。那知縣一來是新起病的人，元神未復；二來連日沉酣糟粕※44，趁著酒興，未免走了酒字下這道兒；三來這晚露坐夜深，著

註

※42三伏：一年裡最熱的三天，稱初伏、中伏、末伏。
※43消豁：花費、耗用。
※44糟粕：原指酒糟，此指酒。

了些風寒。三合湊又病起來，眼見得盧柟賞月之約，又虛過了。調攝數日，方能痊可。那知縣在衙中無聊，量道：「盧柟園中，桂花必盛。」意欲借此排遣。適值有個江南客來打抽豐※45，送兩大罈惠山泉酒，汪知縣就把一罈，差人轉送與盧柟。盧柟見說是美酒，正中其懷，無限歡喜，乃道：「他的政事文章，我也一概勿論；只這酒中，想亦是知味的了。」即寫帖請汪知縣後日來賞桂花。有詩為證：

涼影一簾分夜月，天宮萬斛動秋風。
淮南何用歌〈招隱〉※46，自可淹留桂樹叢。

自古道：「一飲一啄，莫非前定。」※47像汪知縣是個父母官，肯屈己去見個士人，豈不是件異事。誰知兩下機緣不偶，臨期卻又生出事故，不能相會。這番請賞桂花，汪知縣滿意要盡竟日之歡，罄夙昔仰想之誠；不料是日還在眠牀上，外面就傳板※48進來道：「山西理刑趙爺行取※49入京，已至河下。」恰正是汪知縣鄉試房師※50，怎敢怠慢？即忙起身梳洗，出衙上轎往河下迎接，設宴款待。你想兩個得意師

菊花在中國古典文學中及文化中，有著重要的地位，與梅、蘭、竹合稱四君子。圖為明沈周《墨菊圖》。

生，沒有就別之理，少不得盤桓數日，方纔轉身。這桂花果然：

飄殘金粟隨風舞，零亂天香滿地鋪。

卻說盧柟素性，剛直豪爽，是個傲上矜下之人，見汪知縣屢次卑詞盡敬，以其好賢，遂有俯交之念。時值九月末旬，園中菊花開遍。那菊花種數甚多，內中惟有三種為貴。那三種？

鶴翎，剪絨，西施。

每一種各有幾般顏色，花大而媚，所以貴重。有〈菊花〉詩為證：

註

※45打抽豐：即「打秋風」，向有錢的人索取利潤，或藉故向人索要財物。

※46招隱：此指漢代淮南王劉安門客淮南小山所作的〈招隱士〉辭賦。其主要內容爲描述山中生活的艱苦，勸告隱士王孫歸來。是漢代騷體賦的佳作。

※47一飲一啄莫非前定：人的吉凶禍福，都是命中注定的。

※48傳板：懸掛在官府廳堂前或門外的板子，有緊急事務時敲擊，知會內室通報。

※49行取：古代地方官，若治績良好，才能出眾者，則可調職京師，慣例由朝廷吏部行文調任。

※50鄉試房師：鄉試的主考官中，擔任分房選薦試卷的同考官。

不共春風鬥百芳，自甘籬落傲秋霜。
園林一片蕭疏景，幾朵依稀散晚香。

盧柟因想汪知縣幾遍要看園景，卻俱中止。今趁此菊花盛時，何不請來一玩？也不枉他一番敬慕之情。即寫帖兒差人去請，次日賞菊。家人拿著帖子，來到縣裡，正值知縣在堂理事，一逕走到堂上跪下，把帖子呈上，稟道：「家相公多拜上老爺，園中菊花盛開，特請老爺明日賞玩。」汪知縣正想要去看菊，因屢次失約，好難啟齒。今見特地來請，正是挖耳當招※51，深中其意。看了帖子，乃道：「拜上相公，明日早來領教。」那家人得了言語，即便歸家，回覆家主道：「汪太爺拜上相公，明日絕早就來。」那知縣說「明日早來」，不過是隨口的話，那家人改做「絕早就來」，這也是一時錯訛之言，不想因這句錯話上得罪了知縣，後來把天大家私弄得罄盡，險些兒連性命都送了。正是：

明沈周《盆菊幽賞圖》（局部），庭中眾人正在欣賞庭外的各類菊花。

舌為利害本，口是禍福門。

當下盧柟心下想道：「這知縣也好笑，那見赴人筵席，有個絕早就來之理？」又想道：「或者慕我家園亭，要盡竟日之游。」吩咐廚夫：「太爺明日絕早就來，酒席須要早些完備。」那廚夫聽見知縣早來，恐怕臨時誤事，隔夜就手忙腳亂收拾。盧柟到次早分付門上人：「今日若有客來，一概相辭，不必通報。」又將個名帖差人去邀請知縣。不到朝食時，酒席都已完備。排設在園上燕喜堂中，上下兩席，並無別客相陪。◎5那酒席鋪設得花錦相似。正是：

富家一席酒，窮漢半年糧。

且說知縣那日早衙投文已過，竟不退堂，就要去赴酌。因見天色太早，恐酒席未完，弔一起公事來問。那公事卻是新拿到一班強盜事在衛河裡，打劫往來客商因都在娼家宿歇，露出馬腳，被捕人拿住解到本縣，當下一訊都招。內中一個叫做石

註

※51挖耳當招：人家用手挖耳朵，卻以為是在招喚自己。比喻希望達到目的的心情非常迫切。

眉批

◎5：分上下席，以賓主相見，亦常人所不辨也。(可一居士)

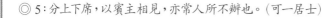

雪哥，又扳出本縣一個開肉鋪的王屠，也是同夥，即差人去拿到。知縣問道：「王屠，石雪哥招稱你是同夥，贓物俱窩頓你家，從實招來，免受刑罰。」王屠稟道：「老爺，小人是個守法良民，就在老爺馬足下開個肉鋪生理，平昔間就街市上不十分行走，那有這事？莫說與他是個同夥，就是他面貌，從不曾識認。老爺不信，拘鄰里來問，平日所行所為，就明白了。」知縣又叫石雪哥道：「你莫要誣陷平人，若審出是扳害※52的，本時就打死你這奴才。」石雪哥道：「小的並非扳害，真實是同夥。」王屠叫道：「我認也認不得你，如何是同夥？」石雪哥道：「王屠，我與你一向同做伙計，怎麼詐不認得？就是今日，本心原要弄脫你的，只為受刑不過，一時間說了出來，你不可怪我。」王屠叫屈連天道：「這是哪裡說起？」

知縣喝交一齊夾起來，可憐王屠夾得死而復甦，不肯招承。石雪死咬定是個同夥，雖夾死終不改口。是巳牌時分夾到，日已倒西，兩下各執一詞，難以定招。此時知縣一心要去赴宴，已不耐煩，遂依著強盜口詞，葫蘆提※53將王屠問成死罪，其家私盡作贓物入官。畫供已畢，一齊發下死囚牢

清徐揚描繪的蘇州衙門大門及院子。

裡，即起身上轎，到盧柟家去喫酒不題。

你道這強盜為甚死咬定王屠是個同夥？那石雪哥當初原是個做小經紀的人，因染了時疫症，把本錢用完，連幾件破傢伙也賣來喫在肚裡。及至病好，卻沒本錢去做生意，只存得一隻鍋兒，要把去賣幾十文錢，來營運度日。旁邊卻又有些破的，生出一個計較：將鍋煤拌著泥兒塗好，做個草標兒，提上街去賣。轉了半日，都嫌是破的，無人肯買。落後走到王屠對門開米鋪的田大郎門首，叫住要買。那田大郎是個近覷眼※54，卻看不出損處，一口就還八十文錢。石雪哥也就肯了。

田大郎將錢遞與石雪哥，接過手剛在那裡數明。不想王屠在對門看見，叫道大郎：「你且仔細看看，莫要買了破的。」這是因他眼力不濟，乃偶然外人之言。誰知田大郎真個重新仔細一看，看出那個破損處來，對王屠道了：「是你說，不然幾乎被他哄了，果然是破的。」連忙討了銅錢，退還鍋子。

石雪哥初時買成了，心中正在歡喜，次後討了錢去，心中痛恨王屠，恨不得與他性命相博。只為自己貨兒果然破損，沒個因頭，難好開口，忍著一肚子惡氣，

註

※52 扳害：攀誣陷害。
※53 葫蘆提：糊塗之意。
※54 近覷眼：近視眼。

提著鍋子轉身，臨行時，還把王屠怒目而視，巴不能等他問一聲，就要與他廝鬧。那王屠出自無心，那個去看他。石雪哥見不來招攬，只得自去。不想心中氣惱，不曾照管得足下，絆上一交，把鍋子打做千百來塊，將王屠就恨入骨髓。思想沒了生計，欲要尋條死路，詐那王屠，卻又捨不得性命。沒甚計較，就學做夜行人，倒也順溜，手到擒來。做了年餘，嫌這生意微細，合入大隊裡，在衛河中巡綽，得來大碗酒、大塊肉，好不快活。

那時反又感激王屠起來，他道是當日若沒有王屠這一句話，賣成這隻鍋子，有了本錢，這時只做小生意度日，那有恁般快活。及至惡貫滿盈，被拿到官，情真罪當，料無生理，卻又想起昔年的事來：「那日若不是他說破，賣這幾十文錢做生意度日，不見致有今日。」所以扳害王屠，一口咬定，死也不放。

故此他便認得王屠，王屠卻不相認。後來直到秋後典刑，齊綁在法場上，王屠問道：「今日總是死了，你且說與我有甚冤讐※55，害我致此？說個明白，死也甘心。」石雪哥方把前情說出。王屠連喊冤枉，要辨明這事。你想：此際有那個來采你？只好含冤而死。正是：

只因一句閒言語，斷送堂堂六尺軀。

明朝瓷製酒杯。

閒話休題。且說盧柟早上候起，已至巳牌，不見知縣來到。差人去打聽，回報說在那裡審問公事。盧柟心上就有三四分不樂道：「既約了絕早就來，如何這時候還問公事？」停了半晌，音信杳然，再差人將個名帖邀請。盧柟此時不樂有六七分了，想道：「是我請他的不是，只得耐這次罷。」俗語道得好：「等人性急」，略過一回，又差人去打聽，這人行無一箭之遠，又差一人前去，頃刻就差上五六個人去打聽。少停一齊轉來回覆：「老爺正在堂上夾人，想這事急切未得完哩。」

盧柟聽見這話，湊成十分不樂，心中大怒道：「原來這俗物，都只管來纏帳，幾乎錯認了，如今幸爾還好。」即令家人撤開下面這桌酒席，走上前居中向外面坐，叫道：「快把大盃灑熱酒來，洗滌俗氣！」家人都稟道：「恐大爺一時便到。」盧柟睜起眼唱道：「哇！還說甚大爺？我這酒可是與俗物喫的麼？」家人見家主發怒，誰敢再言，只得把大盃斟上，廚下將餚饌供出，小奚在堂中宮商迭奏，絲竹並呈。隨即斟酒，供出肴饌。小奚在堂中宮商迭奏，絲竹並呈。盧柟飲了數盃，又討出大碗，一連喫上十數多碗，喫得性起，把巾服都脫去了，跣足蓬頭，踞

註

※55 讐：同今仇字，是仇的異體字。

坐於椅上，將餚饌撤去，止留果品案酒，又喫上十來大碗，連果品也賞了小奚，惟飲寡酒。又喫上幾碗。盧柟酒量雖高，原喫不得急酒，因一時惱怒，連飲了幾十碗，不覺大醉，就靠在桌上齁齁睡去。家人誰敢去驚動，整整齊齊，都站在兩旁伺候。

裡邊盧柟便醉了，外面管園的卻不曉得。遠遠望見知縣頭踏※56來，急忙進來通報。到了中堂，看見家主已醉，到喫一驚，道：「大爺已是到了，相公如何先飲得這個模樣？」眾家人聽得知縣來到，都面面相覷，沒做理會。齊道：「那桌酒便還在，但相公不能勾醒，卻怎好？」管園的道：「且叫醒轉來，扶醉陪他一陪也罷。終不然特地請來，冷淡他去不成？」眾家人只得上前叫喚，喉嚨喊破了，如何得醒。漸漸聽得人聲嘈雜，料道是知縣進來，慌了手足，四散躲過，單單撇下盧柟一人。只因這番，有分教：佳賓賢主，變為百世冤家；好景名花，化作一場春夢。正是：

盛衰有命天爲主，禍福無門人自生。

裡邊盧柟便醉了，外面管園的卻不曉得。遠遠望見知縣頭踏來，急忙進來通報。（古版畫，選自《今古奇觀》明末吳郡寶翰樓刊本）

且說汪知縣離了縣中，來到盧家園門首，不見盧柟迎接，也沒有一個家人俟候。從人亂叫：「門上有人麼？快去通報，大爺到了。」並無一人答應。知縣料是管門的已進去報了，遂分付不必呼喚，竟自進去。只見門上一個匾額，白地翠書「嘯圃」兩個大字。進了園門，一帶都是柏屏。轉過彎來，又顯出一座門樓，上書「隔凡」二字。過了些門，便是一條松徑。繞出松林，打一看時，但見山嶺參差，樓台縹緲，草木蕭疏，花竹圍環。知縣見布置精巧，景色清幽，心下暗喜道：「高人胸次，自是不同。」但不聞得一些人聲，又不見盧柟相迎，未免疑惑。也還道是園中徑路錯雜，或者從別道出來迎我，故此相左。一行人在園中任意東穿西走，反去尋覓主人。

次後來到一箇所在，卻是三間大堂。一望菊花數百，霜英粲爛，楓葉萬樹，擁若丹錦，與晚霞相映，橙橘相亞，累累如金；池邊芙蓉千百株，顏色或深或淺，綠水紅葩，高下相映，鴛鴦鳧鴨之類，戲狎其下。汪知縣想道：「他請我看菊，必在這箇堂中了。」徑至堂前下轎，走入看時，那裡見甚酒席？惟有一人，蓬頭跣足，

註

※56頭踏：古代官員出巡時在前面引導的儀仗隊。

居中向外而坐，靠在桌上打齁，此外更無一個人影。從人趕向前亂喊：「老爺到了，還不起來！」汪知縣舉目看他身上服色，不像以下之人，又見傍邊放著葛巾野服※57，分付：「且莫叫喚看是何等樣人？」那常來下帖的差人向前仔細一看，認得是盧柟，稟道：「這就是盧相公，醉倒在此。」汪知縣聞言，登時紫漲了面皮，心下大怒道：「這廝恁般無理！故意哄我上門羞辱。」欲待教從人將花木打箇希爛，又想不是官體，忍著一肚子惡氣，急忙上轎，分付回縣。轎夫抬起，打從舊路，直至園門首，依原不見一人。那時已是薄暮，點燈前導。那些皂快，沒一個不搖首咋舌道：「他不過是箇監生，如何將官府恁般藐視？這也是件異事。」知縣在轎上聽見，自覺沒趣，惱怒愈加。想道：「他總然才高，也是我的治下，曾請過數遍，不肯來見；情願就見，又饋送銀酒，我亦可謂折節敬賢之至矣！他卻如此無理，將我侮慢！且莫說我是父母官，即使平交，也不該如此！」到了縣裡，怒氣不息，即便退入私衙不題。

且說盧柟這些家人、小廝，見知縣去後，方纔出頭，到堂中看家主時，睡得正濃，直至更餘方醒。眾人說道：「適纔相公睡後，大爺就來，見相公睡著，便

明朝酒壇瓷器。

起身而去。」盧柟道：「可有甚話說？」眾人道：「小人們恐難好答應，俱走過一邊，不曾看見。」盧柟道：「正該如此。」又懊悔道：「是我一時性急，不曾分付閉了園門，卻被這俗物直到此間，踐污了地上！」教管園的：「明早快挑水將他進來的路徑，掃滌乾淨。」又著人尋訪常來下帖的差人，將向日所送書儀並那罈泉酒發還與他。那差人不敢隱匿，遂即到縣裡去繳還，不在話下。

卻說汪知縣退到衙中，夫人接著，見他怒氣沖天，問道：「你去赴宴，如何這般氣惱？」汪知縣將其事說知。夫人道：「這都是自取，怪不得別人。你是個父母官，橫行直撞，少不得有人奉承；如何屢屢卑污苟賤，反去請教子民？他總是有才，與你何益？今日討恁般怠慢，可知好麼。」汪知縣又被夫人搶白了幾句，一發怒上加怒，坐在交椅上氣憤憤的，半晌無語。夫人道：「何消氣得？自古道：『破家縣令。』」只這四箇字，把汪知縣從睡夢中喚醒，放下了憐才敬士之心，頓提起生事害人之念。當下口中不語，心下躊躇，尋思計策安排盧生：「必置之死地，方泄吾恨。」當夜無話。次日，早衙已過，喚一箇心腹令史※58進衙商議。

那令史姓譚名遵，頗有才幹，慣與知縣通贓過付，是一箇積年滑吏。當下知

註

※57葛巾野服：葛巾所縫製成的頭巾和便服。

※58令史：古代官名。此指階級低的文書事務官員。

縣先把盧柟得罪之事敘過，次說要訪他惡端，拿之以洩其恨。譚遵道：「老爺要處他卻是甚難，請休了這箇念頭罷！」知縣道：「我是一縣之主，如何處他不得？」譚遵道：「要處他若只此一節，恐未必了事，在老爺反有干礙。」汪知縣道：「卻是為何？」譚遵道：「盧柟與小人原是同里，曉得他多有大官府往來，且又家私豪富。平昔雖則恃才狂放，卻沒甚違法之事。總然拿了，少不得有天大分上，到上司處挽回，決不至死的田地。那時懷恨挾仇，老爺豈不反受其累？」汪知縣道：「此言雖是，但他恁地放肆，定有幾件惡端。你去細細訪來，我自有處。」譚遵答應出來，只見外邊繳進原送盧柟的書儀、泉酒。汪知縣見了，轉覺沒趣，無處出氣，遷怒到差人身上，說道：「不該收他的回來！」打了二十毛板，就將銀酒都賞了差人。正是：

勸君莫作傷心事，世上應無切齒人。

話分兩頭。卻說浮丘山腳下有個農家，叫做鈕成，老婆金氏。夫妻兩口，家道貧寒，卻又少些行止，因此無人肯把田與他耕種，歷年只在盧柟家做長工過日。

二年前，生了箇兒子，那些一般做工的，同盧家幾箇家

c.牛转翻车

明朝的農耕技術十分發達，圖為《天工開物》中關於以牛力驅動灌溉系統的圖畫。

人，鬪分子與他賀喜。論起鈕成恁般窮漢，只該辭了纔是，十分情不可卻，稱家有無，胡亂請眾人喫三杯，可也罷了。不想他卻弄空頭，裝好漢，寫身子與盧柟家人盧才，抵借二兩銀子，整箇大大筵席款待眾人。鄰里盡送湯餅，熱烘烘倒像個財主家行事。外邊正喫得快活，那得知孩子隔日被貓驚了，這時了帳，十分敗興，不能勾盡歡而散。那盧才肯借銀子與鈕成，原懷著箇不良之念。你道為何？因見鈕成老婆有三四分顏色，指望以此為繇※59，要勾搭這婆娘。誰知緣分淺薄，這婆娘情願白白裡與別人做些交易，偏不肯上盧才的樁兒，反去學向老公說盧才怎樣來調戲。鈕成認做老婆是箇貞節婦人，把盧才恨入骨髓，立意要賴他這項銀子。

盧才捱了年餘，見這婆娘妝喬※60做樣，料道不能勾上鉤，也把念頭休了，一味索銀。兩下面紅※61了好幾場，只是沒有。有人教盧才箇法兒道：「他年年在你家做長工，何不耐到發工銀時，一並扣清，可不乾淨？」盧才依了此言，再不與他催討，等到十二月中，打聽了發銀日子，緊緊伺候。

那盧才田產廣多，除了家人，顧工的也有整百，每年至十二月中預發來歲工

註

※59繇：通「由」

※60妝喬：裝模作樣。

※61面紅：爭吵。

銀。到了是日，眾長工一齊進去領銀。盧柟恐家人們作弊，短少了眾人的，親自唱名親發，又賞一頓酒飯。吃箇醉飽，叩謝而出。剛至宅門口，盧才一把扯住鈕成，問他要銀。那鈕成一則還錢肉痛，二則怪他調戲老婆，乘著幾盃酒興，反撒賴起來，將盧才一片聲的罵道：「狗奴才。只要還你銀子，如何昧心來欺負老爺。今日與你性命相博。」當胸撞箇滿懷。盧才不曾提防，踉踉蹌蹌倒退了十數步，幾乎跌上一交，惱動性子，趕上來便打。那句「狗奴才」卻又犯了眾怒，家人們齊道：「這廝恁般放潑。總使你的理直，到底是我家長工，也該讓我們一分。怎地欠了銀子，反要行凶？打這狗亡八。」一齊擁上前亂打。常言道：「雙拳不敵四手。」鈕成獨自一箇，如何抵當得許多人，著實受了一頓拳腳。盧才看見銀子藏在兜肚中，扯斷帶子，奪過去了。眾長工再三苦勸，方纔住手，推著鈕成回家。

不道盧柟在書房中隱隱聽得門首喧嚷，喚管門的查問。他的家法最嚴，管門的恐怕連累，從實稟說。盧柟即叫盧才進去，說道：「我有示在先，家人不許擅放私債，盤算小民，如有此等，定行追還原券，重責逐出。你怎麼故違我法：卻又截搶工銀，行兇打他？這等放肆可惡。」登時追出兜肚銀子並那紙文契，打了二十，逐出不用，吩咐管門的：「鈕成來時，著他來見我，領了銀券去。」管門的連聲答

✦大明通行寶鈔貳百文。

應，出來，不題。

且說鈕成剛吃飽得酒食，受了這頓拳頭腳尖，銀子原被奪去，轉思轉惱，愈想愈氣。到半夜裡，火一般發熱起來，覺道心頭脹悶難過，次日便爬不起。至第二日早上，對老婆道：「我覺得身子不好，莫不要死？你快去叫我哥哥來商議。」自古道：「無巧不成書。」元來鈕成有箇嫡親哥子鈕文，正賣與令史譚遵家為奴。金氏平昔也曾到譚家幾次，路徑已熟，故此教他去叫。當下金氏聽見老公說出要死的話，心下著忙，帶轉門兒，冒著風寒，一逕往縣中去尋鈕文。

那譚遵四處訪察盧柟的事過，並無一件。知縣又再三催促，到是箇兩難之事。這一日正坐在公廨中，只見一個婦人慌慌張張的走入來。舉目看時，不是別人，卻是家人鈕文的弟婦金氏。鈕文兄弟叫做鈕成。金氏年紀三十左近，頗有一二分姿色，向前道了萬福：「請問令史：我家伯伯可在麼？」譚遵道：「到縣門前買小菜就來，你有甚事恁般驚惶？」金氏道：「好教令史得知：我丈夫前日與盧監生家人盧才費口[62]，夜間就病起來，如今十分沉重，特來尋伯伯去商量。」譚遵聞言，不勝歡喜，忙問道：「且說為甚與他家費口？」金氏即將與盧才借銀起，直至相打之

註

※62費口：口角，斗嘴。

事，細細說了一遍。譚遵道：「原來恁地。你丈夫沒事便罷，有些山高水低，急來報知，包在我身上與你出氣，還要他一注大財，彀※63你下半世快活。」金氏道：「若得令史張主，可知好麼。」正說間，鈕文已回，金氏將這事說知，一齊回去。臨出門，譚遵又囑付道：「如有變故，速速來報。」鈕文應允。離了縣中，不消一個時辰，早到家中，推門進去，不見一些聲息。到牀上看時，把二人嚇做一跳！元來直僵僵挺在上面，不知死過幾時了？金氏便號淘大哭起來。正是：

夫妻本是同林鳥，大限來時各自飛。

那些東鄰西舍，聽得哭聲，都來觀看。齊說：「虎一般的後生，怎地這般死得快？可憐可憐！」鈕文對金氏說道：「你且莫哭，同去報與我主人，再作區處。」金氏依言，鎖了大門，央告鄰里暫時看覷，跟著鈕文就走。那鄰里中商議道：「他家一定去告狀了。地方人命重情，我們也須呈明，脫了干係。」隨後也往縣裡去呈報。其時遠近村坊，盡知鈕成已死，早有人報與盧柟。原來盧柟於那日廝打後，有人稟

青島老衙門大門。（圖片來源：Denis Barthel）

知備細，怒那盧才擅放私債，盤算小民，重責三十，追出借銀原券，盧才逐出不用。欲待鈕成來稟，給還借券。及至聞了此信，即差人去尋獲盧才送官。那知盧才聽見鈕成死了，料道不肯干休，已先逃之夭夭，不知去向。

且說鈕文、金氏，一口氣跑到縣裡，報與譚遵。譚遵大喜，悄悄的先到縣中稟了知縣，出來與二人說明就裡，教了說話，流水寫起狀詞。單告盧柟強占金氏不遂，將鈕成擒歸打死，教二人擊鼓叫冤。鈕文依了家主，領著金氏，不管三七念一※64，執了一塊木柴，把鼓亂敲，口內一片聲叫喊「救命！」衙門差役，自有譚遵分付，並無攔阻。汪知縣聽得擊鼓，即時升堂，喚鈕文、金氏至案前，纔看狀詞，恰好地鄰也到了。知縣專心在盧柟身上，也不看地鄰呈子是怎樣情由，假意問了幾句，不等發房，即時出籤，差人提盧柟立刻赴縣。公差又受了譚遵的叮囑，說：「太爺惱得盧柟要緊，你們此去，只除婦女孩子，其餘但是男子漢，盡數拿來。」眾皂快素知知縣與盧監生有仇，況且是個大家，若還人少，進不得他大門。遂聚起三兄四弟，共有四五十人，分明是一群猛虎。此時隆冬日短，天已傍晚，彤雲密布，朔風凜冽，好不寒冷。譚遵要奉承知縣，陪出酒漿，與眾人先發個與頭。一家

註

※63 彀：通「夠」。
※64 不管三七念一：不顧一切，也作「不管三七二十一」。

點起一根火把，飛奔至盧家門首，發一聲喊，齊搶入去，逢著的便拿。家人們不知為甚？嚇得東倒西歪，兒啼女哭，沒奔一頭處。

盧柟娘子正同著丫鬟們在房中圍爐向火，忽聞得外面人聲鼎沸，只道是漏了火，急叫了丫鬟們觀看。尚未動步，房門口早有家人報道：「大娘不好了！外邊無數人執著火把打進來也！」盧柟娘子還認是強盜來打劫，驚得三十六個牙齒矻磴磴的相打，急叫眾丫鬟：「快閉上房門！」言猶未畢，一片火光早已擁入房裡。那些丫頭們奔走不迭，只叫：「大王爺饒命！」眾人道：「胡說！我們是本縣大爺差來拿盧柟的，什麼大王爺！」盧柟娘子見說這話，就明白向日丈夫怠慢了知縣，今日尋事故來擺布。便道：「既是公差，你難道不知法度的？我家總有事在縣，量來不過戶婚田土的事罷了，須不是大逆不道；如何白日裡不來，黑夜間率領多人，明火執杖，打入房帷，乘機搶劫？明日到公堂上去講，該得何罪？」眾公差道：「只要還了我盧柟，但憑到公堂上去講。」遂滿房遍搜一過，只揀器皿寶玩，取勾像意※65，方才出門。又打到別個房裡，把姬妾們都驚得躲入床底下去。各處搜到，不見盧柟，料想必在園上，一齊又趕入去。盧柟正與四五箇賓客在煖閣上飲酒，小優兩傍吹唱。恰好差去拿盧才的家人在那裡回話，又是兩個亂喊，上樓報道：「相公，

明南方生產的儲物罐。（圖片來源：Jnzl's Photos）

禍事到也！」盧柟帶醉問道：「有何禍事？」家人道：「不知為甚，許多人打進大宅，搶劫東西，逢著的便被拿住。今已打入相公房中去了！」眾賓客被這一驚，一滴酒也無了，齊道：「這是為何？可去看來。」便要起身。盧柟全不在意。忽見樓前一派火光閃爍，眾公差齊擁上樓，嚇得那幾個小優滿樓亂滾，無處藏躲。盧柟大怒，喝道：「甚麼人？敢到此放肆！叫人快拿。」眾公差道：「本縣大爺請你說話，只怕拿不得的！」一條索子套在頸裡道：「快走！快走！」盧柟道：「我有何事，這等無禮？不去便怎麼？」眾公差道：「老實說，向日請便請你不動，如今拿倒要拿去的！」牽著索子，推的推，扯的扯，擁下樓來。又拿了十四五個家人，還想連賓客都拿。內中有人認得俱是貴家公子，又是有名頭秀才，遂不敢去惹他。一行人離了園中，一路鬧炒炒直至縣裡。這幾個賓客放心不下，也隨來觀看。躲過的家人也自出頭，奉著主母之命，將了銀兩趕來央人使用打探。

那汪知縣在堂等候。堂前燈籠火把，照耀渾如白晝，四下絕不聞一些人聲。眾公差押盧柟等直到丹墀※66下，舉目看那知縣，滿面殺氣，分明坐下箇閻羅天子；兩行隸卒排列，也與牛頭夜叉無二。家人們見了這個威勢，一個箇膽戰心驚。眾公差

註

※65像意：稱心、滿意。

※66丹墀：屋宇前面沒有屋簷覆蓋的平臺，因古時多塗成紅色，故稱為「丹墀」。

跑上堂稟道：「盧柟一起拿到了。」將一干人帶上月臺，齊齊跪下。鈕文、金氏，另跪在一邊，惟有盧柟挺然居中而立。汪知縣見他不跪，仔細看了一看，冷笑道：「一個土豪，見了官府，猶恁般無狀，在外安得不肆行無忌？我且不與你計較，暫請到監裡去坐一坐。」盧柟倒走上三四步，橫挺身子說道：「就到監裡去坐也不妨，只要說個明白，我得何罪？昏夜差人抄沒！」知縣道：「你強佔良人妻女不遂，打死鈕成，這罪也不小。」盧柟聞言，微微笑道：「我只道有甚天大事情，原來為鈕成之事。據你說，止不過要償他命罷了，何須大驚小怪？那鈕成原係我家傭奴，與家人盧才口角而死，卻與我無干。即使是我打死，亦無應死之律。若必欲借彼證此，橫加無影之罪，以雪私怨，我盧柟不難屈承，只怕公論難泯。」◎6汪知縣大怒道：「你打死平人，昭然耳目，卻冒認為奴，污蔑問官，抗拒不跪。公堂之上，尚敢如此狂妄；平日豪橫，不問可知矣！今且勿論人命真假，只抗逆父母官，該得何罪？」喝教：「拿下去打！」眾公差齊聲答應，趕向前一把揪翻。盧柟叫道：「士可殺而不可辱！我盧柟堂堂漢子，何惜一死？卻要用刑，任憑要我認那一等罪，無不如命，不消責罰。」眾公差那裡繇他做主，按倒在地，打了三十。知縣喝教「住了」，並

位於中國四川省的川北太道衙門。（圖片來源、攝影：STW932）

家人齊發下獄中監禁。鈕成屍首，著地方買棺盛殮，發至官壇候驗。鈕文、金氏干證人等，召保聽審。

盧柟打得血肉淋灕，兩個家人扶著，一路大笑，走出儀門※67。這邊朋友輩，上前迎問道：「為甚事就到杖責？」盧柟道：「並無別事。汪知縣公報私仇，借家人盧才的假人命，妝在我名下，要加個小小死罪。」眾友驚駭道：「不信有此等奇冤枉。」內中一友叫道：「不打緊，待小弟回去與家父說明了，明日拉合縣鄉紳孝廉，與縣公講明。料縣公難滅公論，自然開釋。」盧柟道：「不消兄等費心，但憑他怎地擺佈罷了。只有一件緊事：煩到家中說一聲，教把酒多送幾罈到獄中來。」眾友道：「如今酒也該少飲。」盧柟笑道：「人生貴適意，貧富榮辱，俱身外之事，於我何有？難道因他要害我，就不飲酒？」正在說話，一個獄卒推著背道：「快進獄去，有話另日再說。」那獄卒不是別人，叫做蔡賢，也是汪知縣得用之人。盧柟睜起眼喝道：「咄！可惡！我自說話，與你何干？」蔡賢也焦躁道：「呵呀！你如今是在官人犯了，這樣公子氣質，且請收起，用不著了。」盧柟大怒道：「甚麼在官人犯？就不進去，便怎麼？」蔡賢還要回話，有幾個老成的，將他推

註

※67儀門：明清兩代官府的第二重正門。（參考李平校注，《今古奇觀》，三民書局出版。）

眉批

◎6：那害人的，那恤公論。可嘆！可嘆！（可一居士）

開，做好做歹，勸盧柟進了監門。眾友也各自回去。盧柟家人自趕來回覆主母，不在話下。

原來盧柟出衙門時，譚遵緊隨在後察訪，這些說話，一句句聽得明白，進衙報與知縣。知縣到次早，只說有病，不出堂理事。眾鄉官來時，門上人連帖也不受。至午後忽地升堂，喚齊金氏一干人犯，並仵作人等，監中弔出盧柟主僕，徑去檢驗鈕成屍首。那仵作人已知縣主之意，輕傷盡報做重傷；地鄰也理會得知縣要與盧柟作對，齊咬定盧柟打死。知縣又哄盧柟將出鈕成傭工文券，只認做假的，盡皆扯碎。嚴刑拷逼，問成死罪。又加二十大板，長枷手杻，下在死囚牢裡。家人們一概三十，滿徒三年，召保聽候發落。金氏、鈕文干證人※68等，發回寧家，屍棺俟詳轉定奪。將招由疊成文案，並盧柟抗逆不跪等情，細細開載在內，備文申報上司。雖眾鄉紳力為申理，知縣執意不從。有詩為證：

縣令從來可破家，冶長無罪※69亦堪嗟。
福堂今日容高士，名圃無人理百花。

且說盧柟本是貴介之人，生下一個膿窠※70瘡兒，就要請醫家調治的，如何經得這等刑杖？到得獄中，昏迷不醒。幸喜合監的人，知他

明朝的置物櫃。（圖片攝影、來源：sailko）

是個有錢主兒，奉承不暇，流水把膏藥末藥送來。家中娘子又請太醫來調治。外修內補。不勾一月，平服如舊。那些親友，絡繹不絕，到監中候問。獄卒人等，已得了銀子，歡天喜地，由他們直進直出，並無攔阻。內中單有蔡賢是知縣心腹，如飛稟知縣主，魆地※71到監點閘，搜出五六人來，卻都是有名望的舉人、秀才，不好將他難為，叫人送出獄門。又把盧柟打上二十，四五個獄卒，一概重責。那獄卒們明知是蔡賢的緣故，咬牙切齒。因是縣主得用之人，誰敢與他計較？那盧柟平日受用的高堂大廈、錦衣玉食，眼內見的是竹木花卉，耳內聞的是笙簫細樂。到了晚間，嬌姬美妾，倚翠偎紅，似神仙般散誕的人。如今坐於獄中，住的卻是鑽頭不進、半塌不倒的房子，眼前見的無非死犯重囚，語言嘈雜，面目兇頑，分明一班妖魔鬼怪，耳中聞的不過是腳鐐手杻鐵鏈之聲，到了晚間提鈴喝號、擊柝鳴鑼，唱那歌兒，何等悽慘！他雖是豪邁之人，見了這般景象，也未免睹物傷情，恨不得脇下頃刻生出兩個翅膀，飛出獄中；又恨不得提把板斧，劈開獄門，連眾犯也都放走。

註

※68干證人：與訴訟案有關係的證人。

※69冶長無罪：語出《論語．公冶長》，公冶長是孔子的學生。孔子說：「可妻也。雖在縲紲之中，非其罪也。」可以把女兒嫁給他為妻，他雖然身陷囹圄，並非是他的罪過。此處用此典故來比喻盧柟本無罪，被汪知縣羅織罪名，陷害他入罪。

※70窠：同「顆」。

※71魆地：暗地裡：乘人沒防備。魆，讀作「需」。

一念轉著受辱光景，毛髮倒豎，恨道：「我盧柟做了一世好漢，卻送在這個惡賊手裡！如今陷於此間，怎能夠出頭日子。總然掙得出去，亦有何顏見人？要這性命何用，不如尋個自盡，倒得乾淨。」又想道：「不可，不可。昔日成湯、文王有夏臺、羑里之囚[72]，孫臏、司馬遷有刖足、腐刑之辱[73]，這幾個都是聖賢，尚忍辱待時。我盧柟豈可短見？」卻又想道：「我盧柟相知滿天下，身列縉紳[74]者也不少，難道急難中就坐觀成敗？還是他們不曉得我受此奇冤？須索寫書去通知，教他們到上司處挽回。」遂寫若干書啟，差家人分頭投遞。那些相知，也有見任，也有林下，見了書札，無不駭然。也有直達汪知縣要他寬罪的，也有托上司開招的。那些上司官，一來也曉得盧柟是當今才子，有心開釋，都把招詳[75]駁下縣裡，回書中又露個題目，教盧柟家屬前去告狀，轉批別衙門，開招出罪。

盧柟得了此信，心中暗喜。即教家人往各上司訴冤，果然都批發本府理刑勘問。理刑官已先有人致意，不在話下。卻說汪知縣幾日間連接數十封書札，都是與盧柟求解的。正在躊躇，忽見各上司招詳又多駁轉。過了幾日，理刑廳又行牌到縣，弔卷提人。已明知上司有開招放他之意，心下老大驚懼，想道：「這廝果然神通廣大，身子坐在獄中，怎麼各

明人繪製的孫臏像。

處關節已是布置到了。若此番脫漏出去，如何饒得我過？一不做，二不休，若不斬草除根，必有後患。」當晚差譚遵下獄，叫獄卒蔡賢將盧柟投了病狀，今夜拿到隱僻之處，結果他性命。可憐滿腹文章，到此冤沈獄底！正是：

英雄常抱千年恨，風木寒煙空斷魂。

話分兩頭。卻說濬縣有個巡捕縣丞，姓董名紳，貢士※76出身。任事強幹，用法平恕。見汪知縣將盧柟屈陷大辟※77，十分不平。只因官卑職小，不好開口。每下獄查點，便與盧柟談論，兩下遂成相知。那晚恰好也進監巡視，不見了盧柟。問眾獄卒時，都不肯說。惱動性子，一片聲喝打，方才低低說：「大爺差譚令史來討

註

※72成湯、文王有夏臺、羑里之囚：商湯曾被夏君囚禁在夏臺；周文王曾被紂王囚禁在羑里。

※73孫臏、司馬遷有刖足、腐刑之辱：孫臏遭受龐涓陷害，被處以斬斷雙足的刑罰；司馬遷則爲了李陵投降匈奴辯解，被漢武帝處以宮刑。

※74縉紳：讀作「進深」，指仕宦。縉，插。紳，束在腰間的大帶。古代官員將笏（古代朝會時官宦所執的手板）插入綁於腰間一端下垂的腰帶上，故稱。

※75招詳：呈送上級審理案件的報告文書。

※76貢士：古代科舉會試上榜，但還沒有參與過殿試的士人。

※77大辟：死刑。

氣絕，已拿向後邊去了。」董縣丞大驚道：「大爺乃一縣父母，那有此事！必是你們這些奴才索詐不遂，故此謀他性命。快引我去尋來！」眾獄卒不敢違逆，直引至後邊一條夾道中，劈面撞著譚遵、蔡賢，喝教：「拿住！」上前觀看，只見盧柟仰臥地上，鞭打得遍身青紫，手足盡皆綁縛，面上壓個土囊。董縣丞叫左右提起土囊，高聲叫喚。也是盧柟命不該死，漸漸甦醒。與他解去繩索，扶至房中，尋些熱湯吃了，方能說話。乃將譚遵指揮蔡賢打罵謀害情由說出。董縣丞安慰一番，隨即別了盧柟。即喚蔡賢、譚遵二人到於廳上，思想：「這事雖出自縣主之意，料今敗露也不敢承認。欲要拷問譚遵，又想：「他是縣主心腹，只道我不存體面，反為不美。」單喚過蔡賢，要他招承與譚遵索詐不遂，同謀盧柟性命。那蔡賢初時只推縣主所遣，不肯招承。董縣丞大怒，喝教：「夾起來！」那眾獄卒因蔡賢向日報縣主來閘監，打了板子，心中懷恨，尋過一副極短極緊的夾棍，才套上去，就喊叫起來，連稱「我招」。董縣丞即便教住了，眾獄卒恨著前日的毒氣，只做不聽見，倒務命收緊，夾得蔡賢叫爹叫娘，連祖宗十七八代盡叫出來。董縣丞連聲喝住，方才放了，把紙筆要他親供。蔡賢只得依著董縣丞說話供招。董縣丞將來袖過，

中國古代衙門差役所用之棍型兵器。（圖片來源、攝影：戀緣無悔）

分付眾獄卒：「此二人不許擅自釋放，待我見過大爺，然後來取。」起身出獄回衙，連夜備了文書。次早汪知縣升堂，便去親遞。汪知縣因不見譚遵回覆，正在疑惑，又見董縣丞呈說這事，暗喫一驚！心中雖恨他衝破了網，卻又奈何他不得。看了文書，只管搖頭道：「恐沒這事。」董縣丞道：「是晚生親眼見的，怎說沒有？堂尊※78若不信，喚三人對證便了。那譚遵猶可恕；這蔡賢最是無理，連堂尊也還污衊。若不究治，何以懲戒後人？」汪知縣被他道著心事，滿面通紅，生怕傳揚出去，壞了名聲，只得把蔡賢問徒發遣。自此懷恨董縣丞，尋兩件風流事過，參與上司，罷官而去。此是後話不題。再說汪知縣因此謀不諧，遂具揭呈送各上司，又差人往京中傳送要道之人，大抵說盧柟恃富，橫行鄉黨，結交勢要，打死平人，抗逆問官，營謀關節※79，希圖脫罪。把情節做得十分利害，無非要張揚其事，使人不敢救援。又教譚遵將金氏出名，連夜刻起冤單，遍處粘貼。布置停當，然後備文起解到府。那推官※80原是沒擔當懦怯之輩，見了知縣揭帖並金氏冤單，果然恐怕是非，不敢開招，照舊申報上司。大凡刑獄，經過理刑問結，別官就不敢改動。盧柟指望

註

※78堂尊：下屬對上級的敬稱。
※79關節：賄賂人幫忙辦某事。
※80推官：協助知府大人的官吏，職掌獄訟。亦稱「司理」。

這番脫離牢獄，誰道反坐實了一重死案，依舊發下濬縣獄中監禁。還指望知縣去任，再圖昭雪。那知汪知縣因扳翻了個有名富豪，京中多道他有風力※81，倒得了個美名，行取入京，升為給事之職。他已居當道，盧柟縱有通天攝地的神通，也沒人敢翻他招案。有一巡按御史※82樊某憐其冤枉，開招釋罪。汪給事知道，授意與同科官劾樊巡按一本，說他得了賄賂，賣放重囚，罷官回去，著府縣原拿盧柟下獄。因此後來上司雖知其冤，誰肯捨了自己官職，出他的罪名？

光陰迅速，盧柟在獄，不覺又是十有餘年，經了兩個縣官。那時金氏、鈕文雖都病故，汪給事卻陞了京堂之職，威勢正盛，盧柟也不做出獄指望。不道災星將退，那年又選一個新知縣到任。只因這官人來，有分教：

此日重陰方啓照，今朝甘露不成霜。

卻說濬縣新任知縣姓陸，名光祖，乃浙江嘉興平湖縣人氏。那官人胸藏錦繡，腹滿珠璣，有經天緯地

內閣的衙署文淵閣，明朝政治中心之一，位於紫禁城三大殿東側。（圖片攝影、來源：Gisling）

之才，濟世安民之術。出京時，汪公曾把盧柟的事相囑，心下就有些疑惑，想道：「雖是他舊任之事，今已年久，與他還有甚相干？諄諄教諭，其中必有緣故。」到任之後，訪問邑中鄉紳，都為稱枉，敘其得罪之由。陸公還恐盧柟是個富家，央浼※83下的，未敢全信；又四下暗暗體訪，所說皆同。乃道：「既為民上，豈可以私怨羅織，陷人大辟？」欲要申文到上司，與他昭雪，又想道：「若先申上司，必然行查駁勘，便不能決截了事。不如先開釋了，然後申報。」◎7遂弔出那宗卷來，細細查看前後招由，並無一毫空隙。反覆看了幾次，想道：「此事不得盧才，如何結案？」乃出百金為信賞錢，立限與捕役要拿盧才。不一月，忽然獲到。盧才料不能脫，不打自招，審出真情。遂援筆批云：

審得鈕成以領工食銀於盧柟家，爲盧才扣債，以致爭鬥，則鈕成爲盧氏之傭工也明矣！傭工人死，無家翁償命之理，況放債者才，扣債者才，廝打者亦才。釋才坐柟，律何稱焉？才遁不到官，累及家翁，死有餘辜，擬抵不枉。盧柟久陷於獄，亦一時之厄也，相應釋放。云云。

註
※81風力：氣節；風骨，此指不向富豪名士屈服。
※82巡按御史：古代官名。從明初開始，各省派遣御史到各地巡察，簡稱巡按。
※83浼：讀作「每」，拜託、請求。

眉批
◎7：陸公子孫繁衍，迨甲第如雲，皆明德之報也。（可一居士）

當日監中取出盧柟，當堂打開枷杻，釋放回家。合衙門人無不驚駭。就是盧柟也出自意外，甚以為異。陸公備起申文，把盧才起釁根由，並受枉始末，一一開敘。親至府中，相見按院呈遞。按院看了申文，道他擅行開釋，必有私弊，問道：「聞得盧柟家中甚富，賢令獨不避嫌乎？」陸公道：「知縣但知奉法，不知避嫌。但知問其枉不枉，不知問其富不富。若是不枉，夷、齊※84亦無生理；若是枉，陶朱※85亦無死法。」◎8按院見說得詞正理直，更不再問，乃道：「昔張公為廷尉，獄無冤民※86，賢令近之矣！敢不領教。」陸公辭謝而出，不題。

且說盧柟回至家中，合門慶幸，親友盡來相賀。過了數日，盧柟差人打聽，陸公已是回縣，要去作謝他，卻也素位而行，換了青衣小帽。娘子道：「受了陸公這般大德大恩，須備些禮物去謝他便好。」盧柟說：「我看陸公所為，是個有肝膽的豪傑，不比那齷齪貪利的小輩。若送禮去，反輕褻他

盧柟見了陸公，長揖不拜。陸公暗以為奇，也還了一禮。遂教左右看坐。門子就扯把椅子，放在傍邊。（古版畫，選自《今古奇觀》明末吳郡寶翰樓刊本）

了。」娘子道：「怎見得是反為輕褻？」盧柟道：「我沉冤十餘載，上官皆避嫌，不肯見原。陸公初蒞此地，即廉知枉情，毅然開釋。此非有十二分才智，十二分膽識，安能如此？今若以利報之，正所謂『故人知我，我不知故人』也，如何使得？」即輕身而往。陸公因他是個才士，不好輕慢，請到後堂相見。盧柟見了陸公，長揖不拜。陸公暗以為奇，也還了一禮。遂教左右看坐。門子就扯把椅子，放在傍邊。看官，你道有恁樣奇事！那盧柟乃久滯的罪人，虧陸公救拔出獄，此是再生恩人，就磕穿頭，也是該的，他卻長揖不拜。若論別官府見如此無禮，心上定然不樂了；那陸公毫不介意，反又命坐，可見他度時寬洪，好賢極矣。誰想盧柟見教他傍坐，倒不說起來，說道：「老父母，但有死罪的盧柟，沒有傍坐的盧柟。」◎9陸公聞言，即走下來重新敘禮，說道：「是學生得罪了。」即遜他上坐，兩下談今論古，十分款洽，只恨相見之晚，遂為至友。有詩為證：

註

※84夷、齊：即伯夷、叔齊。伯夷，名元，字公信。叔齊，名智，字公達。兩人都是商朝人，因不願登基爲王，先後逃到周國。等到殷朝滅亡，不恥食周朝的米糧，隱居於首陽山，最終餓死。

※85陶朱：范蠡，春秋時期楚國宛（今河南南陽）人。越國被吳國所敗，隨勾踐到吳國當人質，後來滅了吳國，范蠡退隱江湖，化名陶朱公。

※86張公爲廷尉，獄無冤民：張公，指張釋之，字季，西漢南陽堵陽（今河南方城東）人。歷事漢文帝、漢景帝二朝，曾任廷尉、以執法公正無私聞名。

眉批

◎8：富而枉，無繇議釋，官而枉，又避不敢釋，當今之世，難乎免矣。（可一居士）

◎9：意氣躍然如見，天生傲骨，不可犯也。（可一居士）

昔聞長揖大將軍※87，今見盧生抗陸君。
夕釋桁楊※88朝上坐，丈夫意氣薄青雲。

話分兩頭，卻說汪公聞得陸公釋了盧柟，心中不忿，又托心腹，連按院劾上一本。按院也將汪公為縣令時，挾怨誣人始末，細細詳辯一本。倒下聖旨，將汪公罷官回去。按院照舊供職，陸公安然無恙。那時，譚遵已省察在家，專一挑寫詞狀。陸公廉訪得實，參了上司，拿下獄中，問邊遠充軍。盧柟從此自謂餘生，絕意仕進，益放於詩酒。家事漸漸淪落，絕不為意。

再說陸公在任，分文不要，愛民如子，況又發奸摘隱※89，剔清利弊，姦宄懾伏，盜賊屏跡。合縣遂有神明之稱，聲名振於都下。只因不附權要，止遷南京禮部主事。離任之日，士民攀轅臥轍，泣聲載道，送至百里之外。那盧柟直送五百餘里，兩下依依不捨，欷歔而別。後來陸公累遷至南京吏部尚書，盧柟家已赤貧，乃南遊白下※90，依陸公為主。陸公待為上賓，每日供其酒資一千，縱其遊玩山水。所到之處，必有題詠，都中傳誦。一日遊彩石李學士祠，遇一赤腳道人，風致飄然。盧柟邀之同飲。道人亦出葫蘆中玉液以酌盧柟。柟飲之，甘美異常，問道：「此酒出於何處？」道人答道：「此酒乃貧道所自造也。貧道結庵於廬山五峰下，居士若能同游，當恣君斟酌耳。」盧柟道：「既有美醞，何憚相從！」即刻於李學士祠中作書寄謝陸公，不攜行李，隨著那赤腳道人而去。◎10陸公見書歎道：「儵然※91而來，儵然而去，以乾坤為逆旅※92，以七尺為蜉蝣，真狂士也！」遣人於廬山五老峰下訪之不獲。後十年，陸公致政歸家，朝廷遣官存問※93，陸公使其次子往京謝恩，從人遇之於京都，寄問陸公安否。或云：遇仙成道矣。後人有詩贊云：

命蹇英雄不自由，獨將詩酒傲公侯。
一絲不掛飄然去，贏得高名萬古留。

後人又有一詩警戒文人，莫學盧公以傲取禍。詩曰：

酒癖詩狂傲骨兼，高人每得俗人嫌。
勸人休蹈盧公轍，凡事還須學謹謙。

註

※87長揖大將軍：汲黯，西漢濮陽（今濮陽西南）人，字長孺。是漢代著名的直諫之臣。大將軍衛青位高權重，汲黯堅持不下拜，只有長揖而已。
※88桁楊：指戴在腳上和脖子上的刑具。
※89發奸摘隱：舉發不爲人知的惡行與惡人。形容吏治清明。
※90白下：南京的別稱。
※91儵然：來去自由，無拘無束。儵，讀作「蕭」。
※92逆旅：旅館。逆，迎接。
※93存問：問候、慰問。依據《中華民國教育部重編國語辭典修訂本》解釋。

眉批

◎10：瀟灑處不減古人風韻。（可一居士）

第十六卷　李汧公窮邸遇俠客

世事紛紛如弈棋，輸贏變幻巧難窺。

但存方寸※1公平理，恩怨分明不用疑。

話說唐玄宗天寶年間，長安有一士人，姓房名德，生得方面大耳，偉幹豐軀。年紀三十以外，家貧落魄，十分淹蹇※2，全虧著渾家貝氏紡織度日。時遇深秋天氣，頭上還裹著一頂破頭巾，身上穿著一件舊葛衣，那葛衣又逐縷綻開，卻與蓑衣相似。思想：「天氣漸寒，這模樣怎生見人？」知道老婆餘得兩疋布兒，欲要討來做件衣服，誰知老婆原是小家子出身，器量最狹，卻又配著一副悍毒的狠心腸。那張嘴頭子又巧於應變，賽過刀一般快，憑你什麼事，高來高就，低來低答，死的也說得活起來，活的也說得死了去，是一個翻唇弄舌的婆娘。那婆

唐玄宗像。

娘看見房德沒甚活路，靠他喫死飯，常把老公欺負。房德因不遇時，說嘴不響，每事只得讓他，漸漸有幾分懼內◎1。是日，貝氏正在那裡思想：老公恁般的狼狽，如何得個好日？卻又怨父母嫁錯了對頭，賺※3了終身，心下正是十分煩惱，恰好觸在氣頭上，乃道：「老大一個漢子，沒處尋飯喫，靠著女人過日。如今連衣服都要在老娘身上出豁※4，說出來可不羞麼？」房德被搶白了這兩句，滿面羞慚。事在無奈，只得老著臉低聲下氣道：「娘子，一向深虧你的氣力，感激不盡。但目下雖是落薄，少不得有好的日子。權借這布與我，後來發蹟※5時，大大報你的情罷！」貝氏搖手道：「老大年紀，尚如此嘴臉，那得你發蹟？除非天上掉下來，還是去那裡打劫不成？你的甜話兒，哄得我多年了，信不過。這兩疋布，老娘自要做件衣服過寒的，休得指望。」房德布又取不得，反討了許多沒趣，欲待廝鬧一場，因怕老婆嘴舌又利，喉嚨又響，恐被鄰家聽見，反妝幌子※6。敢怒而不敢言，憋口氣撞出門去，指望尋個相識告借。

註

※1方寸：指心。

※2淹蹇：貧困窘迫。蹇，讀作「檢」。

※3賺：耽誤、錯過。

※4出豁：意指設法解決困境。

※5發蹟：發達顯貴，又作「發跡」。

※6妝幌子：諷刺專飾外觀的，指稱喜歡裝門面的子弟。

眉批

◎1：買臣見棄於其妻，季子不禮於其嫂，男子不遇，眞可嘆也。（可一居士）

走了大半日，一無所遇。那天卻又與他做對頭，偏生的忽地發一陣風雨起來。這件舊葛衣，被風吹得颼颼如落葉之聲，就長了一身寒粟子※7。冒著風雨，奔向前面一古寺中躲避。那寺名為雲華禪寺。房德跨進山門看時，已先有個長大漢子，坐在左廓檻，上殿中一個老僧誦經。房德就向右廓檻上坐下，呆呆的看著天上。那雨漸漸止了，暗道：「這時不走，只怕少刻又大起來。」卻待轉身，忽掉轉頭來，看見牆上畫了一隻禽鳥，翎毛兒、翅膀兒、足兒、尾兒，件件皆有，單單不畫鳥頭。天下有恁樣空腦子的人，自己饑寒尚且難顧，有甚心腸卻評品這畫的鳥來。想道：「常聞得人說，『畫鳥先畫頭』，這畫法怎與人不同？卻又不畫完，是甚意故？」一頭想，一頭看，轉覺這鳥畫得可愛。乃道：「我雖不曉此道，諒這鳥頭也沒甚難處，何不把來續完。」即往殿上與和尚借了一枝筆，蘸得墨飽，走來將鳥頭畫出，卻也不十分丑，自覺歡喜道：「我若學丹青，倒可成得。」剛畫時，左廓那漢子就挨過來觀看，把房德上下仔細一相，笑容可掬，向前道：「秀才借一步說話。」房德道：「足下是誰？有甚見教？」那漢子道：「秀才不消細問，同在下去，自有好處。」房德正在困窮之鄉，聽見說有好處，不勝之喜，將筆還了和尚，把破葛衣整一整，隨那漢子前去。此時風雨雖止，地上好生泥濘，卻也不顧。

離了雲華寺，直走出昇平門，到樂遊原※8傍邊，這所在最是冷落。那

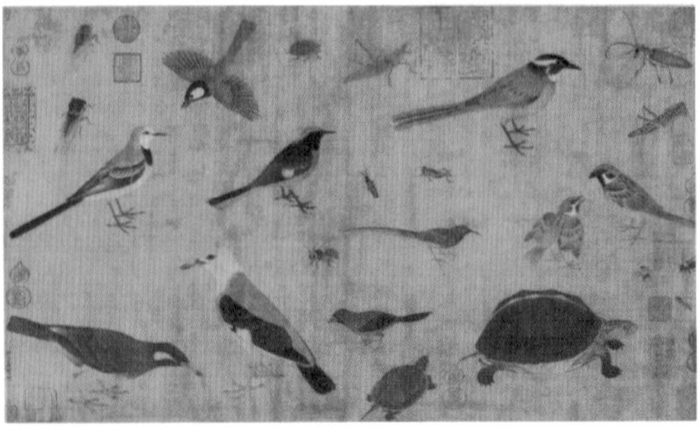

五代黃荃《寫生珍禽圖》。

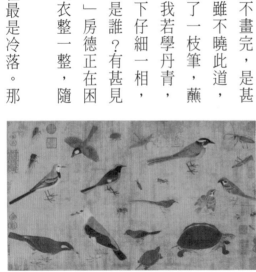

漢子向一小角門上，連叩三聲，停了一回，有個人開門出來，也是個長大漢子，看見房德，亦甚歡喜，上前聲喏。房德心中疑道：「這兩個漢子他是何等樣人？不知請我來有甚好處？」問道：「這裡是誰家？」二漢答道：「秀才到裡邊便曉得。」房德跨入門裡，二漢原把門撐上，引他進去。房德看時，荊蓁※9滿目，衰艸漫漫，乃是個敗落花園。彎彎曲曲，轉到一個半塌不倒的亭子上，裡面又走出十四五個漢子，一個個身長臂大，面貌猙獰，見了房德，盡皆滿堆下笑來道：「秀才請進。」房德暗自驚駭道：「這班人來得蹊蹺！且看他有甚話說？」眾人迎進亭中，相見已畢，遜在板橈※10上坐下，問道：「秀才尊姓？」房德道：「小生姓房，不知列位有何話說？」起初同行那漢道：「實不相瞞，我眾弟兄乃江湖上豪傑，專做這件沒本錢的生意。只為俱是一勇之夫，前日幾乎弄出事來，故此對天禱告，要覓個足智多謀的好漢，讓他做個大哥，聽其指揮。適來雲華寺牆上畫不完的禽鳥，便是眾弟兄對天禱告設下的誓願，取羽翼俱全、單少頭兒的意思。若合該興隆，天遣個英雄好漢補足這鳥，便迎請來為頭。等候數日，未得其人。且喜天隨人願，今日遇著秀

註

※7寒栗子：俗稱的雞皮疙瘩。此指因受寒，皮膚起的疙瘩。
※8樂遊原：古代地名，位於今陝西西安市郊南方。
※9荊蓁：泛指叢生灌木，多用以形容荒蕪情景。
※10橈：同今凳字，是凳的異體字。板凳。

才恁般魁偉相貌，一定智勇兼備，正是真命寨主了。眾兄弟今後任憑調度，保個終身安穩快活，可不好麼？」對眾人道：「快去宰殺牲口，祭拜天地。」內中有三四個，一溜煙跑向後邊去了。房德暗訝道：「原來這班人卻是一伙強盜！我乃清清白白的人，如何做恁樣事？」答道：「列位壯士在上，若要我做別事則可，這一樁實不敢奉命。」眾人道：「卻是為何？」房德道：「我乃讀書之人，還要巴個出身日子，怎肯幹這等犯法的勾當？」眾人道：「秀才所言差矣！方今楊國忠為相，賣官鬻爵，有錢的便做大官，除了錢時，就是李太白恁樣高才，也受了他的惡氣，不能得中。若非辨識番書，恐此時還是個白衣秀士哩！不是冒犯秀才說，看你身上這般光景，也不像有錢的，如何指望官做？不如從了我們，大碗酒，大塊肉，整套穿衣，論秤分金，且又讓你做個掌盤※11，何等快活散誕！倘若有些氣象時，據著個山寨，稱孤道寡※12，也由得你。」房德沉吟未答，那漢又道：「秀才十分不肯時，也不敢相強，但只是來得去不得，不從時便要壞你性命，這卻莫怪。」都向靴裡颼的拔出刀來，嚇得房德魂不附體，倒退下十數步來道：「列位莫動手！容再商量。」眾人道：「從不從，一言而決，有甚商量？」房德想道：「這般荒僻所在，若不依他，豈不白白送了性

楊貴妃受寵，其堂兄楊國忠也因此受到玄宗重用，成為宰輔。圖為18世紀繪製的楊貴妃像。

命，有那個知道？且哄過一時，到明日脫身去出首罷。」算計已定，乃道：「多承列位壯士見愛，但小生平昔膽怯，恐做不得此事。」眾人道：「不打緊，初時便膽怯，做過幾次，就不覺了。」房德道：「既如此，只得順從列位。」眾人大喜，把刀依舊納在靴中道：「即今已是一家，皆以弟兄相稱了，快將衣服來與大哥換過！好拜天地。」便進去捧出一套錦衣，一頂新唐巾※13，一雙新靴。房德打扮起來，品儀比前更是不同。眾人齊聲喝采道：「大哥這般人品，莫說做掌盤，就是皇帝也做得過！」

古語云：「不見可欲，使心不亂。」※14房德本是個貧士，這般華服，從不曾著體，如今忽地煥然一新，不覺移動其念，把眾人那班說話，細細一味，轉覺有理。想道：「如今果是楊國忠為相，賄賂公行，不知埋沒了多少高才絕學。像我恁樣平常學問，真個如何能夠官做？若不得官，終身貧賤，反不如這班人受用了。」又想起：「見今恁般深秋天氣，還穿著破葛衣，與渾家要疋布兒做件衣服尚不能

註

※11掌盤：強盜首領。

※12稱孤道寡：指稱王。古代君王皆以孤寡自稱，此指做個山寨大王。

※13唐巾：唐代帝王的一種便帽。後來士人多戴這種帽子。（《漢語大辭典》的解釋）

※14不見可欲，使心不亂：語出《老子・三章》：「不見可欲，使民心不亂。」原指在上位者不表達、顯露自己的欲望，人民就不會爲了討好君主，而走些旁門左道、做些投機取巧之事。這句話在這段文字當解爲，沒有嘗試過錦衣華服，內心的欲望就不會被牽引出來。

夠；及至仰告親識，又並無一個肯慨然周濟。看起來倒是這班人義氣：與他素無相識，就把如此華美衣服與我穿著，又推我為主。便依他們胡做一場，倒也落過半世快活。」卻又想道：「不可！不可！倘被人拿住，這性命就休了。」正在胡思亂想，把腸子攪得七橫八豎，疑惑不定，只見眾人忙擺香案，抬出一口豬，一腔羊，當天排下，連房德共是十八個好漢，一齊跪下，拈香設誓，歃血為盟※15。祭過了天地，又與房德八拜為交，各敘姓名。少頃，擺上酒肴，請房德坐了第一席，肥甘美醞，恣意飲啖。房德日常不過黃虀※16淡飯，尚且自不全周，或覓得些酒肉，也不能勾趁心醉飽。今日這番受用，喜出望外。且又眾人輪流把盞，「大哥」前，「大哥」後，奉承得眉花眼笑。起初還在欲為未為之間，到此時便肯死心塌地做這樁事了。想道：「或者我命裡合該有些造化，遇著這班弟兄扶助，真個弄出大事業，也未可知。若是小就時，只做兩三次，尋了些財物，即便罷手，料必無人曉得，然後去打楊國忠的關節，覓得個官兒，豈不美哉？◎2萬一敗露，已是享用過頭，便喫刀喫剮，亦所甘心。也強如擔饑受凍，一生做個餓莩※17。」有詩為證：

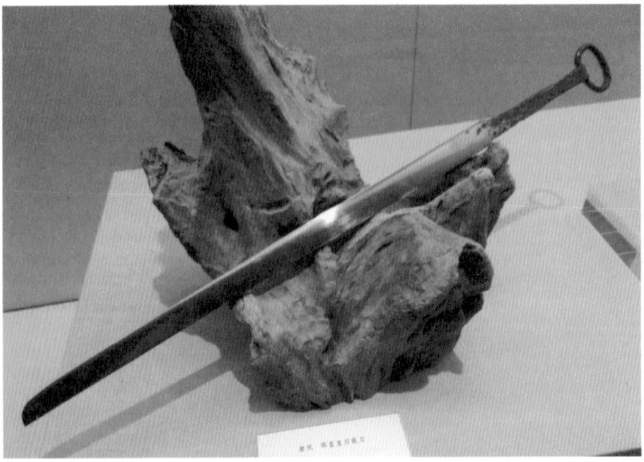

唐代的鐵刀。（圖片來源、攝影：DAEBO rPIOM）

風雨蕭蕭夜正寒，扁舟急槳上危灘。
也知此去波濤惡，只爲饑寒二字難。

眾人盃來盞去，直喫到黃昏時候。一人道：「今日大哥初聚，何不就發個利市？」眾人齊聲道：「言之有理。還是到那一家去好？」房德道：「京都富家，無過是延平門王元寶這老兒為最。況且又在城外，沒有官兵巡邏，前後路徑，我皆熟慣。只這一處，就抵得數十家了。不知列位以為何如？」眾人喜道：「不瞞大哥說，這老兒我們也在心久矣！只因未得其便，不想卻與大哥暗合，足見同心。」即將酒席收過，取出硫磺、燄硝、火把、器械之類，一齊紮縛起來。但見：

白布羅頭，鞝※18鞋兜腳，臉上抹黑搽紅，手內提刀持斧。　剛過膝，牢拴裹肚；衲襖卻齊腰，緊纏搭膊。一隊么魔※19來世界，數群虎豹入山林。

註

※15歃血爲盟：歃，讀作「煞」。古代盟誓時，用牲血塗在嘴邊，表示誠信不渝。
※16黃虀：鹹醃菜。
※17餓莩：莩，讀作「縹」。餓死的人。
※18鞝：讀作「翁」。靴鞝，棉鞋。
※19么魔：微不足道的人。

眉批

◎2：打楊國忠關節者，皆此流也。（可一居士）

眾人結束停當，挨至更餘天氣，出了園門，將門反撐好了，如疾風驟雨而來。這延平門離樂遊原約有六七里之遠，不多時就到了。

且說王元寶，乃京兆尹※20王鉷的族兄，家有敵國之富，名聞天下。玄宗天子亦嘗召見。三日前被小偷竊了若干財物，告知王鉷，責令不良人※21捕獲，又撥三十名健兒防護，不想房德這班人晦氣，正撞在網裡。當下眾強盜取出火種，引著火把，照耀渾如白晝，輪起刀斧，一路砍門進去。那些防護健兒並家人等，俱從睡夢中驚醒，鳴鑼吶喊，各執棍棒上前擒拿。莊前莊後鄰家聞得，都來救護。這班強盜見人已眾了，心下慌張，便放起火來，奪路而走。王家人分一半救火，一半追趕上去，團團圍住。眾強盜拚命死戰，戳傷了幾個莊客，終是寡不敵眾，被打翻數人，餘皆盡力奔脫。房德亦在打翻數內。一齊繩穿索縛。等至天明，解進京兆尹衙門。王鉷發下畿尉※22推問。那畿尉姓李名勉，字玄卿，乃宗室之子。素性忠貞尚義，有經天緯地之才，濟世安民之志。只為李林甫、楊國忠相繼為相，妒賢嫉能，病國殃民，屈在下僚，不能施展其才。這畿尉品級雖卑，卻是個刑名官兒，凡捕到盜賊，俱屬鞫※23訊。上司刑獄，悉委推勘。故歷任的畿尉，定是酷吏，專用那周興、來俊臣、索元禮※24遺下有名色的極刑。是那兒般名色？有〈西江月〉為證：

唐朝酷吏來俊臣還專門寫了本書《羅織經》，描述如何製造冤獄。

魂捽。「犢子懸車」可畏，「驢兒拔橛」堪哀。「鳳凰晒翅」命難挨，「童子參禪」魂捽。「玉女登梯」最慘，「仙人獻果」傷哉。「獼猴鑽火」不招來，換個「夜叉望海」。

那些酷吏，一來仗刑立威，二來或是權要囑托，希承其旨，每事不問情真情枉，一味嚴刑鍛鍊，羅織成招。任你銅筋鐵骨的好漢，到此也膽喪魂驚，不知斷送了多少忠臣義士。惟有李勉與他尉不同，專尚平恕，一切慘酷之刑，置而不用，臨事務在得情，故此並無冤獄。

那一日正值早衙，京尹發下這件事來，十來個強盜，並五六個戳傷莊客，跪在一庭。行兇刀斧都堆在階下。李勉舉目看時，內中惟有房德人材雄偉，豐彩非

註

※20京兆尹：古代官名。漢代轄治京兆地區的行政長官，職權與俸祿與郡太守相當。後亦借指京師地區的行政長官。簡稱爲「京兆」、「京尹」。

※21不良人：唐代專司緝捕犯人的衙門差役。

※22畿尉：京城所轄地區掌管治安的縣尉，專門輔佐縣令掌捕賊盜，調查作奸犯科的官員。

※23鞫：讀作「局」，審問、審判。

※24周興、來俊臣、索元禮：唐代武則天專政時期的酷吏，創設許多拷問犯人的殘酷刑罰。下面一段「犢子懸車」、「驢兒拔橛」……等，都是酷刑名稱。

凡，想道：「恁樣一條漢子，如何為盜？」心下就懷個矜憐之念。當下先喚巡邏的並王家莊客，問了被劫情由，然後又問眾盜姓名，逐一細鞫，俱係當下就擒，不待用刑，盡皆款伏，又招出黨羽窟穴。李勉即差不良人前去捕緝，問至房德，乃匍匐到案前，含淚而言道：「小人自幼業儒，原非盜輩。止因家貧無措，昨到親戚處告貸，為雨阻於雲華寺中，被此輩以計誘去，威逼入伙，出於無奈。」遂將畫鳥及入伙前後事，一一細訴。李勉已是惜其材貌，又見他說得情詞可憫，便有意釋放他。卻又想：「一夥同罪，獨放一人，公論難泯。況是上司所委，如何回覆？除非如此如此。」乃假意叱喝下去，分付：「俱上了枷杻※25，禁於獄中，俟拿到餘黨再問。砍傷莊客，遣回調理。巡邏人記功賞。」發落眾人去後，即喚獄卒王太進衙。原來王太昔年因誤觸了本官※26，被誣構成死罪，也虧李勉審出，原在衙門服役。那王太感激李勉之德，凡有委托，無不盡力。為此就差他做押獄之長。當下李勉分付道：「適來強人內有個房德，我看此人相貌軒昂，言詞挺拔，是個未遇時的豪傑。◎3 有心要出脫他，因礙著眾人，不好當堂明放，托在你身上，覷個方便，縱他逃走。」取過三兩一封銀子，教與他做為盤費，速往遠處潛避，莫在近邊，又為人所獲。王太道：「相公分付，怎敢有違？但恐遺累眾獄卒，卻

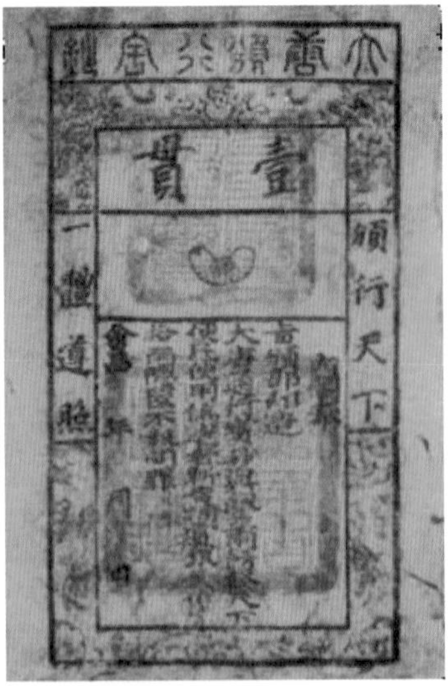

唐朝的飛錢。

如何處？」李勉道：「你放他去後，即引妻小躲入我衙中，將申文俱做於你的名下，眾人自然無事。你在我左右做個親隨，豈不強如做這賤役？」王太道：「若得相公收留在衙伏侍，萬分好了。」將銀袖過，急急出衙，來到獄中，對小牢子道：「新到囚犯未經刑杖，莫教聚於一處，恐弄出些事來。」小牢子依言，遂將眾人四散分開。王太獨引房德置在一個僻靜之處，把本官美意，細細說出，又將銀兩相贈。房德不勝感激道：「煩禁長哥致謝相公，小人今生若不能補報，死當作犬馬酬恩。」王太道：「相公一片熱腸救你，那指望報答？但願你此去改行從善，莫負相公起死回生之德。」房德道：「多感禁長哥指教，敢不佩領。」捱到傍晚，王太跟同眾牢子，將眾犯盡上囚床，第一個先從房德起，然後挨次而去。王太覷眾人正手忙腳亂之時，捉空踅過來，將房德放起，開了枷鎖。又把自己舊衣帽與他穿了，引至監門口。且喜內外更無一人來往，急忙開了獄門，攛他出去。房德拽開腳步，不顧高低，也不敢回家，挨出城門，連夜而走。心中思想：「多感畿尉相公救了性命，如今投兀誰好？想起當今惟有安祿山最為天子寵任。收羅豪傑，何不投之？」遂取路直至范陽※27。恰好遇見個故友嚴莊，為范陽長史，引見祿山。那時，

註

※25枷杻：泛指刑具。枷，讀作「加」。套在犯人脖子上的刑具。杻，讀作「醜」。手銬。
※26本官：本地主官。
※27范陽：唐代方鎮名，今北京的西南。

眉批

◎3：好個豪杰！李公誤矣。所以聖人言必有試。（可一居士）

安祿山久蓄異志，專一招亡納叛。見房德生得人材出眾，談吐投機，遂留於部下。房德住了幾日，暗地差人迎取妻子到彼，不在話下。正是：

掙破天羅地網，撇開悶海愁城。
得意盡誇今日，回頭卻認前生。

且說王太當晚，只推家中有事要回，分付眾牢子好生照管，將鑰匙交付明白。出了獄門，來至家中，收拾囊篋※28，悄悄領著妻子，連夜躲入李勉衙中不題。

且說眾牢子到次早，放眾囚水火※29，看房德時，枷鎖撇在半邊，不知幾時逃去了。眾人都驚得面如土色，叫苦不迭道：「恁樣緊緊上的刑具，不知這死囚怎地捽脫逃走了？卻害我們喫屈官司，又不知從何處去的？」四面張望牆壁，並不見塊磚瓦落地，連泥屑也沒有一些。齊道：「這死囚昨日還哄畿尉相公，說是初犯，倒是個積年高手。」內中一人道：「我去報知王獄長，教他快去稟官，作急緝獲。」那人一口氣跑到王太家，見門閉著，一片聲亂敲，那裡有人答應？間壁一個鄰家走過來道：「他家昨夜亂了兩個更次，想是搬去了。」牢子道：「並不見王獄長說起遷居，那有

安祿山畫像。

這事？」鄰家道：「無過止這間屋兒，如何敲不應？難道睡死不成？」牢子見沒得有理，儘力把門撥開，原來把根木子反撐的，裡邊止有幾件粗重傢伙，並無一人。牢子道：「卻不作怪！他為甚麼也走了？」這死囚莫不到都是他賣放的？休管是不是，且都摟在他身上罷了。」把門依舊帶上，也不回獄，徑望畿尉衙門前來。恰好李勉早衙理事，牢子上前稟知。李勉佯驚道：「向來只道王太小心，不想恁般大膽，敢賣放重犯。料他也只躲在左近，你們四散去緝訪，獲到者自有重賞。」牢子叩頭而出。李勉備文報府。王鉷以李勉疏虞防閑※30，以不職奏聞天子，罷官為民。一面懸榜捕獲房德、王太。李勉即日納還官誥※31，收拾起身。將王太藏於女人之中，帶回家去。

不因濟困扶危意，肯作藏亡匿罪人。

李勉家道素貧，卻又愛做清官，分文不敢妄取。及至罷任，依原是個寒士。

註

※28 篋：讀作「竊」。置物箱。襆：讀作「樸」。行囊。
※29 水火：古代大小便隱晦的說法。
※30 疏虞防閑：疏忽防範。
※31 官誥：古代朝廷封賜官職的誥命。

歸到鄉中，親率童僕躬耕而食。家居二年有餘，貧困轉劇。乃別了夫人，帶著王太並兩個家奴，尋訪故知。由東都一路，直至河北。聞得故人顏杲卿新任常山太守，遂往謁之，路經柏鄉縣過，這地方離常山尚有二百餘里。李勉正行間，只見一行頭踏，手持白棒，開道而來。呵喝道：「縣令相公來，還不下馬！」李勉引過半邊迴避。王太遠遠望見那縣令上張皂蓋，下乘白馬，威儀濟濟，相貌堂堂。卻又奇怪，面龐酷似前年釋放的強犯房德。忙報道：「相公，那縣令面龐與前年釋放的房德一般無二。」李勉也覺縣令有些面善，及聞此言，忽然省悟道：「真個像他。」心中頗喜，道：「我說那人是個未遇時的豪傑，今卻果然。但不知怎地就得了官職？」欲要上前去問，又恐不是，「若果是此人，只道曉得他在此做官，來與他索報了，莫問罷。」分付王太禁聲，把頭回轉，讓他過去。

那縣令漸漸近了，一眼覷見李勉背身而立，王太也在傍邊，又驚又喜，連忙止住從人，跳下馬來，向前作揖道：「恩相見了房德，如何不喚一聲，反掉轉頭去？險些兒錯過。」李勉還禮道：「本不知足下在此，又恐妨足下政事，故不敢相通。」房德道：「說那裡話？難得恩相至此，請到敝衙少敘。」李勉此時鞍馬勞倦，又見其意殷勤，答道：「既承雅情，當暫話片時。」遂上馬並轡※32而行。王太隨在後面。

唐朝貨幣「開元通寶」。

不一時，到了縣中，直至廳前下馬。房德請李勉進後堂，轉過左邊一個書院中來。分付從人不必跟入，只留一心腹幹辦※33陳顏在門口伺候。一面著人整備上等筵席。將李勉四個生口※34，發於後槽餵養，行李即教王太等搬將入去。又教人傳話衙中，喚兩個家人來伏侍。那兩個家人，一個叫做路信，一個叫做支成，都是房德為縣尉時所買。且說房德為何不要從人入去？只因他平日冒稱是宰相房玄齡之後，在人前誇炫家世，同僚中不知他的來歷，信以為真，把他十分敬重。今日李勉來至，相見之間，恐題起昔日為盜這段情由，怕眾人聞得，傳說開去，被人恥笑，做官不起。因此不要從人進去，這是他用心之處。當下李勉進入裡邊去看時，卻是向陽一帶三間書室，側邊又是兩間廂房。這書室庭戶虛敞，窗槅※35明亮，几榻整齊，器皿潔淨。架上圖書，庭中花卉，鋪設得十分清雅，乃是縣令休沐之所，所以恁般齊整。

且說房德讓李勉進了書房，忙忙的掇過一把椅子居中安放，請李勉坐下，納頭便拜。李勉急忙扶住道：「足下如何行此大禮？」房德道：「某乃待死之囚，得恩

註

※32轡：讀作「佩」。轡繩。
※33幹辦：亦稱「幹辦公事」。由長官委派處理各種事務，並無固定職務。
※34生口：即牲口，指畜生。
※35窗槅：指窗格。

相超拔※36，又賜贈盤纏，遁逃至此，方有今日。恩相即某之再生父母，豈可不受一拜？」李勉是個忠正之人，見他說得有理，遂受了兩拜。房德拜罷起來，又向王太禮謝，引他二人到廂房中坐地，便叮嚀道：「倘隸卒詢問時，切莫與他說昔年之事。」王太道：「不消分付，小人自理會得。」房德復身到書房中，扯把椅兒打橫相陪道：「深蒙相公活命之恩，日夜感激，未能酬報。不意天賜至此相會。」李勉道：「足下一時被陷，吾不過因便斡旋，何德之有？乃承如此垂念。」獻茶已畢，房德又道：「請問恩相，陞在何任，得過敝邑？」李勉道：「吾因釋放足下，京尹論以不職，罷歸鄉里。家居無聊，故遍遊山水，以暢襟懷。今欲往常山訪故人顏太守，路經於此。不想卻遇足下，且已得了官職，甚慰鄙意。」房德道：「元來恩相因某之故，累及罷官，某反苟顏竊祿於此，深切惶愧！」李勉道：「古人為義氣上，雖身家尚然不顧，區區卑職，何足為道。但不識足下別後，歸於何處，得宰此邑？」房德道：「某自脫獄，逃至范陽，幸遇故人引見安節使，收於幕下，甚蒙優禮。半年後，即署此縣尉之職。近以縣主身故，遂表某為令。自愧譾※37陋菲才，濫

唐李思訓《金碧山水畫》。

叨民社※38，還要求恩相指教。」李勉雖則不在其位，卻素聞安祿山有反叛之志；今見房德乃是他表舉的官職，恐其後來黨逆，故就他請教上把言語去規訓道：「做官也沒甚難處，但要上不負朝廷，下不害百姓。遇著死生利害之處，總有鼎鑊在前，斧鑕※39在後，亦不能奪我之志。切勿為匪人所惑，小利所誘，頓爾改節，雖或僥倖一時，實是貽笑千古。足下立定這個主意，莫說為此縣令，就是宰相亦儘可做得的。」房德謝道：「恩相金玉之言，某當終身佩銘。」兩下一遞一答，甚說得來。

少頃，路信來稟：「筵宴已完，請爺入席。」房德起身，請李勉至後堂看時，乃上下兩席。房德教從人將下席移過左傍。李勉見他要傍坐，乃道：「足下如此相敘反覺不安，還請坐轉。」房德道：「恩相在上，侍坐已是僭妄，豈敢抗禮？」李勉道：「吾與足下，今已為聲氣之友，何必過謙？」遂令左右依舊移在對席，從人獻過盃箸，房德安席定位。庭下承應樂人，一行兒擺列奏樂。那筵席盃盤羅列，非常豐盛：

註

※36超拔：比喻得到解救或赦免。
※37譾：淺薄。（依據《中華民國教育部重編國語辭典修訂本》解釋）
※38民社：此處借指地方父母官。
※39斧鑕：讀作「府志」。古代刑罰。將人放置於鐵砧上，用斧頭砍頭或腰斬。

雖無炮鳳烹龍，也極山珍海錯。

當下賓主歡洽，開懷暢飲，更餘方止。王太等另在一邊款待，自不必說。此時二人轉覺親熱，攜手而行，同歸書院。房德分付路信，取過一副供奉上司的鋪蓋，親自施設裀褥※40、提攜溺器。李勉扯住道：「此乃僕從之事，何勞足下自為。」房德道：「某受相公大恩，即使生生世世執鞭隨鐙，尚不能報萬一，今不過少盡其心，何足為勞！」◎4鋪設停當，又教家人另放一榻，在旁相陪。李勉見其言詞誠懇，以為信義之士，愈加敬重。兩下挑燈對坐，彼此傾心吐膽，各道生平志願，情投契合，遂為至交，只恨相見之晚。直至夜分，方纔就寢。次日，同僚官聞得，都來相訪。相見之間，房德只說昔年曾蒙識薦，故此有恩。同僚官又在縣主面上討好，各備筵席款待。

話休煩絮。房德自從李勉到後，終日飲酒談論，也不理事，也不進衙。其侍奉趨承，就是孝子事親，也沒這般盡禮。李勉見恁樣殷勤，諸事俱廢，反覺過意不去。住了十來日，作辭起身。房德那裡肯放，說道：「恩相至此，正好相聚，那有就去之理？須是多住幾月，待某撥夫馬送至常山便了。」李勉道：「承足下高誼，原不忍言別；但足下乃一縣之主，今因我在此，耽誤了許多政務，倘上司知得不當穩便。況我去心已決，強

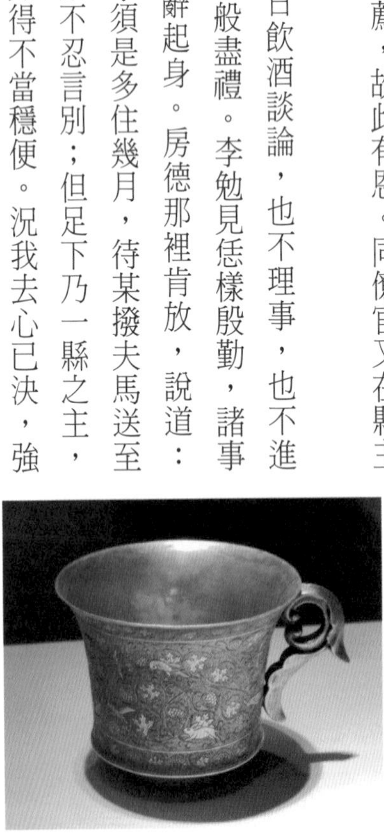

唐朝的環形酒杯。（圖片來源、攝影：Daderot）

留於此，反不適意。」房德料道留他不住，乃道：「恩相既堅執要去，某亦不好苦留。只是從此一別，後會何期？明日容治一樽，以盡竟日之歡，後日早行何如？」李勉道：「既承雅意，只得勉留一日。」房德留住了李勉，喚路信跟著，回到私衙，要收拾禮物餽送。只因這番，有分教李畿尉險些兒送了性命。正是：

禍兮福所倚，福兮禍所伏。
所以恬淡人，無營心自足。

話分兩頭。卻說房德老婆貝氏，昔年房德落薄時讓他做主慣了，到今做了官，每事也要喬主張。此番見老公喚了兩個家人出去，一連十數日不見進衙，只道瞞了他做甚事體，十分惱恨。這日見老公來到衙裡，便待發作。因要探口氣，滿臉反堆下笑來◎5，問道：「外邊有何事，久不退衙？」房德道：「不要說起，大恩人在此，幾乎當面錯過，幸喜我眼快瞧見，留得到縣裡，故此盤桓了這幾日。特來與你商量收拾些禮物送他。」貝氏道：「那裡什麼大恩人？」房德道：「哎呀！你如何

註

※40 裀褥：床墊子。

眉批

◎4：房德初念，尚有分寸。（可一居士）
◎5：好一副花臉。（可一居士）

忘了？便是向年救命的畿尉李相公。只為我走了，帶累他罷了官職，今往常山去訪顏太守，路經於此。那獄卒王太也隨在這裡。」貝氏道：「原來是這人麼？你打帳※41送他多少東西？」房德道：「這個大恩人，乃再生父母，須得重重酬報。」貝氏道：「送十疋絹可少麼？」房德呵呵大笑道：「奶奶到會說耍話，恁地一個恩人，這十疋絹送他家人也少！」貝氏道：「胡說！你做了個縣官，家人尚沒處一注賺十疋絹，一個打抽豐※42的，如何家人便要許多？老娘還要算計哩！如今做我不著，再加十疋，快些打發起身。」房德道：「奶奶怎說出恁樣沒氣力的話來？他救了我性命，又賫贈盤纏，又壞了官職，這二十匹絹當得甚的？」貝氏從來鄙吝，連這二十匹絹還不舍得的，只為是老公救命之人，故此慨然肯出，他已算做天大事的了，房德兀是嫌少。心中便有些不說，故意道：「一百匹何如？」房德道：「這一百疋只夠送王太了。」貝氏見說一百疋還只勾送王太，正不知要送李勉多少，十分焦躁道：「王太送了一百疋，畿尉極少也送得五百疋哩！」房德道：「五百疋還不夠。」貝氏怒道：「索性湊足一千何如？」房德道：「這便差不多了。」◎6貝氏聽了這話，向房德劈面一口涎沫道：「啐！想是你失心風了！做得幾時官，交多少東西與我？卻來得這等大落※43！恐怕連老娘身子賣來，還湊不上一半哩！那裡來許多

唐三彩女子雕像。（圖片來源、攝影：Captmondo）

絹送人？」房德看見老婆發喉急※44，便道：「奶奶有話好好商量，怎就著惱！」貝氏嚷道：「有甚商量！你若有，自去送他，莫向我說。」房德道：「十分少，只得在庫上撮去。」貝氏道：「嘖嘖！你好天大的膽兒！庫藏乃朝廷錢糧，你敢私自用得的？倘一時上司查核，那時怎地回答？」房德聞言，心中煩惱道：「話雖有理，只是恩人又去得急，一時沒處設法，卻怎生處？」坐在傍邊躊躇，誰想貝氏見老公執意要送恁般厚禮，就是割身上肉，也沒這樣疼痛。連腸子也急做千百段，頓起不良之念。乃道：「看你枉做了個男子漢，這些事沒有決斷，如何做得大官？我有個捷徑法兒在此，倒也一勞永逸。」房德認做好話，忙問道：「你有甚麼法兒？」貝氏答道：「自古有言，大恩不報。不如今夜覷個方便結果了他性命，豈不乾淨。」只這句話，惱得房德徹耳根通紅，大叫道：「你這不賢婦！當初只為與你討疋布兒做件衣服不肯，以致出去求告相識，被這班人誘去入夥，險些兒送了性命。若非這恩人捨了自己官職，釋放出來，安得今日夫妻相聚？你不勸我行些好事，反教傷害恩人，於心何忍？」

註

※41打帳：打算、預計。

※42打抽豐：即「打秋風」，向有錢的人索取利潤，或藉故向人索要財物。

※43大落：出手闊綽。

※44發喉急：發脾氣。

眉批

◎6：李勉何嘗望報？房德以小人之常待君子，果贈千匹，亦不得稱知心矣。（可一居士）

貝氏一見老公發怒，又陪著笑道：「我是好話，怎倒發惡？若說得有理，你便聽了；沒理時，便不要聽，何消大驚小怪？」房德道：「你且說有甚理？」貝氏道：「你道昔年不肯把布與你，至今恨我麼？你且想，我自十七歲隨了你，日逐所需，那一件不虧我支持？難道這兩疋布，真個不捨得？因聞得當初有個蘇秦，未遇時，合家佯為不禮，激勵他做到六國丞相※45。我指望學這故事，也把你激發，不道你時運不濟，卻遇這強盜，又沒蘇秦那般志氣，就隨他們胡做，弄出事來此乃你自作之孽，與我什麼相干？那李勉當時豈真為義氣上放你麼？」房德道：「難道是假意？」貝氏笑道：「你枉自有許多聰明，這些事便見不透。大凡做刑名官的，多有貪酷之人，就是至親至戚，犯到手裡尚不肯順情，何況與你素無相識，且又情真罪當，怎肯拚了自己官職輕易縱放了重犯？無非聞說你是個強盜頭兒，定有贓物窩頓，指望放了，暗地去孝順，將些去買上囑下。這官又不壞，又落些入已。不然，如何一夥之中，獨獨縱你一個？那裡知道你是初犯的窮鬼，竟一溜煙走了！他這官又罷休。今番打聽著在此做官，可可※46的來了。」房德搖首道：「沒有這事。當初放我，乃一團好意，何嘗有絲毫別念？如今他自往常山，偶然遇見，還怕誤我公事，把頭掉轉不肯相見，並非特地來相尋，不要疑壞了人。」貝氏又歎道：「他說往常山，乃是假話，如何就信以為真。且

蘇秦畫像。

不要論別件，只他帶著王太同行，便見其來意了。」◎7房德道：「帶王太同行便怎麼？」貝氏道：「你也忒殺※47懵懂。那李勉與顏太守是相識，或者去相訪是真了。這王太乃京兆府獄卒，難道也與顏太守有舊，去相訪卻跟著同走？若說把頭掉轉，不來招攬，此乃冷眼覷你可去相迎？正是他奸巧之處，豈是好意？如果真要到常山，怎肯又住這幾多時？」房德道：「他那裡肯住？是我再三苦留下的。」貝氏道：「這也是他用心處，試你待他的念頭誠也不誠。」房德原是沒主意的人，被老婆這班話一聳，漸生疑惑，沈吟不語。貝氏又道：「總來這恩是報不得的。」房德道：「如何報不得？」貝氏道：「今若報得薄了，他一時翻過臉來，將舊事和盤托出，那時不但官兒了帳※48，只怕當做越獄強盜拿去，性命登時就送。若報得厚了，他做下額子※49，不常來取索：如照舊饋送，自不必說；稍不滿欲，依然揭起舊案，原走不脫，可不是到底終須一結。自古道『先下手為強。』今若不依我言，事到其間，悔之晚矣！」

註

※45蘇秦一句：蘇秦還沒發跡時，父母、妻子和嫂嫂都看不起他；等到他顯貴位極人臣時，妻嫂見到他又不敢正眼瞧他，跪在地上迎接他。
※46可可：正好、恰巧。
※47忒殺：太過。
※48了帳：完結、了結。（依據《中華民國教育部重編國語辭典修訂本》解釋）
※49做下額子：有了準則；心中有個數目。

眉批

◎7：利口中耳，巧言入疑心。（可一居士）

房德聽說至此，暗暗點頭，心腸已是變了。又想了一想，乃道：「如今原是我要報他恩德，他卻從無一字題起，恐沒這心腸。」貝氏道：「他還不曾見你出手，故不開口；到臨期自然有說話的。還有一件：他此來這番，縱無別話，你的前程已是不能保了。」房德道：「卻是為何？」貝氏道：「李勉至此，你把他萬分親熱，衙門中人不知來歷，必定問他家人。那家人肯替你遮掩？少不得以直告知。你想：衙門人的口嘴，好不利害，知得本官是強盜出身，定然當做新聞，互相傳說。同僚們知得，雖不敢當面笑你，背後誹議也經不起。就是你，也無顏再存坐得住。這個還算小可的事。那李勉與顏太守既是好友，到彼難道不說？自然一一道知其詳。聞得這老兒最古怪的，且又是他屬下，倘被遍河北一傳，連夜走路，還只算遲了。那時可不依舊落薄，終身怎處？如今急急下手，還可免得顏太守這頭出丑。」房德初時，原怕李勉家人走漏了消息，故此暗地叮嚀王太。如今老婆說出許多利害，正投其所忌，遂把報恩念頭，撇向東洋大海，連稱：「還是奶奶見得到，不然，幾乎反害自己。但他來時，合衙門人通曉得。明日不見了，豈不疑惑？況那屍首也難出脫。」貝氏道：「這個何難？少停出衙，止留幾個心腹人答應，其餘都打發去了。將他主僕灌醉，到夜靜更深，差人刺

唐朝的裝水銀罐。

死，然後把書院放了一把火燒了，明日尋出些殘屍剩骨，假哭一番，衣棺盛殮。那時人只認是火燒死的，有何疑惑？」房德大喜道：「此計甚妙！」便要起身出衙。那婆娘曉得老公心是活的，恐兩下久坐長談，說得入港※50，又改過念來。乃道：「總則天色還早，且再過一回出去。」房德依著老婆真個住下，有詩為證：

猛虎口中劍，黃蜂尾上針。
兩般猶未毒，最毒婦人心。

自古道：「隔牆須有耳，窗外豈無人。」房德夫妻在房說話時，那婆娘一味不捨得這絹疋，專意攛唆老公害人，全不提防有人竊聽。況在私衙中，料無外人來往，恣意調唇弄舌。不想家人路信，起初聞得貝氏焦躁，便覆在外壁牆上，聽他們爭多競少，直至放火燒屋，一句句聽得十分仔細，倒喫了一驚，想道：「原來我主人曾做過強盜，虧這官人救了性命，今反恩將仇報，天理何在？看起來，這般大恩人尚且如此，何況我奴僕之輩。倘稍有過失，這性命一發死得快了。此等殘

註
※50 入港：談話投機。

薄之人，跟他何益？」◎8又想道：「常言，『救人一命。勝造七級浮屠』。何不救了這四人，也是一點陰騭※51。」卻又想道：「若放他們走了，料然不肯饒我，不如也走了罷！」遂取些銀兩藏在身邊，覷個空悄悄閃出私衙，一徑奔入書院。只見支成在廂房中烹茶，坐於檻上，執著扇子打盹，不去驚醒他，竟踅※52入書室看王太時，卻都不在，止有李勉正襟據案而坐，展玩書籍。路信走近案傍，低低道：「相公，你禍事到了，還不快走，更待幾時？」李勉被這驚不小，急問：「禍從何來？」路信扯到半邊，將適才所聞，一一細說，又道：「小人因念相公無辜受害，特來通報。如今不走，少頃就不能免禍了。」李勉聽得這話，驚得身子猶如弔在冰桶裡，把不住的寒顫，急急為禮稱謝道：「若非足下仗義救我，李勉性命定然休矣！大恩大德，自當厚報。決不學此負心之人。」急得路信跪拜不迭道：「相公不要高聲，恐支成聽得，走漏了消息，彼此難保。」李勉道：「但我走了，遺累足下，於心何安？」路信道：「小人又無妻室，待相公去後，亦自遠遁，不消慮得。」李勉道：「既如此，何不隨我同往常山？」路信道：「相公肯收留小人，情願執鞭隨鐙。」李勉道：「你乃大恩人，怎說此話？只是王太和

唐畫家韓幹畫筆下的駿馬。

兩個人同去買麻鞋了，卻怎麼好？」路信道：「待小人去尋來。」李勉又道：「馬匹俱在後槽，卻怎處？」路信道：「也等小人去哄他帶來。」急出書院，回頭看支成，已不在檻上打盹了。路信即走入廂房中觀看，卻也不在。原來支成登東廝※53去了。路信只道被他聽得進衙去報房德，心下慌張，覆轉身向李勉道：「相公不好了！想被支成聽見去報主人了，快走罷！等不及管家矣。」李勉又喫一驚，半句話也應答不出，棄下行李，光身子同著路信，踉踉蹌蹌搶出書院。

衙役見了李勉，坐下的都站起來。李勉兩步併作一步，奔出儀門外，天幸恰有承直令尉出入的三騎馬繫在東廊下。路信心生一計，對馬夫道：「快牽過官馬來與李相公乘坐，往西門拜客。」馬夫見是縣主貴客，且又縣主管家分付，怎敢不依？連忙牽過兩騎，李勉方纔上馬，王太撞至馬前，手中提著一雙麻鞋問道：「相公往何處去？」路信攝口道：「相公要往西門拜客，你們通到那裡去了？」王太道：「因麻鞋壞了，上街去買，相公拜那個客？」路信道：「你跟來罷了。」問怎的，又叫馬夫帶那騎馬的與他乘坐，齊出縣門，馬夫在後跟隨。路信分付道：「頃刻就來，不消你隨了。」那馬夫真個往下。

註

※51陰騭：暗中做施德於人的善行。也稱為「陰德」、「陰功」。騭，讀作「至」。

※52踅：讀作「學」。盤旋，徘徊。此處解作折回去。

※53東廝：廁所、茅房。

眉批

◎8：僕中乃有此人，主夫婦愧死矣。（可一居士）

離了縣中，李勉加上一鞭，那馬如飛而走，王太見家主恁般慌促，且不知要拜甚客，行不上一箭之地，兩個家人也各提著痲鞋而來，望見家主，便閃在半邊，問道：「相公往那裡去？」李勉道：「你且莫問，快跟來便了。」話還未了，那馬已跑向前去，二人負命的趕，如何跟得上？看看行近西門，早有兩人騎著生口，從一條巷中橫沖出來，路信舉目觀看，不是別人，卻是幹辦陳顏，同著一個令史，二人見了李勉，滾鞍下馬聲喏。路信見景生情，急叫道：「李相公管家們還少生口，何不借陳幹辦的暫用？」李勉暗地會意，遂收轡勒馬道：「如此甚好。」路信向陳顏道：「李相公要去拜客，暫借你的生口與管家一乘，少頃便來。」二人巴不得奉承李勉歡喜，指望在本官面前增些好言好語，可有不肯的理麼？連聲答應道：「相公要用，只管乘去。」等了一回，兩個家人帶跌的趕到，走得汗淋氣喘。陳顏二人將鞭轡遞與兩個家人手上，上了馬，隨李勉趲出城門，縱開絲轡，二十個馬蹄，翻盞撒鈸※54相似，循著大道，望常山一路，飛馬而去。正是：

拆破玉籠飛綵鳳，頓開金鎖走蛟龍。

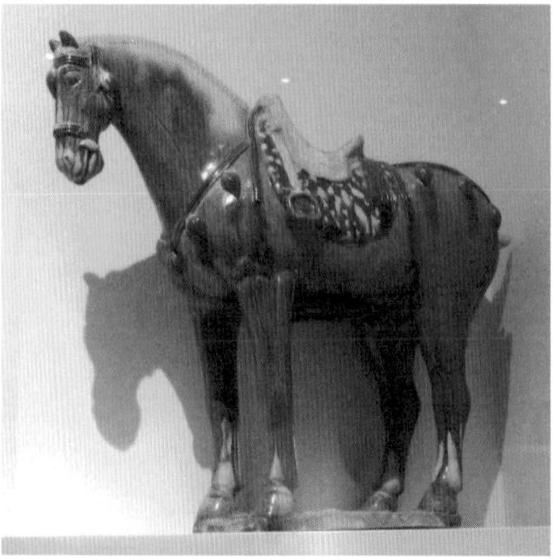

唐三彩馬。（圖片攝影、來源：PHGCOM ）

話分兩頭。且說支成上了東廝轉來，烹了茶捧進書室，卻不見了李勉。又遍室尋覓，沒個影兒。想道：「一定兩日久坐在此，心中不舒暢，往外閒游去了。」約莫有一個時辰，尚不見進來，走出書院去觀看，剛至門口，劈面正撞著家主。原來房德被老婆留住，又坐了老大一大回，方起身打點出衙，恰好遇見支成，問：「可見路信麼？」支成道：「不見。想隨李相公出外閒走去了。」房德心中疑慮，正待差支成去尋覓，只見陳顏來到。房德問道：「曾見李相公麼？」陳顏道：「方纔在西門遇見。路信說要往那裡去拜客，連小人的生口都借與他管家乘坐，一行共五個馬飛跑如雲，正不知有甚緊事？」房德聽罷，料是路信走漏消息，暗地叫苦。也不再問，覆轉身原入私衙，報與老婆知得。那婆娘聽說走了，倒喫一驚道：「罷了，罷了！這禍一發來得速矣！」房德見老婆也著了急，慌得手足無措。埋怨道：「未見得他怎地！都是你說長道短，如今倒弄出事來了。」貝氏道：「不要急。自古道：『一不做，二不休。』事到其間說不得了。料他去也不遠，快喚幾個心腹人，連夜追趕前去，扮作強盜，一齊砍了，豈不乾淨？」房德隨喚陳顏進衙與他計較。陳顏道：「這事行不得，一則小人們只好趨承[※55]奔走，那殺人勾當，從不曾習

註
※54翻盞撒鈸：形容馬蹄騰疾的樣子。
※55趨承：迎合人意而行。

慣；二則倘一時有人救應，拿住反送了性命。小人倒有一計在此，不消勞師動眾，教他一個也逃不脫。」房德歡喜道：「你且說，有甚妙策？」

陳顏道：「小人間壁，一月前有一個異人搬來居住，不言姓名，也不做甚生理。每日出外酣醉而歸，小人見他來歷蹺蹊，行蹤詭秘，有心去察他動靜。忽一日，有一豪士，青布錦袍，躍馬而來，從者數人，逕到此人之家，留飲三日方去。小人私下問那從者賓主姓名，都不肯說。有一個人悄對小人說：『那人是個劍俠，能飛劍取人之頭，又能飛行，頃刻百里。且是極有義氣，曾與長安市上，代人報仇，白晝殺人，潛蹤於此。』相公何不備些禮物前去，只說被李勉陷害求他報仇。若得應允便可了事。」貝氏在屏風後聽得，便道：「此計甚妙，快去求之。」房德道：「多少禮物送去？」陳顏道：「他是個義士，重情不重物，得三百金足矣。」貝氏再三攛掇，備就了三百金禮物。天色傍晚，房德易了便服，陳顏、支成相隨，也不乘馬，悄悄的步行到陳顏家裡。原來卻住在一條冷巷中，不上四五家鄰舍，好不寂靜。陳顏留房德到裡邊坐下，點起燈火，窺探那人。等了一回，只見那人又是酣醉回來。陳顏報知房德。陳顏道：「相公須打點了一班說話，更要屈膝與他，這事方諧。」

房德點頭道：「是。」一齊到了門首，向門上輕輕扣上兩

唐代有許多劍俠傳奇，圖為《紅線傳》裡的俠女紅線。

下，那人開門出問：「是誰？」陳顏低聲答道：「今乃本縣知縣相公，虔誠拜訪義士。」那人道：「俗※56這裡沒有什麼義士。」便要關門。陳顏道：「且莫閉門，還有句說話。」那人道：「俗要緊去睡，誰個耐煩！有話明日來說。」房德道：「略話片時，即便相別。」那人道：「有甚說話，且到裡面來。」

三人跨進門內，掩上門兒引過一層房子，乃是小小客坐。房德即倒身下拜道：「不知義士駕臨敝邑，有失迎迓。今日幸得識荊，深慰平生。」那人扶住道：「足下乃一縣之主，如何行此大禮，豈不失了體面？況俗並非什麼義士，不要錯認了。」房德道：「下官專來拜訪義士，安有差錯之理？」教陳顏、支成將禮物奉上，說道：「些小薄禮，特奉義士為斗酒之資，望乞哂留。」那人笑道：「俗乃閭※57無賴，四海無家，無一技一能，何敢當義士之稱？這些禮物也沒用處，快請收去。」房德又躬身道：「禮物雖微，出自房某一點血誠，幸勿峻拒。」那人道：「足下驀地※58屈身匹夫，且又賜厚禮，卻是為何？」房德道：「請義士收了，方好相告。」那人道：「俗雖貧賤，誓不取無名之物。足下若不說明白，斷然不受。」

註

※56俗：同「咱」。
※57閭閻：鄉里，此指平民百姓。
※58驀地：突然；忽然。

房德假意哭拜於地道：「房某負戴大冤久矣！今仇在目前，無能雪恥，特慕義士是個好男子，賽過聶政※59、荊軻，故敢斗膽叩拜階下，望義士憐念房某含冤負屈，少展半臂之力，刺死此賊，生死不忘大德！」那人搖手道：「我說足下認錯了。俗資身※60尚且無策，安能為人謀大事？況殺人勾當，非同小可，設或被人聽見這話，反是累俗家。快些請回。」言罷，轉身先向外走。房德上前一把扯住道：「聞得義士素抱忠義，專一除殘祛暴、濟困扶危，有古烈士之風。今房某身抱大冤，義士反不見憐，料想此仇永不能報矣！」道罷，又假意啼哭。那人冷眼瞧了這個光景，認做真情，方道：「足下真個有冤麼？」房德道：「若沒大冤，不敢來求義士？」那人道：「既恁樣，且坐下將冤屈之事，並仇家姓名，今在何處，細細說來。可行則行，可止則止。」兩下遂對面而坐。陳顏、支成站於傍邊。房德揑出一段假情，反說：「李勉昔年誣指為盜◎9，百般毒刑拷打，陷於獄中，幾遍差獄卒王太謀害性命，畢被人知覺，不致於死。幸虧後官審明釋放，得官此邑。今又與王太同來挾制，索詐千金，意猶未足。又串通

房德即倒身下拜道：「不知義士駕臨敝邑，有失迎迓。今日幸得識荊，深慰平生。」（古版畫，選自《今古奇觀》明末吳郡寶翰樓刊本）

家奴暗地行刺事露，適來連此奴挈去，奔往常山，要唆顏太守來擺佈。」把一片說話妝點得十分利害。那人聽畢大怒道：「原來足下受此大冤，俺家豈忍坐視？足下且請回縣，在俺身上，今夜往常山，一路找尋此賊，為足下報仇，夜半到衙中復命。」房德道：「多感義士高義，某當秉燭以待。事成之日，另有厚報。」那人作色道：「俺一生路見不平，拔刀相助，那個希圖你的厚報？這禮物俺也不受。」說猶未絕，飄然出門，其去如風，須臾不見了。房德與眾人驚得目瞪口呆，連聲道：「真異人也！」權將禮物收回，待他復命時再送。有詩為證：

報仇憑一劍，重義藐千金。
誰謂奸雄舌，幾違烈士心！

且說王太同兩個家人，見家主出了城門，又不拜甚客，只管亂跑，正不知為甚緣故。一口氣就行了三十餘里，天色已晚，卻又不尋店宿歇。那晚乃是十三，一

註

※59聶政：戰國時韓軹縣深井里人。嚴仲子與韓宰相俠累有仇，重金禮聘聶政刺殺俠累，聶政因爲母親尚在而不允。待母親逝世姊姊嫁人，因感恩於知己，於是刺殺俠累，替嚴仲子復仇。事成之後，恐連累其姊，乃毀容自盡。

※60資身：養活自己；安身立命。

眉批

◎9：爲盜則其言及。（可一居士）

輪明月早已升空，趁著月色，不顧途路崎嶇，負命而逃，常恐後面有人追趕。在路也無半句言語，只管趲向前去。約莫有二更天氣，共行了六十多里，來到一個村鎮，已是井陘縣地方，那時走得人困馬乏。路信道：「來路已遠，料得無事了。且就此覓個宿處，明日早行。」李勉依言逕投旅店。誰想夜深了，家家閉戶關門，無處可宿，直到市梢頭，方覓得一個旅店。眾人一齊下馬，走入店門，將生口卸了鞍轡，繫在槽邊餵料。路信道：「主人家，揀一處潔淨所在，與我們安歇。」店家答道：「不瞞客官說，小店房頭沒有個不潔淨的，如今也只空得一間在此。」店家掌燈，引入房中。李勉向一條板凳上坐下，覺得氣喘吁吁。王太忍不住問道：「請問相公，那房縣主惓惓苦留，明日撥夫馬相送，從容而行，有何不美？卻反把自己行李棄下，猶如逃難一般，連夜奔走，受這等勞碌。路管家又隨著我們同來，是甚意故？」

李勉歎口氣道：「汝那知就裡！若非路管家，我與汝等死無葬身之地矣！今幸得脫虎口，已謝天不盡了，還顧得什麼行李、辛苦？」王太驚問其故，李勉方待要說，不想店主人見他們五人五騎，深夜投宿，一毫行李也無，疑是歹人，走進來盤問腳色，說道：「眾客長做甚生意？打從何處來，這時候到此？」李勉一肚子氣恨，正沒處說，見店主相問，答道：「話頭甚長，請坐下了，待我細訴。」乃將房德為盜犯罪，憐其才貌，暗令王太釋放，以致罷官；及客遊遇見，留回厚款，今日午後，忽然聽信老婆讒言，設計殺害，虧路信報知逃脫，前後之事，細說一遍。王太聽了這話，連聲唾罵：「負心之賊！」店主人也不勝嗟歎。王太道：「主人家，相公鞍馬辛苦，快些催酒飯來喫了，睡一覺好趕路。」店主人答應出去。

只見床底下忽地鑽出一個大漢，渾身結束※61，手持匕首，威風凜凜，殺氣騰騰！嚇得李勉主僕魂不附體，一齊跪倒，口稱：「壯士饒命！」那人一把扶起李勉道：「不必慌張，自有話說。偺乃義士，平生專抱不平，要殺天下負心之人。◎10 適來房德假捏虛情，反說公誣諂謀他性命，求偺來行刺。那知這賊子恁般狼心狗肺，負義忘恩！早是公說出前情；不然，險些誤殺了長者。」李勉連忙叩下頭去道：「多感義士活命之恩！」那人扯住道：「莫謝莫謝，偺暫去便來。」即出庭中，聳身上屋，疾如飛鳥，頃刻不見。主僕都驚得吐了舌縮不上去。不知再來還有何意？懷著鬼胎不敢睡臥，連酒飯也喫不下。有詩為證：

奔走長途氣上衝，忽然床下起青鋒。
一番衷曲慇懃訴，喚醒奇人睡夢中。

註

※61結束：裝束、打扮。

眉批

◎10：才是眞義士。（可一居士）

再說房德的老婆見丈夫回來，大事已就，禮物原封不動，喜得滿臉都是笑靨，連忙整備酒席，擺在堂上，夫妻秉燭以待。陳顏也留在衙中俟候。到三更時分，忽聽得庭前宿鳥驚鳴，落葉亂墜，一人跨入堂中。房德舉目看時，恰便是那個義士，打扮得如天神一般，比前大似不同。且驚且喜，向前迎接。那義士全不謙讓，氣岔岔的大踏步走入去居中坐下。房德夫妻叩拜稱謝，方欲啟問，只見那義士十分岔怒，颼地掣出匕首指著罵道：「你這負心賊子！李畿尉乃救命大恩人，不思報效，反聽婦人之言，背恩反噬。既已事露逃去，便該悔過，卻又架捏虛詞，哄偺行刺。若非他道出真情，連偺也陷於不義。剮你這負心賊一萬刀，方出偺這點不平之氣！」房德未及措辯，頭已落地。驚得貝氏慌做一堆。平時且是會說會講，到此心膽俱裂，嘴猶如膠漆粘牢，動彈不得。義士指著罵道：「你這潑賤狗婦！不勸丈夫行善，反教他傷害恩人。我且看你肺肝是怎樣生的？」托地跳起身來，將貝氏一腳踢翻，左腳踏住頭髮，右膝捺住兩腿。這婆娘連叫：「義士饒命！今後再不敢了。」那義士罵道：「潑賤淫婦！偺也倒肯饒你，只是你不肯饒人。」提起匕首，向胸膛上一

◆房德未及措辯，頭已落地。驚得貝氏慌做一堆。（古版畫，選自《今古奇觀》明末吳郡寶翰樓刊本）

刀，直剖到臍下。將匕首銜在口中，雙手掐開，把五臟六腑摳將出來，血瀝瀝提在手中，向燈下照看道：「俺只道這狗婦肺肝與人不同，原來也只如此，怎生恁般狠毒！」遂撇過一邊，也割下首級，兩顆頭結做一堆，盛在革囊之中。揩抹了手上血污，藏了匕首，提起革囊，步出庭中，踰垣而去。

說時義膽包天地，話起雄心動鬼神。

再說李勉主僕，在旅店中守至五更時分，忽見一道金光，從庭中飛入。眾人一齊驚起看時，正是那義士。放下革囊，說道：「負心賊已被俺刳腹屠腸，今攜其首在此。」放下革囊取出兩顆首級。李勉又驚又喜，倒身下拜道：「足下高義，千古所無。請示姓名，當圖後報。」義士笑道：「俺自來沒有姓名，亦不要人酬報。前俗從床下而來，日後設有相逢，竟以『床下義士』相呼便了。」道罷，向懷中取一包藥兒，用小指甲挑了少許，彈於首級斷處。舉手一拱，早已騰上屋簷，挽之不及，須臾不知所往。李勉見棄下兩個人頭，心中慌張，正沒擺佈。可霎作怪，看那人頭時，漸漸縮小，須臾化為一搭清水。李勉方纔放心。坐至天明，路信取些錢鈔，還了店家，收拾馬匹上路。又行了兩日，方到常山，逕入府中，拜謁顏太守。故人相見，喜笑顏開，遂留於衙署中安歇。顏太守見沒有行李，心中奇怪，問其緣故。李勉將前事一一訴出，不勝駭異。

　過了兩日，柏鄉縣將縣宰夫妻被殺緣由，申文到府，原來是夜陳顏、支成同幾個奴僕見義士行兇，一個個驚號鼠竄，四散躲避。直至天明，方敢出頭。只見兩個沒頭屍首，橫在血泊裡，五臟六腑都摳在半邊，首級不知去向。桌上器皿，一毫不失。一家叫苦連天，報知主簿、縣尉，俱喫一驚，齊來驗過，細詢其情。陳顏只得把房德要害李勉，求人行刺始末說出。主簿、縣尉即點起若干做公的，各執兵器，押陳顏作眼，前去捕獲刺客。那時鬨※62動合縣人民，都跟來看。到了冷巷中，打將入去，惟有幾間空房，那見一個人影，主簿與縣尉商議申文，已曉得李勉是顏太守的好友，從實申報，在他面上怕有干礙；二則又見得縣主簿德，乃將真情隱過，只說半夜被盜越入私衙，殺死縣令夫婦，竊去首級，無從捕獲。兩下周全其事。一面買棺盛殮。顏太守依擬申文上司。

　那時河北一路，都是安祿山專制，知得殺了房德，豈不去了一個心腹，倒下回文，著令嚴加緝獲。李勉聞了這個消息，恐怕纏到身上，遂作別顏太守，回歸長安故里。恰好王鉷坐事下獄，凡被劾罷官，盡皆起任。李勉原起畿尉，不上半年，即陞監察御史。

　一日，在長安街上行過，只見一人，身衣黃衫，跨下白馬，兩個胡奴跟隨，望著節導※63中亂撞。從人呵喝不住。李勉舉目觀看，卻是昔日那牀下義士。遂滾鞍下馬鞠躬道：「義士別來無恙？」那義士笑道：「虧大人還認得俗家。」李勉道：「李某日夜在心，安有不識之理？請到敝衙少敘。」義士道：「俗另日竭誠來拜，今日實不敢從命。倘大人不棄，同到敝寓一話，何如？」李勉欣然相從，並馬而行。來到慶元坊，一個小角門內入去，過了幾重門戶，忽然顯出一座大宅院，廳堂屋舍，高聳雲漢，奴僕趨承，不下數百。李勉暗暗點頭道：「真是個異人！」請入堂中，重新見禮，分賓主而坐，頃刻擺下筵席，豐富勝於王侯。喚出家樂在庭前奏樂，一個個都是明眸皓齒，絕色佳人。義士道：「隨常小飲，不足以供貴人，幸勿見怪。」李勉滿口稱謝。當下二人席間談論些古今英雄之事，至晚而散。次日，李勉備了些禮物，再來拜訪時，止存一所空宅，不知搬向何處去了？嗟歎而回。

後來李勉官至中書門下平章事[※64]，封為汧國公。王太、路信，亦扶持做個小小官職。詩云：

從來恩怨要分明，將怨酬恩最不平。
安得劍仙床下士，人間遍取不平人。

註

※62 鬨：許多人在一起喧鬧，聲音吵雜的樣子。
※63 節導：前導人員，此指儀仗隊。
※64 中書門下平章事：唐代的宰相。

參考書目

1. 李平校注，抱甕老人原著，《今古奇觀》（台北：三民書局出版，二〇一六年六月。）
2. 吳書蔭校注，馮夢龍原著，無礙居士點評，《三言：警世通言》（北京：中華書局出版，二〇一五年六月。）
3. 吳書蔭校注，凌濛初原著，即空觀主人點評，《二拍：二刻拍案驚奇》（北京：中華書局出版，二〇一五年六月。）
4. 張明高校注，馮夢龍原著，可一居士點評，《三言：醒世恆言》（北京：中華書局出版，二〇一五年六月。）
5. 邱燮友、周何、田博元等編著，《國學導讀一—五冊》（台北：三民書局出版，二〇〇〇年十月。）
6. 馬積高、黃鈞主編，《中國古代文學史一—四冊》（台北：萬卷樓圖書股份有限公司，二〇〇三年）
6. 張明高校注，凌濛初原著，即空觀主人點評，《二拍：初刻拍案驚奇》（北京：中華書局出版，二〇一五年六月。）

7. 陳熙中校注，馮夢龍原著，綠天館主人點評，《三言：喻世明言》（北京：中華書局出版，二〇一五年六月。）

電子工具書：

教育部重編國語辭典修訂本 http://dict.revised.moe.edu.tw/cbdic/
教育部異體字字典 http://dict.variants.moe.edu.tw/
佛光大辭典 https://www.fgs.org.tw/fgs_book/fgs_drser.aspx
百度百科 http://baike.baidu.com/
維基百科 https://zh.wikipedia.org/zh-tw/
中央研究院漢籍電子文獻 https://www.google.com.tw/#q=%E7%80%9A%E5%85%B8
漢語大辭典 http://www.guoxuedashi.com/

國家圖書館出版品預行編目資料

今古奇觀. 二/ 抱甕老人原著 ; 曾珮琦編註. -- 初版. -- 臺中市 : 好讀, 2019.05

面 ;　公分. --（圖說經典 ; 36）

ISBN 978-986-178-488-5（平裝）

857.41　　　　108005276

好讀出版

圖說經典 36

今古奇觀（二）

【時來運轉】

原　　著／（明）抱甕老人
編　　註／曾珮琦
總 編 輯／鄧茵茵
文字編輯／莊銘桓
行銷企劃／劉恩綺
封面設計／鄭年亨
發 行 所／好讀出版有限公司
台中市407西屯區工業30路1號
台中市407西屯區大有街13號（編輯部）
TEL:04-23157795 FAX:04-23144188　　http://howdo.morningstar.com.tw
（如對本書編輯或內容有意見，請來電或上網告訴我們）
法律顧問 陳思成律師

總經銷／知己圖書股份有限公司
106台北市大安區辛亥路一段30號9樓
TEL：02-23672044　23672047 FAX：02-23635741
407台中市西屯區工業30路1號1樓
TEL：04-23595819 FAX：04-23595493
E-mail：service@morningstar.com.tw
網路書店 http://www.morningstar.com.tw
讀者專線：04-23595819 # 230
郵政劃撥 ：15060393（知己圖書股份有限公司）
印刷／上好印刷股份有限公司

線上讀者回函：
請掃描QRCODE

初版／西元2019年05月15日
定價：299元
如有破損或裝訂錯誤，請寄回知己圖書更換

Published by How-Do Publishing Co., Ltd.
2019 Printed in Taiwan
All rights reserved.
ISBN 978-986-178-488-5